美醜逆転世界の
超絶不細工に
無理矢理嫁に
「はいよろこんでぇ!!」

MELISSA

美醜逆転世界の超絶不細工に無理矢理嫁に「はいよろこんでぇ!!」

すず

Illustrator
SHABON

美醜逆転世界の超絶不細工に
無理矢理嫁に「はいよろこんでぇ!!」

MELISSA

第一章　はいよろこんでぇ!!

王城の、華やかでありながら歴史の重みも感じさせる豪奢《ごうしゃ》な謁見《えっけん》ホールには、緊迫した空気が漂っていた。

ホールに集《つど》っているのは、玉座に座る国王陛下、ずらりと並んだ国の重鎮、数多《あまた》の騎士、冒険者集団、一〇名ほどの高位神官と、聖女である私。

それから、中央に立つ、そのすべてをただの背景としてしまうほどの存在感を放つ、一人の戦士。

彼は、ひときわ背が高く、ひときわバランスよく鍛え上げられた肉体をしていて、そしてひときわ、それはもう、ため息が出てしまいそうなほど、整った顔をしていた。

私の密かな憧憬《しょうけい》の眼差しも、国の重鎮らの嫌悪感の滲《にじ》む視線もどうとも思ってなさそうな彼は、実に悪そうな、凄《すご》みのある笑みを浮かべながら、堂々と言い放つ。

「王よ、俺は今回の褒美として、聖女セナピノアを望む。セナピノアを、俺の妻として貰《もら》い受けたい」

「はいよろこんでぇ!!」

その瞬間、聖女セナピノアこと私は、反射的に、そして食いぎみに、かつ満面の笑みで、おまけに挙手までしながら、そう叫んでいた。

叫んでから、
あ、やべ。間違えたなこれ。と、気づいた。

だって、なんか、シーンとしちゃっている。

それまで困惑の表情で彼の要求に耳を傾けていた国王陛下も、彼の陛下への不遜とも言える態度に憤っていた臣下の方々も、私を庇《かば》うかのように立ち上がりつつあった神殿の仲間たちも、哀れな生《い》け贄《にえ》を見るような目で私を見ていた彼の部下たちも、
当の、彼すらも。

謁見ホールに集まっていたすべての人々は、揃《そろ》ってぽかーんとした表情で固まってしまった。

だから私は、間違えたな、と、気づいた。気づけた。

気づいたので、私は思考を巡らせる。

さて、間違えた。

私は、本来、戸惑ったり憤ったりすべきだったのだろう。

この話を承諾するにしても、即座に嬉《うれ》しげにではなく、ぐっと一拍置いたりしてから、気丈で健気《けなげ》な感じに、できればどこか儚《はかな》げに『王命とあれば、謹んでお受けいたします……』とか、そんな感じ

に楚々《そそ》と告げるべきだったのだろう。

この世界の人々にとって、彼の先ほどの申し出は、悪辣なものなのだろうから。

いやでも、仕方なくない？

私にとっては世界一かっこいい彼からさ、前々から憧れていた彼からさ、あんな熱烈なプロポーズ受けちゃったらさぁ……。

今主題としていたのって、この国を救った褒美についてなんですよ。

彼は事前に、いかなる地位も宝も王族との縁組みも、なんなら王の座そのものだって、王が叶《かな》えられる望みならば、なんでも叶えると言われていた。

なのに、私を！　この私を！　妻に！　妻に欲しいと言ったのだ!!

しかも先ほど彼は、私を妻にと言ったとき、ちらりと私を見たのだ。がっつり、目があったのだ。

彼の宝石みたいな目が、ぎらりと光って、私を射ぬいた。きゅんときた。率直に言って濡《ぬ》れた。

だから私の先ほどの反応は、致し方ない、はずだ。

ただ、問題は、この世界、美醜逆転してるんだよな……。

彼は、私主観でいけば、世界一のイケメンである。

ただこの世界的には、彼はとんでもなく不細工なわけで。

彼、こと、私の愛《いと》しの旦那様（予定）、【英雄】ガラファント・アグラディアは、元々かなり高名な冒険者だった。

剣と魔法の腕は、この国では随一。たぶん世界的に見ても一、二を争うくらいだろう。

そんな彼は、約一年前、この国を滅ぼしかけた悪《あ》しき人喰《ひとく》い魔竜を打ち倒し、英雄となった。

なった、が、この世界の人々的には、不細工なのだ。

英雄だけど。お金も地位も権力も実力もうなるほどに持っているけれども。

だけど、不細工。

その不細工が、自分の地位を笠《かさ》に着て、国を救ったという実績を盾に取って、聖女を嫁に寄越せと言った、のだ。

そりゃ、みんな困惑したり憤ったり私を庇おうとしたり哀れんだりするよ。

そう、客観的には理解できる。というか、できた。今。今ようやく。

だから先ほどの私の言動はまるっきり間違いであると、理屈で理解した。

『はいよろこんでぇ!!』じゃないだろ、私。居酒屋か。

そもそも、聖女らしい愛らしさと初々しさが足りなかったしな……。他の誰になんと思われようとかまわないが、当の彼すらもぽかんとさせてしまったのは、完全にダメだ。

さて。ダメだ、と、理解したところで。どうしたものか。

私はどうすれば、平穏無事に彼に嫁げるのだろうか。

……まあ、たぶん、結婚はもう決定事項と思って良いだろう。

特に障害も思い浮かばないし、王が叶えると言っていたのだから、叶えてくれるだろう。

というかまあ、さっきので言質はとったので、私がゴリゴリにゴリ押しして結婚までは辿《たど》り着《つ》いてみせるが。絶対に。絶対だ。

私は彼と結婚する。逃がすものか。

ということは、今気にするべきは、彼の好感度……、か？

そうだな。私は私の未来の旦那様である彼の満足するかたちで、この婚約話を進めなければならない。

私は取り急ぎ全力で、彼が嫁にしたいほどに惚《ほ》れ込んだのであろう聖女の仮面をかぶりなおした。

†

さて、今日この日に至るまでの私と彼の愛の軌跡を語りたい……、の、だが、その前提として、まず私とこの世界の話をしよう。

私、聖女セナピノア・リネステは、令和《れいわ》の日本からの異世界転生者だ。

私には、かつて、日本で二五歳の平凡な事務員をしていた記憶がある。

前世の死因は、溺死……、に、なるのだろうか。

あの日は会社ですごく嫌なことがあって、すごく疲れていて、独り暮らしの自宅で深酒をして、なんだか無性に寒くなって、お風呂に入った。

ここまでが、私の前世最後の記憶。

だから、たぶん、溺死。

未練も後悔も郷愁もあるにはある。が、死んでしまったのであれば、もうどうしようもない。

どうやらどこかに前世の記憶持ちで転生できたようだし、第二の人生は、前世の分まで精一杯がんばろう！

そう決意をしたものの、それがなかなかハードそうだな、と、気がついたのは、生後何ヶ月のときだったか。

次第にぼんやりとしていた目と意識がはっきりとし、新たな両親の顔と服装と自宅を見た瞬間だ。

あ、この新しい私のおうちは、めちゃくちゃ貧乏だな、と、気づいてしまった。

私の第二の人生は、貧しい農村の生まれでスタートした。

当初の名前はノアだ。家名もなかった。

私には何人兄弟姉妹がいるのかも定かでないし、たぶん誰も把握していないだろう。

子どもが生まれるも死ぬも売られるも消えるも、ただの日常だから。

そんな村にあるそんな家で、私は生まれた。

こちらは魔法があってモンスターがいて貴族がいて王国でという、物語によくある感じの異世界だが、あいにく私は、よくある物語のようには貴族家に生まれることはできなかった。

まあ普通に貴族ってごくごく一握りの存在だし、そうほいほいなれるものではないのだろう。

しかし、それにしたって、ノアの生家はあまりに貧しかった。

村での成人とされる一五歳まで、私はここでは生きていないだろうなと、すぐに確信できるほどに。

病か怪我《けが》か飢えにやられるか、外に売り払われるか。

跡継ぎの長男でもスペアの次男でもなかった自分の立場と、娘をまともに育て嫁に出せるはずもない家の経済状況を、私は正確に把握していたと思う。

どうやら親としては、将来的には私を売ろうとしているらしいという事実と、同時にひとつの真実に気がついたのは、三歳の頃。

これほど美しい子であればきっと高値がつくという趣旨の両親の会話を、聞いてしまったのだ。

現世の私は、前世の私とそう変わらない、目が細くて鼻ぺちゃな、特に印象に残るパーツのない、とてもあっさりとした顔なのに。

親の欲目かなにかとも思ったが、会う人会う人が私の顔をうっとりと見つめ、私は誰にでもやたら容姿を褒められかわいがられるという事実と合わせると、それだけではないらしい。

この世界は、私の価値観とは、美醜が逆転していた。

いわく、目は涼やかにほっそりとしているのが美しく、ぎょろりと大きな目は下品。

いわく、鼻は低いほど愛らしく美しく、高い鼻やすっと通った鼻梁《びりょう》は鳥を思わせ不気味で下品。

いわく、人には知恵があり神より与えられし魔法がある。ゆえに筋骨隆々なんてのは獣に近い野蛮な性質で、男女ともにほっそりと小柄な人物こそが美しい。

つまり、醜い……とまでは思わないが、私がごく普通の顔では？　と感じるような平たいあっさり顔、かつ小柄で華奢《きゃしゃ》な体型の人物こそが、最上級の美形となる。そして、前世日本人の私が美しいと感じるような、彫りが深くくっきりとした顔立ちで、背が高く彫刻のような体型の方々は、醜いとされてしまうわけだ。

……まーじかよぉ……。

えー？　私乙女ゲームなら騎士キャラ一択の、雄々しい感じの人がタイプなんだがー？　それは、この世界では、もう目もあてられないレベルのとんでもない不細工扱いってことー？

この世界で、美人だ美形だと褒められる度《たび》に、複雑な気分になるのだがー？

え、この村がとち狂ってるんじゃなくて、世界的にこんな感じ？

あら、王都の商人様が私を評して、王都にもこんな美少女はいないって？

マジか……。とりあえずこの国、もしやこの世界、そんな感じなのか……。

思わず素で戸惑ったりもしたが、幼い日の私は、とりあえずその事実を、いったん『まあ、どうでもいいか』と受け入れた。

というか、幼い私は、その村の中で、とりあえず今日をただ生きることに必死だった。

いや、実際恋とか愛とか言ってる余裕なかった。

五体満足で、明日も生き延びたい。私の望みはそれだけだった。

あの頃はとにかく、常にお腹が空《す》いていた。

よく小柄な方が美しいと言われて褒められたが、率直に言って栄養失調だったと思う。

転生チートはないのか!?　顔か!?　顔だけよくてもなぁ！　それを活《い》かせる環境じゃないんだよなぁ！　転生者といえば知識チート？　私そんな専門知識あるってわけでもないし、ない知恵でも絞り出せばなんか役に立つのかもしれないけど、やっぱり活かせる環境じゃないんだよなぁ!!

そんなことを考えながら、とりあえず美醜逆転の件は棚上げして、ただ生きていた日々に訪れた転機は、七歳のある日のことだった。

✝

初冬のあの日、七歳の私は両親に連れられ、クルランディア・リネステ伯爵様を訪ねていた。

強い癒《い》やしの力を持ち、伯爵位を継ぐ以前は神官として各地を巡っていたという伯爵は、その巡礼の旅路の途中、少しだけ父と親交を深めた時期があったらしい。

端的に言えば、私はこの日、伯爵様に売られに来た。

表向きには父が、伯爵様のツテで、わが子の行儀見習い先を紹介してもらいたいと申し出て、面会の場を設けていただいた。

しかしその裏で、私は両親から、伯爵のお手つきを目指せと、よくよく言い含められてきている。

なんでも、エフィルロスという名の伯爵夫人は、非常に体の弱い方で、臥《ふ》しがちで、人前に姿を現すことすらめったにできない、とか。

「結婚して五年もそれじゃぁ、男ってのは、なぁ」

そう言った種提供者の父と、「もし今は無理でも、どうせ奥様は、そう何年も持たないでしょ。そのとき、年ごろになったこの顔が側《そば》にいたら……」と続けた産みの母の、なんとも嫌な表情は、私にこの両親を見限らせるに、十分なものだった。

しかし、金持ちの養女を目指せ、とかじゃないのかー……。

私、七歳ぞ？　それが媚《こ》びて膝の上に乗ったりしても、普通にそういった反応はしないと思うし、したら困るんだけどなぁと思いながら、母の熱心な演技指導を真剣っぽい表情で聞いた。

まあ、なんにせよ、この冬を乗り切るために、わが子を【出荷】するような両親のもとよりは、まし な扱いをされるだろう。たぶん。とりあえず餓死の危険はなくなるはずだ。

そんな覚悟で挑んだ面会には、予想外に、伯爵夫人が同席していた。

夫人は確かに線が細く儚げな人ではあったが、その日はたまたま体調がよかったらしく、ベッドからはなんとか起き上がれていたらしい。

「椅子に座ったままで、ごめんなさいね」

そう言って美しく微笑《ほほえ》んだ彼女と、彼女を慈しむように見つめ寄り添う伯爵は、その存在だけで、私の両親の野望を砕いた。

砕くために、夫人は無理をして同席していたのかもしれない。

野望を砕かれた父と母は、夫人の顔を見た瞬間から、ずっと小さくなって黙りこんでいる。

仕方ないので一歩前に進み出て頭を下げようとした私を、伯爵夫人はキラキラとした目で見た。

「まあ、すごくかわいいのね、あなた。きっと美人になるわ」

「は、はじめまして、リネステ伯爵夫人。私は、ノアと申します」

「はじめまして。エフィルロス・リネステよ。あなた、美しいだけじゃなく、しっかりしてるのね。どことなく頭も良さそう。本当にあなた、アレの娘？　……あら？　あらあらあら……？　え、あなた、本当にアレの娘……？　というか、あなた、本当にあんな田舎村の娘……？」

ぺこりと下げた私の頭をふわふわと撫《な》でる夫人は、二度、私と私の実父の血の繋《つな》がりを疑った。

一度目は冗談めいた軽い調子で、二度目はえらく真剣に。

真剣に変わった原因だろうか。私の頭部に触れる手から、こちらを探るような、ぞわぞわする感じのなにかを感じる。

思わず、助けを求めて夫人の隣の伯爵を見上げると、ばちりと視線が合った。

こちらもえらく真剣なものだった彼の眼差しに、なんとなくいたたまれなさを感じた私は、へらりと笑う。

「ええと、……はい。私は、あの村の生まれ育ちです。母が浮気をしてなければ、私はアレの娘です。顔以外になんの取り柄も財産もない父を、顔に惚れ込んで養って世話をしている母が、浮気をするとは思いませんが」

「うん、そう、よねぇ……。顔立ちも、まあどちらかと言えば、アレに似てるわ。あなたの方が、知性の輝きが宿っているおかげか、数段美しいけれど……」

そう言って私の頬を撫でた伯爵夫人は、やはり真剣な表情で続ける。

「それにしても、本当にしっかりしてるわね……。しかもこの素質。実は、とある貴族の秘蔵の隠し子だって言われた方が、納得するくらいだわ……。……ああ、それも、いいかしら」

急になにかを納得した様子の夫人は、にこりと笑みを浮かべると、私の産みの両親、既に幾度か伯爵夫妻に迷惑をかけているらしい散々アレ呼ばわりされた父と、浮気を疑われ否定された母に、声をかける。

「ねぇ、この子、いくらなら売ってくれるのかしら?」

その瞬間、反射的に口を開こうとした父の口を、ぱしりと母が片手でふさいだ。

母は、少なくとも父よりは、頭が回る。馬鹿な父に、余計なことを言わせまいとしたのだろう。

母は、わざとらしく震えながら、口を開く。

「……そ、そんな、大切なわが子を売る、だなんて、そんなことできません……!」

嘘《うそ》つけ。お前ら、ここに私を売る気満々で連れてきただろ。

その言葉、より高い値段をつけさせたいだけだろ。

冷めた目で母を見つめる私に、わかっていると言うかのように、夫人は頷《うなず》いた。

「そうよね。この子はまだ、親元で愛されるべき年頃の子よね。いくらしっかりしているとはいえ、行儀見習いに出すことすら、どうかと思うくらい」

優しげな表情でしっかりと嫌みを言った夫人は、やはり優しげな表情のまま、ゆったりとした口調で、爆弾を落とす。

「……けれど、この子、実は夫の子どもかもしれないのよ」

!?

私と私の両親は、揃って硬直した。

驚き戸惑う私たちを無視するかたちで、伯爵夫人は愉快げに続ける。

「この子、ノアちゃんにはね、癒やしの魔術を使える素質があるの」

きっぱりと言い切った夫人に、私はとっさに、震えながら反論する。

「そ、そんな、私は、ただの平民です。ありえません……！」

そう、この世界に魔法が使える人間はいるが、全員がそうというわけではない。魔法を使えるのは、神に選ばれた特別な人間だけ。そしてそれは、貴族と呼ばれる人々だ。

そんなことは、七年この世界に生きていただけの私でも知っている、常識とされている。

私の言葉に、それまで沈黙していた伯爵が、ゆったりと頷いた。

「そう、あり得ない話だ。ただの平民が、魔法を使えるわけがない。しかも、治癒魔術の使い手は、貴族の中でも非常に希少な存在だ。伯爵位を継ぐ予定であった私ですら、神官としての奉仕を国から命じられ、国のあちこちで力を振るうことを強制された程度には」

私、そんなレアスキルを、持っていたのか。けれど、周囲にその素質を見抜ける人間もいなければ、適した教育も受けていない。

……貧乏って悲しい。

呆然《ぼうぜん》とする私に、伯爵夫人は艶然と微笑む。

「けど実は、平民でも、先祖返りなんかで、魔法が使える子がいるのよ。歴《れっき》とした貴族の子孫でも、魔法が使えなかったら、平民に下る子がいるから、その血筋とか……。あとは、……貴族の隠し子、とか」

「歴とした貴族の子であっても、魔法が使えなければ跡取りにはなれず、逆に、魔法が使えさえすれば、外で作った子であっても、家に迎え入れることがある、ってことですか」

私の言葉に、伯爵夫妻は揃って頷いた。

魔法が使えるか否かというのは、貴族にとって、それほど重要なことらしい。

まあ、それもそうか。

特別な力があるから特別、というのは、被支配者側からしても、納得しやすい。

私は伯爵の隠し子ではないから、先祖返りというやつなのだろう。

母は浮気をするとは思えないし、私たちの住む村はリネステ伯爵領の外で、村を離れて出稼ぎをすることのある、けっこうフラフラしている父と違い、母は伯爵とは今日が初対面のはずだ。けれど、夫人はそれをわかった上で、夫の子どもかもしれないと言って、伯爵はそれを否定しなかった。

治癒魔術の才は、それほどまでに家に取り込みたいものなのか……？

「もしもこの人に隠し子がいて、その子がこの人の稀有《けう》な才能を継いでいるとすると……、この家と私にとって、それはこの上ない朗報なの」

ぽつりと告げられた夫人の言葉が、私の疑問の答えだった。

なるほど。体が弱く、伯爵には愛人が必要ではないかと領外の平民にまで思われる夫人にとって、伯爵の隠し子は、むしろ今必要な存在なのか。

とりあえず婚外子でも子がいれば、子あるいは子を産める女をと、せっつかれることが減るのだろう。

婚外子であっても、夫人の養育を受け、有力な分家筋から婿を迎えたりすれば、用が足りる。

「……この子は、ずいぶんと美しい。貴族の血を引いていると言われれば、なるほどそうだろうなと、誰もが思うほどに」

伯爵の言葉に、私はまたもや、なるほどと思う。

私の容姿は、彼らを悩ませる存在を黙らせるだけの説得力を持っているようだ。

「そうね、いくらなら売ってくれるか、というのは、適切な言葉ではなかったわ。もし、この子が実は夫の子だとしたら……、これまでの養育費として、このくらいはお渡しする用意があるのだけれど……、足りるかしら?」

夫人がそう言うと、伯爵が懐から取り出した袋を、ずしりと母に手渡した。

「……き、金っ!」

すかさず袋の中を確認した母は、そううめくなりぎゅっと袋を抱え込み、こくこくと頷いた。

「ええと、その……、……実は、ノアは、死産したわが子と入れ替わりに、死の淵《ふち》にあった、とある婦人に託された子でして！　私とも夫ともまったく血は繋がっておらず、いつかは迎えがくる存在だと、知っておりました!!」

そう力強く断言した母に、父は驚愕《きょうがく》していた。

『え、なにそれ知らない』と、私とよく似た顔に書いてあるが、それは母が今でっち上げている話だから安心しろ。

「あなたたちは、ノアちゃんとは赤の他人だって、そう言ってくれるのね」

母の意図を正確に理解したらしい夫人は、嬉しそうにそう言った。

夫人の笑顔を向けられた母も、喜色満面で頷いている。

「ええ、ええ、そうです、赤の他人です！　真のお父上がその子を迎えてくださるからには、私たちは、その子とはもう一生かかわらないでしょう！」

母は、やはり頭が回る。

袋の中身には、口止め料と多少の脅しも含まれていることを正確に察知し、かつ一人で村から出たこともない自分が伯爵の子を産むのは無理筋であることも理解し、適切な嘘をでっちあげた。

そのときふと、母に感心している私の前に、伯爵が膝をついた。

「すまない。いきなりのことに、大いに戸惑っているだろう。それでも、私たちは決して、君を飢えさせはしない。わが子として、大切に守ると誓う。だから、ノア……、いや……、セナピノア、だな。今日から君は、私たちの娘だ」

そうして貴族の娘らしい長い名を私に与えてくれた伯爵は私のお父様となり、伯爵夫人は私のお母様となった。

そして、長年のお父様の治療が実ったのか、余計なプレッシャーが減ったのがよかったのか。

私が二人の養女となった三年後、お母様は元気な男の子を出産した。

用済みになったはずの私を、それまでと変わらず娘として溺愛してくれている二人は、私にはもったいないような、自慢の両親だ。

†

それから私は約八年、えらくしあわせな生活を送らせてもらった。

　飢えない寒くない清潔なだけで、もう最高にありがたかったのに、伯爵夫妻である父母は、現代日本を知る私が、なんて贅沢《ぜいたく》なのかと震えるほどの環境を、私のために整えてくれた。

　特に母は、私を着飾らせることを趣味と豪語し、私が村で住んでいた家ほどの広さのウォークインクローゼットを、私のためのドレスと装飾品で埋め尽くした。そして、日々私にあれこれ着せては、父といっしょになって、かわいいだの美しいだの騒ぎ愛《め》でてくれている。

　まあ、これは、この世界にとっては最上の美らしい、私の顔のおかげもあるかもしれない。それでも少しも血の繋がらない私を、よくぞここまでかわいがれるものだと、感心してしまう。

　初春の今日も、先日仕立ててもらった、春らしいパステルピンクの、ふわりと広がる裾が愛らしいドレスをお母様とメイドに着せてもらい、朝からずっと『世界一かわいい我が家の春の妖精ちゃん』などと呼ばれてしまっている。

　あまりにご満悦でそう呼びかけられ、なんとなくこれからする話に気まずさを覚えた私は、まずはお父様の書斎を訪ね、彼にだけ、私の決意を告げることにした。

「お父様、私はそろそろこの家を出て、神官になろうと思います」

　私の宣言を聞いたお父様は、ギギギと音がしそうなほど首を傾《かし》げ、ぎこちなく口を開く。

「なぜ、急にそんなことを……？」

「急ではございません。私はもう一五歳。この家を出るべき年齢です」

「待ってくれ。それは君の……、ええと、幼い頃を過ごした村での話であって、私たちの常識とは違う。貴族の子女であれば、一八くらいまでは、家にいて当然だ。更に結婚が遅ければ、それだけ家を出る時期は遅くなる。ノアは、ずっとこの家にいてくれて、かまわないんだよ」

普段は寡黙であまり感情を面《おもて》に出さないお父様にしては珍しく、今にも泣きだしそうな表情で、彼はそう言った。

ふむ。結婚か。

対外的にはお父様が独身時代にもうけた子とされているし、実は赤の他人であるが、伯爵夫妻の養女であることは間違いない私だ。それなりの教育も受けさせてもらった。

なにより、自分ではそうは思わないが、私は、この国では、はちゃめちゃに美人であるらしい。

ますます前世の自分に似てきたあっさり顔に、私は『可もなく不可もない、つまらん顔だ』と思うが、世人はみな見惚《みと》れ、褒《ほ》め称《たた》え、ちやほやちやほやしてくれる。

政略結婚というかたちで、この家の役に立つことができるかもしれない。

「どこか、私が嫁いだ方が良い家が、ございますか？」

「家のための結婚なんか、する必要はない！」

おっと。

軽く思い付きを口にしたら、予想外に強い口調で反論されてしまった。

私が目を瞬かせていると、お父様はあわてて私に頭を下げる。

「ああ、大きな声を出してしまって、すまない。でも、ノアは、子どものいなかった私たち夫婦にとって、天からの授かり物なんだ。そこにいるだけで、私たちをしあわせにしてくれる。君が妻を癒やしてくれなければ、ファラサールだって、きっと産まれなかった」

ファラサールは、伯爵夫妻の実子で、私の弟だ。

五歳になったばかりの彼は、なにも知らず、純粋に私を姉と慕ってくれている。

「だから、ノアは、なにもしなくていいんだよ。家のために望まぬ結婚をする必要もないし、神官としての奉仕なんか、無理にしないで欲しい。結婚したいと思う相手がいればして、やりたいことがあればやりなさい。自由に生きられたはずの君を、伯爵令嬢という窮屈な立場に仕立ててしまった私たちだ。せいぜい生涯利用しつくして、君の望むがままに生きて欲しい」

伯爵令嬢の立場、そこまで窮屈とも思わないけれどな。

確かに色々と制限も義務もあるが、そんなものは、この贅沢な衣食住のありがたみから考えれば、屁《へ》でもない。

なのになぜか負い目を感じているらしいお父様に、そこまで言われてしまった私は、改めて考える。

家のためではない、私のしたいこと……。

「ええと……、それならば、やはり神官になりたいのですが」

「……ノア」

私の言葉にがっくりとうなだれてしまった、最近白いものが交じり始めている彼の頭部を見つめながら、私は言い訳をしていく。

「いえその、せっかくのこの力、活かしたいのです。お父様のように、多くの人を癒やしたいのです。結婚は、今のところしたいと思う相手がおりません。親のすねをかじってだらだらと生きるというのは、どうにも性に合わないですし……」

「それでも、もっと王宮とか、華やかな職場を選んでも良いじゃないか。わざわざ神官なんかにならなくても……。ノアは女の子だから、さすがの国も、危険な巡礼の旅には行かせないはずだし……」

「あら、残念です。むしろ私は、この国を、色々巡ってみたかったのですが」

私が本音を漏らすと、父はぱっと顔をあげた。

「は⁉　ダメだダメだダメだ！　わかっているのかノア⁉　君はとっても、とぉってもかわいい女の子なんだぞ⁉　一人旅なんかしてたら、一歩歩くごとに求婚者か人さらいか、とにかくノアを狙う害虫どもが現れて、大変なことになるに決まってる‼」

大袈裟《おおげさ》な。というか、この人今、求婚者まで害虫カテゴリーに入れたな。なんというモンペ。

そんなことをぼんやりと考えていたら、お父様は、えらく真剣な表情で、私を説得しにかかる。

「いいかいノア、好きに生きていいとは言ったが、君が危険な目に遭うことは、絶対に許さない。そもそも女神官で国中を回るのなんて、【聖女】くらいで……、あ」

『あ』と、なにかに気がついたかのような声を漏らしたきり、お父様はかたまってしまった。

ついで、まじまじと私の顔を見つめる彼は、ぶつぶつと何事か呟《つぶや》き始める。

「そうだ……、このノアが神官になる意思なんか示したら……、この美貌……、伯爵令嬢……、癒やしの力……、どう考えても……」

「お父様、【聖女】とは、どういった存在でしょうか？　私が聖女になれれば、女の身でも、巡礼の旅に出られるのでしょうか？」

私が遮るようにそう問うと、お父様は苦虫を嚙《か》み潰《つぶ》したような表情で、ため息を吐《つ》いた。

「お父様、聖女とはなにか、私に教えてくださいませ」

重ねて問われた彼は、しぶしぶといった表情で口を開く。

「……聖女、とは、国と神殿が認めた特別な女神官のことだ。ノアなら、きっと、いや絶対、神官になりに神殿に行ったりすれば、あっという間、その瞬間に、聖女の認定を受けると思う。ああ、嫌だ！」

「お嫌、なのですか？　聖女とは、どのように特別な扱いをされるのでしょう？」

「聖女は、なんと言ったら良いか……、……象徴で偶像、とでも言おうか。国と神殿が人心を掌握するため、各地を慰問して回らせる、特別な女神官だ。そしてそれは、主にルックスで選ばれる」

ルックスで選ばれる、偶像。……要するに、アイドルかな？

今一つピンとこない私が首を傾げると、お父様は丁寧に説明を重ねていく。

「そうだな。神官、というか、治癒魔術師の問題点から、話をしようか。治癒魔術が上手《うま》い人物は、ほとんど、いや、もしかしたら全てと言ってしまってもいいかもしれないくらい、おっさんかじいさんばかりなんだ」

珍しく雑な言葉を用い、けれど表情はどこまでも真剣に、お父様はそうおっしゃった。

私は、教わった知識に照らし合わせ、頷く。

「ええ、まあ、それは当然でしょうね。魔術全体として、長年修練を重ねた者が高みに至るのが一般的ですし、特に治癒魔術は、経験も重要なようですから」

治癒術師には、医者のような役割もあるからだろう。

「たくさんの人々を癒やし徳を重ねることで、神がより大きな力を与えてくださるという説もあるな。そして、治癒魔術の才があっても、女性の場合、それを活かす職には就かず、家庭に入る者が多い。結果、神官で、能力が高い者は、中高年の男ばかりとなる。しかし、それは神殿の運営上、大きな問題となる」

お父様はそこまで言ったところで、私の顔を見つめた。

「やはり、人は、神に与えられし奇跡とか神秘の癒やしとかいうものは、美しい存在から与えられたいと思うものだ。というか、どんな奇跡も癒やしも、険しい表情のおっさんが、脂汗をたらしながら必死にひねり出したものだと、ありがたみがないというか、正直つまらないというか……」

「要するに、イメージの問題なのですね」

私の言葉に、お父様は深く頷いた。

「そうだ。そこで、そのイメージを良くするために、年若く美しく、できれば高位貴族の子女で、癒やしの力を持つ【聖女】が選ばれ、前面に立たされる。後方の男どもが脂汗を流そうが鼻水を垂らそうが、センターで涼やかな表情の凛《りん》とした特別な少女が癒やしの光を纏《まと》っていれば、民衆は聖女しか見ない」

なるほど。

病は気からと言うし、なんかありがたい感じがする方が、実際治りが良いとかの効果も、あるのかもしれない。

私はふんふんと頷きながら、続くお父様の説明に耳を傾ける。

「聖女自身の実際の力はな、それほど強くなくていいんだ。聖女には、高位神官が一〇名前後付き従う。実際の治療にあたるのはその神官たちだが、それを率いているのが美しく特別な存在であるということが、民を鼓舞してくれる。【聖女の御幸《みゆき》】として、特別な治療団が国を巡ることが、国と神殿の求心力を高めてくれるんだ」

つまり、聖女は、国を回る治療団の、先頭に立つ派手なお飾りと。

だとすれば、いったいお父様は、なにが不満なのだろう。

それは彼が私に望む、華やかで楽しげで楽そうな生きざまだ。

……残るは、『危険な目に遭うことは、絶対に許さない』？

「その旅路は、命の危険があるようなものなのですか？」

私がそう切り込んでみたところ、お父様は首を振った。

「いいや、聖女には、神官の他に、護衛の騎士が交代要員含め精鋭三〇名前後、御付きの侍女もその半数程度付く。大袈裟に保護することで、民衆に『そちらに行かせてやる聖女とは、こんなにも特別ですごい存在なのだ』と誇示する意味もあって、聖女は、それはもう大切に大切に守られる。命の危険は、まずないだろう」

「では……」

「それでも、地方を回るのであれば、不衛生な場所にも行かざるを得ない。基本は馬車での移動だが、自分の足で歩まなければ行けない場面も、野宿を強いられることすらある」

ああ、だから聖女になりたいという貴族令嬢が、そうそういないのか。

私が神官になると言えばすぐに聖女になれるというのは、たぶんそういうことだろう。

お父様の言葉に納得した私は、端的に彼の懸念を払拭することにする。

私は、ちゃんとした貴族令嬢ではない。

「お父様、私が幼い頃を過ごした村以上に、劣悪な環境というのがあり得るのでしょうか」

「……ない、とは、言い切れないのではないだろうか」

「あるとは言い切れませんのね。つまり、少なくとも、お父様が巡礼で回った地には、なかったと。野宿といっても、凍死の危険を感じるほど寒くはないでしょう？　餓死の危険を感じるほど、飢えることはないのでしょう？　ならば私にとっては、苦になるものではありませんわ」

私は、きっぱりとそう断言した。

それを聞いたお父様は、なぜか寂しげな表情になり、私に問いかける。

「……なぜノアは、そこまで旅をしてみたいんだい？　この家が、やはり君にとっては、心落ち着く場所になれていないということか？」

「そんな、とんでもございません！」

私は慌てて首を振った。

そりゃ、死と隣り合わせの劣悪な環境から救いだしてくれた伯爵夫妻には、とてもとても感謝している。だから日頃から、多少気遣いをしている部分はある。

けれど、この家が嫌とかではないし、旅に出てみたいのは単なる私のわがままだ。

「ええと、どこから説明したらいいのでしょうか……」

そう言葉にしながら、私は自分の考えを整理していく。

私が巡礼の旅に出てみたいと思った理由は、三つある。

とりあえず、一つ目の理由が一番当たり障りがないので、極力当たり障りない表現で、説明をしていくことにする。

「私が旅をしてみたい一番大きな理由は、好奇心、ですね」

「……好奇心？」

首を傾げるお父様に、私はゆっくりと説明をしていく。

「私はほら、生まれがアレで、育ちがコレでございますでしょう？　お父様とお母様に引き取っていただいた日から、生活が一変しました。様々なことを教えていただき、経験させていただき……」

なにより、異世界転生なんぞというものをしてみて、とは、言えないが。

「いつしか、他にも私の知らないことが、もっとずっと、たくさんあるのだろうな、と、そう思いましたの。だから、様々な場所へと行ってみて、色々なことを、この目で見てこの耳で聞いてこの鼻で嗅いでこの手で触ってこの肌で感じてこの舌で味わってみたいと、そう思いますの」

私が一息にそう宣言すると、お父様はゆっくりと頷いた。

「ノアの気持ちは、わかった。とにかく、見識を深めたいんだな」

お、説得成功か？

そう期待した私だったが、お父様はじっと私の目を見つめ、問う。

「……それなら、とりあえずまずは、遊学なんてどうだろうか？　ノアはまだ子どもなのだし……」

なんという過保護。

いや、一五歳の子どもの親ってのは、そんなものか……？

諦めの悪いお父様を説得すべく、私は彼をまっすぐに見つめ、二つ目の理由を伝えていく。

「お父様、私は、この家が大好きです。お父様とお母様への感謝と敬愛は限りなく、ファラサールはもうかわいくてかわいくて仕方ないのです」

「ならば、すぐに家を出なくても良いじゃないか。私たちだって、ノアのことが大好きなんだから」

「いいえ、だからこそ、です。私はもういい加減、この家の役に立ちたいのです。ファラサールが、苦労せず伯爵となって欲しいのです。お父様、嘘偽りなくお答えください。私が神官となれば、ファァラサールはならなくて済むのではありませんか？　私が聖女となれれば、この家にも益があるのではありませんか？」

視線を先に逸《そ》らしたのは、お父様だった。

「……ノアは、本当にしっかりしている。農村出身の子どもは幼い頃から労働力と見なされるせいか、早くに自立する傾向があるが……、ノアは中でも、特別な気がするな」

そう言った彼は、ひとつため息を吐いてから言葉を続ける。

「そうだな。ノアの言うとおりだ。二人姉弟の姉が神官であれば、我が家からはこれ以上は出せないと言って、きいてもらえるだろう。聖女は必要な存在だが、そもそも治癒魔術の素質を持つ者が少ない中で、更に年若い女性で、あげく美しいというのは、もう奇跡のようなもので、なかなかふさわしい者がいない。ふさわしくとも、自ら引き受ける貴族令嬢は、まず存在しない。だから聖女を出した家は、国にも神殿にも、とても丁重な感謝をされる」

お、今度こそ説得成功か？

「……ノアの気持ちはありがたいが、同じように、私たちだって、君のためになることがしたい。まだまだ君を甘やかしたい。聖女になるとしても、今すぐでなくて良いと思うのだが……」

本当に諦めが悪い！

お父様の言葉に、私は思わず舌打ちしそうになってしまった。

「ですから、元村の子どもとしては、もう十分に長期間甘やかされすぎていて、もはやいたたまれないのです。最高じゃないですか、聖女。私の望みが比較的安全に叶い、家にとっても良いことで、みんなしあわせになれるじゃないですか。もう一刻も早くなりたいです」

私がそう畳み掛けても、まだどこか納得いかない様子のお父様の、説得を続ける。

「そもそも、聖女って、象徴で偶像であるというなら、私よりもっと年若い子が望ましいくらいなんじゃないですか？　その方がより神秘的でしょう？」

この世界のアイドル事情はよくわからないが、神秘性を求めるなら、むしろ子どもの方が良い気がする。

そう感じた私があてずっぽうで言った言葉に、なにか思い当たる節があったらしく、お父様はついと目を逸らした。

「……すぐに断固拒絶したので忘れていたが、ノアには聖女の打診が、確か七年前に、来ていた」

「私がこの家に来て、割とすぐじゃないですか！　あ、わかりました。神官様を呼んで治癒魔術を教えていただき始めたときですね!?」

私が詰め寄ると、お父様は目を逸らしたまま頷く。

「ほらほらほら！　やっぱり私が正しいんですよ！　もう遅いくらいです！　私は、今すぐ、聖女になります!!」

私がそう断言すると、お父様はようやく、しぶしぶ頷いてくれた。

その後も、やっぱり寂しいと幾度か食い下がられたが、伯爵家の当主という立場にある彼は、最終的には、合理的な判断で、私が聖女になることを応援してくれた。

「下手《へた》に家出なんかされるよりは、安全で安心だからな……」

そう言ったお父様は、妙に白髪《しらが》が目立っていたような気がした。まさか、この件で増えたのだろうか。申し訳ない。

こうして私は一五歳で神殿に入り、すぐに聖女となることとなった。

と、言いたいところだが。

その前に、『聖女になる』とお伝えしたところ、お母様は号泣し過呼吸を起こしぶっ倒れ、ベッドの上から息も絶え絶えに『いかないで』とすがり付いてきた。

死ぬかと思った。お母様が。

彼女のお気に入りの着せ替え人形である自覚はあったが、まさかこんな命の危険があるほど動揺されると思っていなかった私は、仕方なしに、お父様には伏せた三つ目の理由を、彼女にだけは開示した。

私はこの巡礼の旅のどこかで、私の良い感じの伴侶となる男性を、見つけたかったのだ。

というのも、私は、伯爵令嬢としてそれなりに社交の場にいかせてもらったり、治癒魔術の才がある者として神殿にも出入りさせてもらったが、出会った範囲内で、どうにも好みの男性がいなかった。

まずこの世界のイケメンは、あっさり顔だ。

私からすると大して好みではない男どもが、己は顔が良いという自覚に基づき振る舞っていると、

『私と同じような凡百顔のくせに、なんだこいつ』としか思えない。割と腹が立つ。

かといって私的に好みの顔の男性となると、みんな己は不細工であると自認しているので、基本的にみんな卑屈すぎる。

私が近づいたりしたら、『財産全部貢ぎますので、どうか弄ばないでください』とか言われる。警戒心が強い。

これを攻略するには、よしよししてあげて？　甘やかして？　信じてくれるまで愛を囁《ささや》き続けて？

私がされたいわ!!

率直に言ってめんどくさい。精神年齢的には私の方が年上でも、私には男をよしよしする趣味はない。どちらかといえば、求められたい。

いや、大切な存在であれば、甘やかすのも当然良いだろう。けれど、ずっとそれというのは、少なくとも私には無理だ。疲れてしまう。一方的な関係は長続きしないだろう。

世界は広い。

私の美的感覚に合う地域が、あるかもしれない。

そんな地域出身だったりとかして、顔も中身も私好みの人が、世界のどこかには、いるかもしれない。

これが、三つ目の理由だ。

美醜逆転だとか異世界転生だとかいう話は両親にはしていないので、お母様には、『実は、恋がしてみたいのです。この人ならと思える方に、出会えたならと……』とだけ、ひっそりと告白してみた。

ほら、女の人って、恋バナ好きだし。共感してくれるかも。

そんな安直な考えだったが、やはり効果はあったらしく、お母様は仕方なさそうにため息を吐き頷いた。

「……まあ、ノアちゃんにふさわしい男性なんて、そうそういないものね。色々な出会いをした方が、いいかもしれないわ。過保護な旦那様のもとを離れて、自由に恋をしてみたい気持ちもわかるし」

あ、やっぱり、妻の目から見ても、過保護なんだ。

そう改めて思った、どうやらこれまで徹底的にお父様が言うところの【害虫】を駆除されまくってきたらしい私を、お母様はぎゅっと抱き締める。

「わかったわ。いってらっしゃい、ノアちゃん。でも、ちゃんと、定期的に帰ってきてね。この家はあなたの家で、私たちは、あなたを愛しているのだから。ちょっとでも嫌なことがあったら帰って来て、少しでも疲れたと思ったら帰って来て、特に何もなくともなんとなく帰って来て欲しいの。たまには、私たちに、あなたを甘やかさせてやってね。それが、親のしあわせだから」

そんな甘く優しい母との約束を胸に、私は聖女となり国を巡りだし、そして――、運命の人と出会ったのだ。

第二章　聖女と英雄

よくよく考えたら、私に聖女なんぞ、務まるのだろうか。

自立できる、国中を見て回れる、なにより、家の役に立てる。

そういった利益ばかりに目を奪われ、なろうと決めてはみたものの、はて、本当に私にできるのか？　と思ったのは、もうすっかりすべての準備が整った後だった。

私が『聖女を目指したいです』と神殿に表明した途端、まさに一瞬と言っていいほど即座に、私は聖女と認められた。なんでも実に八七年ぶりの出現だとかで、国も神殿も待ち望みに待ち望んでいたらしく、えらく話が早かった。

内心ちょっと不安だった私の生まれのことは、ハンデにもならなかった。というか、国と神殿でどうにでもごまかすという趣旨のことまで言われた。びっくりした。

そして、あれよあれよという間に各地に散っていた高位神官が呼び集められ、お父様が神官に復帰して聖女付きの神官団に志願するなんぞと言い出しお母様に却下され、聖女騎士団なるものが編成され、聖女の侍女集団はお母様の息のかかった人々でほぼ固められた。

同時に、豪奢《ごうしゃ》な専用の馬車が用意され、旅に必要な物資と、いやこんなものまでは不要ではと思うような贅沢《ぜいたく》品が、必要十分以上に揃《そろ》えられた。

最後に、繊細なレースが随所にあしらわれていてどこか豪華ながらも、神官らしく露出の少ない清《せい》楚《そ》な聖女服が仕立て上げられ、私は、そのかわいさにちょっと心ときめかせながら、身に纏《まと》った。

それを見た両親と、なぜか神殿と国の関係者の方々が『可憐《かれん》だ、美しい、この奇跡は絵に遺《のこ》すべきだ！』と騒ぎちょっと余計な時間がかかったが、まあとにかく、すべての準備が完了した。

そして、さあ、旅に出るぞ！　となったところで、はて、となったわけだ。

さすがに歌ったり踊ったりはしないだろうけど、私は、それほど目立つのが得意な質《たち》ではない。

周囲の人々は揃って褒めちぎってくれるが、前世の記憶があるので、自分の美しさというものに自信はない。

おまけに、神官としての実力だって、同年代の中では頭一つ抜けていると言われたが、やはりベテラン神官にはとうてい叶《かな》わない。

……本当に、やれるのかな、聖女。

そう不安に思いながらの聖女デビューだったが、結果として、やれた。

というか、むしろすっごい楽だった。

聖女は、本当に、ただの豪華なお飾りだった。それも神秘的な感じが求められるので、私はできるだけ涼しい顔をして立っていることこそが役目で、もう本当になんにも、愛嬌《あいきょう》を振《ふ》り撒《ま》くことすら、それほどしないでよかった。

羞恥心だけはしばらくくすぶったが、そんなのは、お役目の手間に対するリターンを考えれば、些《さ》末《まつ》なことだった。

私は一行に守られながら快適で安全な旅をして、ちょろっと祈ってはあちらの街で有力者に歓待され、こちらの村で村総出の宴《うたげ》の主役となるだけ。

苦などひとつもなかった。

道中の簡素な食事を詫《わ》びられたりしたが、そこらの草とか虫とか食べないレベルでなにを言っているのかと思ったくらいだ。

このままでは、駄目だ。

聖女になって一月も経つ頃には、私は危機感を抱くようになっていた。

同時に、この扱いでも不満だなんて、お父様はやはり過保護が過ぎるなと震えたが。

そこで私は、巡礼の旅の間、徹底的に己を鍛えることに決めた。

国と神殿をあげての一大プロジェクトである【聖女】に同行してくれているのは、実力者揃いの高位神官と、精鋭揃いの騎士ばかりなのだ。学ばない手はない。

そう考えた私が彼らに頭を下げて教えを請うと、まず、すごく驚かれた。

彼らが言うには、私は見た目が極上の、伯爵令嬢。それも治癒魔術持ち。更に聖女の実績を引《ひ》っ提《さ》げていけば、王妃の座にも余裕で手が届く、だとか。

ただし、うちの国の王家の男には、既に伴侶がいる者か、まだ幼すぎる者しかいない。

だから、どうせすぐ他国の王太子にでも嫁ぐつもりなんだろうと思われていたらしい。

そんなわけないのに。

むしろ、旅の途中に出会った中で、自分の実力で成り上がった系の人々は、顔がまずかろうと（私的には美形なわけだが）自信に満《み》ち溢《あふ》れていることに気づいた私は、そういった商人か冒険者なんかに憧れていると打ち明けたら、更にものすごく驚かれた。

それと同時に、『その美貌で、民間に嫁ぐ可能性があるのなら、身を守る術《すべ》はいくらあっても足りない』とか言われて、みんな、ものすごく真剣に、色々と教えてくれるようになった。

彼らにとっては子や孫世代であった私は、ずいぶん甘やかされていたと思う。

みんなこぞって内緒だよと言いながら、各々の一族に伝わる秘術だの、長年の鍛練で至った奥義だの、本当に教わっちゃっていいのかと不安になるような魔法を、ほいほいと教えてくれた。

ともに旅し教え教えられ、いつしか、聖女付きの仲間たちとは、家族みたいな関係になっていた。

そして、その頃には、私は真実【聖女】と名乗れるだけの実力を、身につけていたと思う。

✝

すべてが順調な、のんきで気楽な聖女ライフ。

その終焉《しゅうえん》は、聖女となって三年後、私が一八歳になろうかという頃、唐突に空からやってきた。

人喰《ひとく》い魔竜が、数多《あまた》の魔物を引き連れ、この国へと侵略を開始したのだった。

元は、隣国で永き時を生きた、ただの火竜だったらしい。

ところがあるとき、火竜は人の味を知った。

魔法が使える人間の味は、竜にとって、その性質が凶悪に変質してしまうほど、美味《おい》しかったらしい。

ただでさえ強かった竜は、次々に人里を襲い力ある人間を好んで喰い、更に喰った人間の力を己のものとして、どんどんと強くなっていったそうだ。

やがて火竜は人喰い魔竜と呼ばれるようになり、隣国は魔竜に滅ぼされた。

そして、いつしか数多の魔物がその強さに魅了され付き従うようになっていた魔竜は、新たな狩り場、私たちの住む国へとやってきてしまうこととなる。

国は荒れた。

縦横無尽に空を飛び、破壊し略奪しまた空を飛んで去っていく、人喰い魔竜とその眷属《けんぞく》により。

幾人もの魔力持ちすなわち貴族が餌となり、人々は傷つき疲弊し飢えて苦しんだ。

そして、私たちの【聖女の御幸《みゆき》】は、魔竜の足跡を辿《たど》るように進むこととなってしまった。

私たちは生き残った人々を癒《い》やし、犠牲者のために祈り、民衆を鼓舞して回った。

……いや、癒やせたかどうかはわからない。

私はそれまで、正直に言って、うぬぼれていた。

私が行く先では、みんなが笑顔になると思っていた。

けれど、心底傷つき、疲弊し、飢えて苦しんでいる人々は、笑う余裕など失っていた。

傷つく前に守りたかった。死なれる前に救いたかった。

みんなを笑顔にしたかった。

けれど、私の力では、【一度傷ついた者を治せる】でしかない私たち神官の力なんかでは、大して役に立たなかった。

魔竜を討つと豪語する冒険者集団の噂《うわさ》を耳にするようになったのは、私たちが無力感に苛《さいな》まれつつあった頃。

一人の男が立ち上がったらしい。

ともに戦う部下を集めたらしい。

ある街が魔竜に襲われかけたが、そこに駆けつけた男が、見事魔竜を退けたそうだ！

魔竜の眷属を減らしているらしい。

あの村も守られた。

男と戦った人喰い魔竜が深手を負い、山へと身を隠したそうだ！　男はそこで、魔竜を討つと豪語している！

どんどんと進んでいく英雄譚《えいゆうたん》がそこに至ったとき、いてもたってもいられなくなった私たちは、その男、後の【英雄】、ガラファント・アグラディアを追いかけた。

人々を真実救える彼らを、絶対に死なせてはいけない。彼らの役に立ちたい。

そんな純粋な気持ちで、私たちは彼のもとへと急いだ。そして、魔竜の逃げ込んだ山の、麓にある小さな村で、ようやく彼らに追いつくことに成功した。

そして、魔竜討伐の準備を整えていた彼らに、お供したいと申し出ようとした、のだが。

初めてお会いしたガラファント様があまりにかっこよすぎて、私はうっかり、彼に一目惚《ひとめぼ》れしてしまった。

いや、噂には聞いていた。

かの高名な冒険者ガラファント・アグラディアは、腕は立つが、姿はたいそう醜いのだと。つまりは、私にとってはかっこいいのじゃないかと、なんとなく思っていた。

噂によると、ガラファント様は、不気味なほどにぎょろりとした目をしているらしかった。

実際お会いした彼は、凛々《りり》しい眉に飾られた、くっきり二重に鋭い眼光の、燃える炎のような、上等なルビーのような、美しい深紅の瞳をしていた。短いながら輝くような金の髪と相まって、実にキラキラしかった。

噂によると、ガラファント様は、みっともないほど大きな、不気味に眉間から伸びたような鼻をしているらしかった。

実際お会いした彼は、通った鼻筋に高い鼻をなさっていて、その下の薄い唇へ流れるようなライン

は、一生眺めていたいくらい美しかった。

男らしくも美しいパーツが美しく配置された、完璧な顔面だった。

噂によると、ガラファント様は、むくつけきという単語を体現したかのような、巨大で下品な体躯《たいく》をしているらしかった。

実際お会いした彼は、まず足が長かった。背が噂通り高かったのだが、単に手足が長い結果である。下品なんてとんでもない。バランスよく鍛えられ引き締まった、男らしい体格だった。

なんで！　これが！　醜い扱いなんだよ!!　おかしいだろこの世界!!

そう叫びたくなるくらい、ガラファント様はかっこよかった。

ちなみに私は、黒と思いきやよく見りゃ紺碧《こんぺき》だけどそれを見てとるのが難しい細い目に、幼い頃は周囲とそこそこ調和した栗色《くりいろ》だったはずなのに成長とともに黒くなってしまった髪をしている。

背はそれほどのびなかったし、基本旅路の生活をしているおかげか、贅肉はあまりついていない。胸にもあまり集まらなかったのは、ちょっと悲しい。

結果、前世日本人だった頃の自分を、目をわずかに青っぽくしただけの姿に、なってしまっている。

産みの親も育ての親も、なんとなくヨーロッパ系っぽいのに。

なんでだ。

私の魂がこの姿で、それに合わせて現世の体が成長してしまったんだろうか……。

転生前、周囲から顔がキレイじゃないとまで言われたことはないし、この顔で特に困ることはなかった。けれど、どうせヨーロッパっぽい世界に転生したならば、フランス人形のようなおめめぱっちりのキラキラ美少女になりたかったなという願望からは、あまりにかけはなれた姿だ。

なのに私が超絶美人扱いされ、ガラファント様がむくつけき醜男《ぶおとこ》扱い。

この世界は間違っている。

そんな風に世界を呪ってみたりもしたが、ガラファント様に一目惚れをしてしまったりもしたが、今は有事。

一刻も早く、人喰い魔竜を討たねばならない。

私はそう気を引き締め、一団の代表者として、ガラファント様たちへの挨拶と、ぜひ魔竜討伐に協力させて欲しいという申し出を行った。

ところが、それを聞き終えた、あちらの代表者である彼は、ため息を吐《つ》き、口を開く。

「……やっかいなお飾りは、邪魔だ。ひっこんでろ。他の奴《やつ》らで……、っても、ヒーラーはそんなにゾロゾロいらねぇな……。そうだな、お前らの中で、実力はそこそこでもいいから、万が一死んでも、一番問題がない奴が一人、ついてこい」

その率直なお言葉に、私はすかさず挙手をした。

「は？　てめえ聖女だろ？」

やだガラファント様、不機嫌顔も色気があってステキ。あ、違う。

見惚《みと》れてしまって一瞬間ができてしまったが、私は急いで言い訳をする。

「あの、ですから、この中なら、私が一番、万が一死んでも問題がないです！　私の後ろの神官たちは、皆高位神官であり、神殿内で役職と派閥があります！　子や孫もいます！」

私の言葉に返ってきたのは、頭上からの、ひどく重たいため息だった。

「馬鹿か。聖女は唯一無二だろ。お前が死んだら、大問題になるに決まってる」

「私が死んでも、大した問題にはなりませんよ。また、誰か適当に顔の良い女の子が、私の遺志を継いでとか言って聖女になるだけです。……いや、しばらくは私が死んだ悲劇でもって民衆を動かせるでしょうから、あえて空位にするかもしれませんね」

絶句した彼に向かって、私は畳み掛ける。

「ご自身でおっしゃったじゃないですか、【お飾り】だと。飾りの代わりなんて、いくらでもありますよ」

私の乱暴な言い草に、それまで固唾《かたず》を飲んで私たちのやり取りを見守っていた神官のみんなが、さすがになにか言いたげな様子を見せたが、私は彼らに笑みを返す。

大丈夫。神殿にとっての私の存在価値はただのお飾りだけど、私の実力は、もう、ただのお飾りの域を軽く超えていることは、私を育ててくれたみんなが、一番よくわかっているでしょう？

私のそんな表情を正確に読み取ってくれたらしい彼らは、心配げなまなざしのままではあるものの、揃って口を閉ざし、私の意志に従ってくれるようだ。

「……そこそこでも良いとは言ったが、実力がまるっきりないんじゃ困る」

けれど、私の実力なんぞ当然知らないガラファント様は、絞り出すようにそう言った。

私は、神官のみんなを手で示しながら、告げる。

「その点もご安心ください。私は、聖女として三年間国を回らせていただく間に、この最高の高位神官集団によって、鍛え上げていただきました。肘膝から先程度なら、五秒で生やせる実力があります。あなた様のお役に立てるであろう他者の力を補助する魔法に関しても……」

これは実際に体験してもらった方が、わかりやすいだろう。

そう判断した私は、ガラファント様に祈りを捧《ささ》げる。

魔法の光がその身に吸い込まれた彼は、自身の手を確認するように見つめた。

「……なんとなく、体が軽いな。ああ、目と耳までよくなってんのか。で……」

ひゅっと、銀色のなにかが翻った。

次の瞬間にぴたりと私の喉元で止まっているそれは、どうやら彼の剣らしい。

「確かに、いつもより動けるな。単純な力の強化だけでなく、感覚も鋭くさせて、違和感なくあり得ない動きができるようにしてる、ってとこか？　器用なことをする。で、お前は一応は自分の身を守る術もかけられる、と」

彼の剣は、私が常に展開している魔導障壁に阻まれている。けれど、これがなかったら、ちょっとくらい切られてただろうなぁ。

で、これじゃ使い物にならないからと、置いていかれたに違いない。

彼の射抜くような視線にそう確信した私は、あえて笑みを返す。

「おわかりいただけましたでしょうか？　死んでも特に問題にはならないとは申しましたが、わざわざ死にたくて言ってるわけではないのです。きっとお役に立ってみせます。ちなみに、私は神官の中で一番年若いので、山歩きに適した身体能力が、一番ありますよ」

そう言うと彼は、私の後方の神官たちを確認するかのように、一人一人眺め始める。

神官たちは、みな中高年だ。この集団の中で、騎士たちを除けば、私が一番身軽で体力がある。

それを見てとったらしい彼は、ようやく頷いてくれた。

「……わかった。お前でいい。だが、お前は本当にいいのか？」

その問いの意味がわからなかった私は、首を傾《かし》げる。

「これから行く先には、例の人喰い魔竜がいる。むざむざ死なせるつもりはないが、絶対に守ってやるとは言ってやれない。お前は、いつも通り、こいつらに守られていなくていいのか？」

優しい人だ。

彼の問いに密かに感動した私は、やっぱり笑みを返す。

「ええ、大丈夫です。ガラファント様の実力は、聞き及んでおります。それに、魔竜は、どこへでも空を飛んでいきますもの。あなた様のお側《そば》につかせていただいた方が、かえって安全なくらいですわ」

「はっ、聖女様にそうまでおっしゃっていただけるとは、光栄だな」

そう言って皮肉げに笑った彼は、やっぱり顔がよかった。

この人の役に立ちたい。この人は絶対に死なせない。

そんな決意を固めた私は、彼らとともに山に登り、その日のうちに因縁の相手、人喰い魔竜に相対した。

†

人喰い魔竜との決戦は厳しく、そして、それに挑むガラファント様が、えらくかっこよかった。

魔竜は、人間など一口で呑《の》み込《こ》んでしまうほど大きく、幾人もの肉を喰って得た、禍々《まがまが》しく凶悪な力を持っていた。

常人であれば、対峙《たいじ》するだけで絶望を感じるほど強大なその敵に、彼は終始、不敵な笑みで、闘志の燃える瞳で、誰より前に出て、相対してみせた。勝手についてきた私も、彼の部下である冒険者たちも、すべてその背に庇《かば》いながら、ときにフォローしながら、的確に指揮をしながら、だ。

かっこよすぎる。もう、魔竜の炎が顔のすぐ近くを抜けようと、ガラファント様しか見えない。

私はひたすらに彼を見つめながら、その傷を癒やし疲労を回復させ力を増やせと、祈った。

ああ、この絶望そのもののような、凶悪な敵にだって、勝てる！　きっと、彼なら！

そう確信させてくれるほど、ガラファント様は誰よりも苛烈に魔竜を攻め立て、奴を足蹴にすらし、

そして最後に――、

「おぉおおおおおおおおおおおお!!」

やがて響いた、気迫の籠もったガラファント様の裂帛《れっぱく》の声。

寸前に体勢を崩した魔竜の首目掛け、振り下ろされる彼の剣。

彼に力を！　もっと、もっと、届け！

そう祈りながら見届けた彼の剣の軌跡は、まっすぐに、竜のうろこにはじかれることなく、鮮やかに竜の体を通り抜け、空までも、斬った。

次いで、魔竜の頭が。遅れて、奴の巨体が。分かれて、地に、落ちた。

どこか現実感のないその光景に、一同息をのみ、妙な沈黙が、しばし流れる。

「……勝っ、た、のか……？」

おそるおそるそう問うたのは、私からは少し離れた位置にいた、一人の冒険者さん。

ダン！

それに答えるように、大きな音で、地に伏した竜の体に突き立てられた、ガラファント様の剣。

「……動かねぇな。いくら魔竜っても、トカゲといっしょで、頭を落としゃあ、死ぬらしい。……つまりは、俺たちの勝利だ」

ガラファント様がそう言って笑った瞬間、その場のみんなの気が抜けた。次々に、その場にへなへなと座り込んだり、肩で息をしながらうなだれたりしている。

正直、ガラファント様と魔竜の強さが異次元すぎて、勝利のよろこびより、怖かったとか、やっと終わったとか、そういった気持ちが、先に出てしまったのだと思う。

私は、聖女の意地で、なんとか亡くなった方々と魔竜への祈りを捧げるところまではがんばったが、正直ようやく立っている状態だった。

一番激しく戦っていたはずのガラファント様が、一切疲れた表情をなさっていないことに、正直、『嘘《うそ》でしょ』と思っていた。

「日が落ちる前に、村に戻るぞ」

軽く魔竜の死骸の処理を済ませた後、どこまでも余裕の表情で、当たり前のようにそう言った彼に、ちょっと絶望したりもした。

まあ、家に帰るまでが遠足、無事に麓の村に帰るまでが魔竜討伐なのだろう。

神官の中で一番体力があるとまで言い張って同行した手前、私は笑顔で頷《うなず》き、彼らについていく。せめて、行き同様、ガラファント様のすぐ横の位置は、執念でキープしてやると思いながら。

あー、それにしても、ガラファント様、かっこよかったなぁ……。単純な強さもすごかったけど、人の上にたつ器というか、この人についていけば大丈夫と思わせてくれる感じもたまらなかった。

などと、先ほどの戦いを思い返してぼんやりしていたのが、よくなかったのか。

それとも、魔竜がいなくなって、気が抜けていたのか。

あるいは、やはり疲れが出てしまったのか。

もしくは、山は登りよりも下りの方がコツがいるせいか。そのすべてか。

「きゃっ……！」

私は、山下りを始めて間もなく、ずるりと、間抜けに足を滑らせ、転びそうになった。

せめて、尻から地面にぶつかりたい。瞬間的にそう願ったが、次に来たのは、なぜか固い山肌の衝撃ではなく、がっしりと私の腹部に回された、誰かのたくましい腕の感触だった。

「おい、大丈夫か？」

そんな声に、反射的につむってしまっていたらしい目をそろりと開けると、目の前にあったのは、えらく秀麗な、ガラファント様の顔だった。彼が私を抱き留めてくれたらしい。

「だい、だ、大丈夫、です！　申し訳ございません！」

声がひっくり返った。

なにやってんの私！　今日一番の功労者に、なに助けてもらっちゃっているの！

焦る私はもぞもぞと身じろぎし、彼の腕を抜けようとするが、なぜかがっちりホールドされていて、抜け出せない。

「無理すんな。っつーか、貴族のお嬢さんが、よくここまで頑張ったもんだ。あとは運んでやるから、少し休んどけ」

それどころか、そう言いながらひょいと抱き上げられてしまい、私の焦りは、ますますつのる。

私、お姫様だっこされてる!?　やだどうしよう！　顔が良い！　たくましい！　安定感抜群！

「そんな、あなた様に、ご負担をおかけするわけには……」

私は震える声でなんとかそう告げるも、ガラファント様はしっかりと私を抱き上げたまま、すたすたと歩みを再開してしまった。

「負担っつーほど重くねーよ。だいたい、俺は、聖女様のおかげでケガのひとつもねーし、無駄に力があり余ってる状態だ。気にすんな。どうしても気になるなら、しっかりつかまっとけ」

ええぇ、好きぃ……。

どうしようもないほどに胸をときめかせながら、私はガラファント様の指示に従い、ぎゅっと彼の首に抱きついた。

なにこの人、かっこよすぎじゃない？　え、どこまで面倒見いいの？　行きでも、私や他の人々に、難所で手を貸していたり、先導しながらさりげなく虫や枝葉を払って道を作ってくれたりして、いい人だなとは、思ったけれど。

顔と体格だけじゃなくて、中身までこんなにかっこよかったら、もう、世界が放っておかないんじゃない？　魔竜討伐の偉業が世に知られる前に、世に先んじて、愛の告白でもしておくべきか？

「本当は俺じゃねー方がいいんだろうが、あいにく他の奴らは、揃いも揃って、どうにかやっと歩いてる状態みたいでな。俺が怖けりゃ、目を閉じとけ」

ぼそり、と、告げられた言葉で、そういえばこの人、この世界では、とんでもないブサイクとされているのだったと思い出す。勢いのままの雑な告白などすれば、『いったいなにを企《たくら》んでいるのか』

などと思われかねない。慎重にいかねば。

「そんな、怖くなどありませんわ。むしろ、なんて優しい方なのだろうと……」

そして、その優しさに、ときめきすぎて困っている状態なのだが。とまでは、言えないが。

私が彼を見上げながら告げた言葉を聞いたガラファント様は、ふ、と、穏やかな笑みを浮かべた。

「大した度胸だ。さっきの戦いでも、うちのあらくれどもより、堂々と立ち回れていたよな」

「あ、ありがとうございます。けれど、ガラファント様こそ、誰より勇敢で、見惚れるような立ち回りでございました。私は、あなた様ほどの戦士が前にいてくださったから、どうにか役目をまっとうできたのだと思います」

私の心からの賞賛に、少し頬を赤くしたガラファント様は、つい、と視線を泳がせた。

「おう、そうかよ。……あー、その、そっちは、これから先の予定とか、決まってんのか？」

あからさまに話を逸《そ》らされた。しかし、その話は私も興味があることだったので、私は彼の問いに答えることにする。

「神殿からの指示があればそれに従いますが、今のところは特に来ておりませんので、私が決めることになるでしょう。私としましては、魔竜により傷ついた方々のため、各地を回って祈りたいと思っております。皆様は、どのようなご予定で？」

「俺たちは、常にこんな大人数で行動しているわけじゃない。村に戻ったら、まず、適当に解散するだろうな。俺個人は、魔竜が各地に残していきやがった、眷属の残党狩りをするつもりだ。他にやっかいそうな魔物がいれば、ついでにそいつも狩る。それに付いて来たいやつだけ、適当に付いて来るだろ」

「では、互いに魔竜の足跡をたどることになるでしょうから、またどこかでお会いするかもしれませんね。その際には、ご交誼のほど、よろしくお願いいたします」

私の願望まじりのそんな言葉に、ガラファント様は、ただ頷いて返した。

そんな会話を交わしたときは、本当にまた会えたらいいな、仲良くなりたいな、と思ってはいたけれど、同時に、そんな都合のいい偶然なんて、そうそうないだろうな、とも思っていた。

ところが、天は私に味方した。

あちらの村で、そちらの街で、こちらの砦《とりで》で。

私たちは、ガラファント様と、それはもう、やたらめったら出会った。

そしてその度《たび》に、私は彼に惚れ直してしまった。

だってまず、何回見てもかっこいい。いや、この世界においてはブサイクの扱いを受けているのだが、そんな扱いは意にも介さず、堂々としているところまで含めて、かっこいい。好き。

そして、強い。戦闘能力は言わずもがなだが、その力を、時に彼を醜いとけなした人々すらも助けるために、正しく使う、その心。強い。圧倒的。好き。

しかも、ガラファント様は、人々を長く苦しめ続けた人喰い魔竜を屠《ほふ》り、国を、いや、この世界を救って英雄となった身だというのに、一切気取らず、偉ぶらないままだった。善良。好き。

会えないときには、次はいつ会えるだろうかと彼のことを考え、偶然出会えたときには、彼の強く善良な振る舞いを見、たまに戦闘をサポートし、会話を交わし、また惚れ直す。

そんな一年を過ごす頃には、私の中の彼への恋慕は、燃えに燃え上がり、聖女としての猫かぶりなんぞかなぐり捨てて、「ガラファント様、好きぃいいいい！」と叫びだしたいほどまでに、育ちあがってしまった。

†

そして人々を苦しめた人喰い魔竜が討たれて、一年の時が経過した頃。

喪に服していた国がようやく日常を取り戻す節目として、明日は王城で祝賀会が開かれる予定になっていた。

その主役、英雄ガラファント・アグラディアは、自邸の奥深くで、自らの腹心である魔術師のルィンヘンを呼び出し、ひとつの宣言をしようとしていた。

「俺は、聖女セナピノア・リネステが欲しい。アレを俺の嫁にする」

『俺は、人喰い魔竜とやらが気に食わん。アレは俺がぶっ殺す』

一年と少し前にそう言ったのと同じ調子でなされた宣言に、ルィンヘンは思案する。

ボスであるガラファントがこう断言したからには、ルィンヘンが手を貸そうと貸すまいと、彼は絶対にそれを成し遂げるだろう。いつものことだ。

「はあ。それは、また、……聖女様には、御愁傷様ですとしか言えないですね」

ルィンヘンがぽつりと漏らした素直な感想に、ガラファントは憮然《ぶぜん》とした表情で頷いた。

二七歳の男が、まだ一九歳になったばかりの少女を、無理矢理自分の嫁にする。

それだけでも悲劇だというのに、少女は貴き生まれのこの上なく美しい【聖女】で、男は【英雄】の実力と実績と金こそあるもの、生まれは卑しく、姿形はこの上なく醜悪だ。

ガラファント自身、客観的に考えて『かわいそうだな』とは思う。が、それでも彼はどうしても、セナピノアが欲しい。

「しかし、ちょっと意外っつうか……、正直、ボスは、女には興味がないのかと思っていました。あ、ちょっと違うか。普通に娼館《しょうかん》に行ったりしてるのは、知ってましたよ。けど、特定の相手とかいらないっつか、結婚とかめんどくさがるタイプかと」

続いたルィンヘンの言葉に、ガラファントは今度はきっぱりと首を振った。

「んなわけねーだろ。俺だって本気で欲しいと思った女くらい、一生養うつもりはある」

そう言った彼の深紅の瞳に、確かな熱を感じ取ったルィンヘンは、ひゅうとひとつ口笛を吹いた。

冒険者として名を馳《は》せていた頃から、いくらその腕っぷしに惚れ込んだ女がしなだれかかろうと、いくら彼を取り込もうとする有力者に娘の釣書を送られようと、英雄と呼ばれるようになってからは、それらが束になろうと、軽くあしらい、むしろ、本気の好意を抱いている相手ほど遠ざけてきた、ガラファント。

　そんな彼にもようやく春がやってきたのかと嬉《うれ》しくなったルィンヘンは、にやにやと笑いながら、ガラファントに問う。

「え、ボス、マジのガチで聖女様に惚れちゃったんですか？　え、やっぱ顔？　顔ですか？」

　自分をからかうつもり満々の部下にあきれながら、ガラファントは素直に首を縦に振った。

「ああ、聖女の顔は、確かに綺麗《きれい》だ。初めて見たときにゃ、噂で聞いてた以上の完璧すぎる美貌に、正直度肝を抜かれた。っつってもそれは、俺だけじゃなくて、お前ら全員もだろ」

「あったりまえじゃないですか！　ぜってー神殿がもりもりに盛った前評判だと思ってたのに、実際現れたのがあんなんだったんですから。いやー、山村が似合わねぇのなんのって。あんまり美しすぎて、幻覚魔法かなんかかと思いましたもん」

「それでお前、あのときずっと自分の手の甲つねってたのかよ……」

「そんでしかも、ボスのことまっすぐ見上げるし、ふっつーにボスと会話するし、いっしょに山登るとか言うし、挙げ句討伐手伝うとかほざいたでしょう。驚きを通り越して、実は聖女に擬態した魔竜の眷属かなんかで、良いところで裏切るのかなと疑いすらしましたね。結果はただ、単純に聖女様がすごい聖女様だっただけですけど」

「ああ、あの度胸というか、芯の強さな。あれは俺も気に入っている。俺と目を合わせて会話するのに、気絶もしなけりゃ震えもしない、顔が青ざめることすらない貴族令嬢なんてのは、あいつくらいのもんじゃないのか」

そう言って楽し気に微笑《ほほえ》んだガラファントの笑顔に、ルィンヘンは口をつぐんだ。

ああ、本気だ。我らが英雄は、俺たちのボスは、本気で聖女を愛している。

そう確信したルィンヘンは、この偉大で優しいのにどこか不器用な男の幸福のため、哀れな聖女を生《い》け贄《にえ》にする決意を固めた。

元よりガラファントが命じるならばなんだってするつもりはあったが、それでもまだ年若い少女を不幸にしてしまうことへの、罪悪感があった。

その罪悪感が吹っ飛び、ああなにがなんでもこの恋を叶《かな》えてやりたいと心底思ってしまうほど、ガラファントの笑顔は愛に満ちていた。

「……なんだ？」

いきなり黙り込んでしまったルィンヘンに、ガラファントは首を傾げた。

問われた彼は、慌てていつも通りの軽薄な笑みを浮かべる。

「いやあ、ボスってば、本当に本気なんだなーって思っただけです」

「ああ、本気だ。……仕方ねーだろ」

照れくさそうにその事実を認めたガラファントに、ルィンヘンは笑いかける。

「ははっ、聖女様ってば、あの後もすごかったですもんね。険しい山道にも虫にも獣にもめげず、平気な顔してぴったりボスに寄り添ってて。しかも、魔竜の炎で頬が煤《すす》けようと髪が焼かれようと、ひるむことなく凛《りん》と竜に対峙したままボスを手助けし続けて……。うん、ありゃあ、ボスが惚れても仕方ないです。むしろ、俺たちのボスの隣にふさわしい女ってのは、あれくらいじゃなきゃ」

うんうんと頷く部下の言葉に、ガラファントは頬をかいた。

「あー、どっちかっつうと俺が恋に落ちたのは、魔竜ぶっ倒した後、セナピノアが感極まって泣いたときだ」

その打ち明け話に、その場に確かにいたはずなのに、そんなことがあったなど知らないルィンヘンは、首を傾げる。

「え、なんですかそれ？　知らな……、あー、あのとき、ボス以外ほぼ全員、全力出しすぎてへろへろでしたもんね。少なくとも俺は、魔力切れもあって、魔竜がぶっ倒れたのを確認した次の瞬間には、土の冷たさと草のにおいを堪能《たんのう》していた記憶があります」

「情けねーな。聖女様は、しっかり自分の足で立ってたぞ。で、魔竜の安らかな眠りを祈ったかと思うと、次々に誰かの名前を諳《そら》んじ始めてな」

恋に落ちたその瞬間を語る男は、穏やかな声で、ゆっくりと大切な記憶を言葉にしていく。

「あのクソ魔竜に喰われた犠牲者、判明している限り全員だそうだ。アレに喰われた、もう竜の血肉になっているだろうそいつら一人一人に呼び掛けて、『敵は討たれました。もう、新たな犠牲者が出ることはありません。どうか安らかにお眠りください』っつって、はらはらと、綺麗な涙を流していた」

ちょっと感動で涙ぐみつつあるルィンヘンに、ガラファントは語り続ける。

「で、その涙から目が離せなくなってる俺に深々と頭を下げて、『彼ら彼女らを助けられなかったことが、悲しいんです。同時に、これ以上はもう犠牲者が出ないかと思うと、嬉しいんです。本当に、ありがとうございました』だとさ。聖女セナピノアは、お飾りの聖女様なんかじゃない。真実民衆を救う存在なんだと、痛感したよ」

「なんすかそれー、かっこよすぎるじゃないですか聖女様ー……」

「本当にな。いやもう、あのとき、お前たちもだけど、聖女セナピノアも、たいっがいボロボロになってたんだぜ？　あんな、なによりも大切に城とかの奥深くに守られているべき宝玉みたいな女が、だ。対する俺は、魔竜を討てる存在だった俺は、あいつのおかげで、かすり傷ひとつもなかった。魔竜をどうしても倒したかった、あいつの本気を感じた」

ぐっと、ガラファントの声の熱量が増す。

「そう気づいた瞬間、もう駄目だった。あのときからずっと、あいつが愛《いと》おしすぎて苦しい。自分の面のことなんざ気にしてらんないくらい、あいつが欲しくて欲しくて、仕方ない」

「ってことは、つまり、なんか魔竜を討った後、ボスがやたら聖女様たちと【偶然】会ったり、【偶然】同じ街を救いに行ったりしてたのって、全然偶然じゃなかったわけですね？」

そんなルィンヘンの問いに、ガラファントはふっと笑って返す。

「ま、そういうことだ。しかし、正直、一年も追っかけ回せば、少しは嫌なとこが目に付くかと思ってたんだけどな……。あいつ、いつどう見ても、かわいくて、一生懸命で、謙虚で健気《けなげ》で、もう、なんなんだろな？　あの顔してりゃ、もっと調子こいてていいはずなのに、誰にでも分け隔てなく、どこまでも親切だったよな？」

「ええ、正直俺でもひるむようなひどい見た目の怪我人《けがにん》病人も、聖女様はためらわず触れて癒やして回ってましたね。貧しかったり不衛生だったりする場所でも相手でも、嫌な顔ひとつ見せませんでしたし。しかも、どんなときも、どんな相手にも、それこそボスみたいな凶悪面にまで、笑顔。善良がすぎるとしか」

「お前は失礼な奴だな……。まあ、俺も正直、聖女様すげえなって思うし、そういうところに、もうどうしようもねーくらいに惚れ込んじまってるわけだが」

「……の割に、ボス、この一年、聖女様をかっさらったり、口説いたりはしませんでしたね？」

きょとんと首を傾げたルィンヘンに、ガラファントはため息を返した。

「当たり前だろ。民衆のために戦った女に惚れたってのに、その女が魔竜の爪痕残る国を回って民衆を癒やす【聖女の御幸】の妨害して、どうすんだよ……」

「ん、本末転倒っぽいですね、確かに」

「だから、一年待った。聖女が魔竜の足跡たどりきって、すべての犠牲者のための祈りを終え、そして次を考えられるようになるまでな。もういいだろう。俺は明日、セナピノア・リネステを、俺のものにする」

明日。その具体的な日時の意味を悟ったルィンヘンは、ふんふんと頷く。

「ああ、王様のご褒美、ですね。そういやボス、爵位なんざいらねーし金はもう使いきれないくらいあるからって、『国がもう少し落ち着くまで待ってやる』とかって、保留扱いにしてましたっけ。で、望みの褒美を改めて王に問われるのが、明日なんですね」

「そうだ。王を使えば、貴族の娘なら、どんな気に入らない結婚だって、断れないだろ」

冷酷なガラファントの言葉に、ルィンヘンはぐっと首を傾げた。

「もう聖女様、ボスの嫁確定じゃないですか。……俺、なんで今日呼ばれました？　ボス、わざわざ恋バナしたがるタイプでもないでしょ？　俺は今、いったいなにを相談されてるんです？」

「お前に頼みたいのは、そこから先だ。俺の嫁にしたセナピノア・リネステを、俺のもとから逃げさせないため、力を貸せ」

そう言った瞬間、ガラファントの瞳が、どろりとした執着で濁ったかのように見えた。

思わず頬をひきつらせたルィンヘンに、ガラファントは話し続ける。

「ルィンヘン、お前は面がいいな。いかにも貴族の女が好きな顔だ」

「あー、えっと、まあ、俺一応貴族の生まれですしね。うちの冒険者集団の中じゃ、一番それっぽいでしょう」

素直にそう認めた、家督相続のごたごたで家を飛び出て冒険者となり、ガラファントに拾われたルィンヘン。

その出自に相応《ふさわ》しい、涼やかな容姿の彼にむかって、ガラファントは命じる。

「だからな、お前は、飴《あめ》と鞭《むち》の飴だ。お前が、聖女を甘やかせ。甘い言葉を囁《ささや》き相談にのり愚痴を聞き、聖女の心のよりどころとなって、あいつを俺から逃がすな。ああ、心はお前に寄せさせてかまわねぇが、体には触れるなよ」

「うわぁ、また、難しいことを言いますね……。まあボスの女に、ましてまさに今その本気をさんざん聞かされた女なんかに、指一本触れる気すら一切ないですけど。でも、心のよりどころねぇ……」

自分に望まれている難しい役目を理解したルインヘンは、少し考え、正直に打ち明けることにする。

「正直……、ちょっと自信がないです。あの子、なんていうか、俺を見る目が、【無】なんですよね」

「はぁ？　お前の面に見惚れねぇ女なんか、いるのか？」

いぶかしげにそう言ったガラファントに、ルィンヘンは淡々と答える。

「普通にたまにいますよ。既婚者だとか恋人がいるとかで、心に決めた相手以外には一切心が動かないタイプが多いです」

とたんに険しい表情になったガラファントは、低い声で呟《つぶや》く。

「調べた限り、聖女セナピノアに特定の相手はいねぇはずだし、むしろ聖女お付きの保護者どもに、やたら厳重に保護されてる感じだったが……、もしいたら厄介だな。……殺すか？」

「いやー、そういうんだったら、既に堂々とそいつのモノになってるでしょ。あんなの、相手が逃がさないに決まってます」

　ではいったいどういうことだと顔をあげたガラファントの耳に、ルィンヘンの独り言めいた言葉が届く。

「あ、あと枯れ専？　とか？　なんかすげぇ年上じゃないと興味湧かないとかいう女に会ったことがあって、そいつは、ああいう目で俺を見てきましたね。そういうのかな……」

　眉間の皺《しわ》を深めたガラファントは、ルィンヘンに問う。

「つまり聖女セナピノアは、よっぽど変わった趣味をしてる、ってことか？」

「でなきゃあんなの、あの年まで婚約者すらいないわけがないと思いますが。世の中、いい女から売却済みになるもんです」

　考えこみ始めてしまったガラファントの肩を、ルィンヘンはぽんと叩いた。

「ま、こんなのはただの推測です。単に美形は自分や家族で見飽きてるだけかもしれないですし、ものすごくまじめすぎる神の信徒なのかもしれません」

「……まあ、いい。お前で駄目なら、次の懐柔役には、老若男女を取り揃えてみるだけだ」

　ガラファントの言葉に、ルィンヘンは笑う。

「ははっガチですね。かわいそー」

「ああ。壊すつもりも逃がすつもりも、一切ない。アレを繋《つな》ぎ止《と》める枷《かせ》なら、いくらでも用意するさ」

　そう言って自嘲したガラファントをじっと見つめるルィンヘンは、ぽつりと、もうひとつの可能性を提示する。

「……でも、俺思うんですけど、むしろ、あの聖女様って、ボスを見つめる瞳こそが、割と普段俺がそこらの女に向けられてる視線に似てるっつうか……、実はあの子、もうボスに恋しちゃったりなんかしてたりしません？」

「は？　……あー……、確かに、妙に熱っぽくこっちを見上げてくるなとは、俺も思ったな。まあ、初対面があれだったからな。あれは、強い戦士に対する感謝とか敬意とか、そういう類いの視線なんじゃねーか？」

ガラファントの言葉に、ルィンヘンはいまひとつ納得のいかない様子だ。

「ボス、自己評価低いですよね。俺はボスの顔も、見慣れればそう悪くもないと思うんですけど……」

「そんなん言えるのは、お前らみたいな荒くれだけだ。貴族令嬢様どもにとっちゃ、裸足《はだし》で逃げ出したくなるような、むさ苦しい醜男だろ。……聖女セナピノアは、俺から逃げ出す気が起きなくなるまで、がんじがらめにしてやるが」

ガラファントの決意に、ルィンヘンは満足げに笑う。

「それでこそ、俺らのボスです。ほら、最悪、間にガキでもいりゃ、亭主の顔なんかそのうちどうでもよくなるんじゃないですかね！」

「そうだな。金銀財宝積んで、目を眩《くら》ませてもいい。とにかく俺は、アレを手に入れる。……罠《わな》にかけるぞ」

ガラファントの力強い宣言に、ルィンヘンは頷き返した。

そうして周到に用意した罠に、当のセナピノアが前のめりでいそいそとかかりにきて、彼らが大いに混乱するときは、もうすぐ――。

第三章　取り急ぎ全力の猫かぶり

人喰《ひとく》い魔竜討伐からちょうど一年が経過した今日。

ようやく日常を取り戻しつつあるこの国は、魔竜の討伐にあたった者たちを城に招待し、討伐成功の祝賀会を開催している。

その華やかながら厳かな場で、盛大に『はいよろこんでぇ!!』なんぞと叫んで場を硬直させてしまった私は、とりあえず速やかに猫をかぶり直し、いかにも聖女らしい穏やかな微笑《ほほえ》みを浮かべ、全力でごまかしにかかる。

「……大変失礼いたしました。私、このように人の多い華やかな場というものは、どうにも不慣れでして。緊張のあまり加減を誤り、突然に大きな声を出してしまいましたの……」

間違えたのは、声量だけじゃないけどな!!

ついでに、私は聖女を四年もやっているので、こういった場に、慣れていないわけがない。城にも幾度か招かれている。正直、あまりに白々しい。

そう自分で思いながらも私が恥ずかしげに目を伏せると、あからさまに空気が緩んだ。みんな明らかにほっとしている。

……まさか、これでごまかせてしまうのか？

「……アグラディアの望みは、聖女セナピノア・リネステを自身の妻とすること、で間違いないか」

国王陛下が、悠然とそう問うた。

これは、私の失態を、なかったことにしようとしているな。

なにかの間違いだったと思いたいのかもしれない。まあ、これまで、陛下には猫かぶり聖女モードしか、見せたことがなかったしな。

問われたガラファント様は、ぎこちなくもしっかりと頷《うなず》く。

「あ、ええと、……そうだ。言っとくが、婚約者じゃねぇぞ。俺は、そんないつ履行されっかもわからねぇふわっふわした約束じゃなく、法のもとでの契約を、今すぐに望む」

ガラファント様のその言葉に、またしても私は『はいよろこんでぇ!!』と叫びそうになってしまったので、慌てて口を押さえた。

次の瞬間、陛下の家臣の中で、比較的陛下に近い位置に立っていた宰相様が、難しい表情で前へと歩み出てきた。

「さすがに、それは……。結婚には、なにかと準備が必要です。まして、英雄様と聖女様のご結婚となれば、国をあげて祝うべき慶事であり……」

「あ？　これ以上俺を待たせるつもりか？　こっちはお前らが落ち着くまで、一年も待ってやったのに？」

「それは、その……」

ガラファント様に威嚇された宰相様は、もごもごと口ごもった。

睨《にら》み合《あ》う二人に割って入るように、私は声を張り上げる。

「恐れながら申し上げます、宰相閣下。準備期間が必要なのは、結婚式、結婚披露宴でございましょう？　法のもとでの婚姻ならば、すぐに成立させることができるのではないでしょうか？」

「え、まさかの聖女様が、それを言っちゃうんですか？　自分から？」

私の意見に、ガラファント様の後方に控えていた、確かルィンヘンさんという名の魔術師の方が、そんな疑問を投げ掛けてきた。

ええ、言っちゃいますけど？

私は、ひとつ頷き返してから、説得を続ける。

「宰相閣下、王国法では、法律上の婚姻は、当事者双方の合意のもとで婚姻届を提出し、それに国の承認がなされたその時点で成立すると、定められておりますね？　そして、国の承認、とは、国王陛下、あるいは陛下によりその権能を与えられた者による承認であると、定められておりますね？」

「？　？　？　確かに、そう定められてはいる、が……」

『確かにそうだが、それはあなたにとっては不利な事実なのでは？』と顔に書いてある気がする宰相様は、首を傾《かし》げながらもそう認めた。

「では、この場で婚姻届に記入し、陛下がそれを認めてくだされば、ガラファント様のお望みは叶《かな》いましょう。……どなたか、書類をご用意いただけますでしょうか？」

「いやおい、ちょっと待て、聖女様。お前、意味わかってんのか？」

ここで、まさかの旦那様（予定）に止められた。

国サイドの人々の説得は済んで、私の好みを熟知している神官たちも、もはや私の勢いに苦笑して見守るだけになっているというのに。

「わかっているつもりではありますが……。私の理解が正しければ、私は、これからあなた様の妻となる身です。聖女様などとかしこまらず、どうぞ、セナピノア、できればノアとお呼びくださいませ」

「おいノア……」

私の言葉に、彼は深いため息を吐《つ》く。

「はい、なんでございましょう？」

満面の笑みで彼の呼びかけに答えた私のもとへ、ガラファント様はつかつかと歩み寄ってきた。

本当に背が高い。一八〇センチ台後半くらい……？　もっとか？

その高身長から私を見下ろす彼は、なぜか不機嫌な表情で、口を開く。

「俺は、お前を、俺の嫁にするっつってんだぞ？　養子でも部下でもねぇ」

軽く顎をつかまれ、彼の秀麗な顔をぐっと寄せられた。

「俺はお前のすべてを欲してる。キスも、その先も、全部奪い取る。今から、犯されて孕《はら》まされても文句ひとつ言えない契約をするって、そう、わかってんのか？」

ああ、顔が良い。好き。

力強い目が、特に好き。

なんか良い匂いするな。

彼の吐息が私の唇にかかって……、

ちゅ……。

「……は？」

あ、奪っちゃった。

好きな顔があまりに近くにあったもんで、つい。

とはいえ、一瞬の軽いキスだったにも拘《かか》わらず、ガラファント様はなぜか呆然《ぼうぜん》とした表情で固まっている。

「キスは、今実際にできましたわ。その先も、経験はないのでご満足いただけるかはわかりませんが、覚悟はしています。あ、でも、一旦実家に帰って、肌を磨いてからでよろしいですか？　腕の良いメイドがおりますの」

「え、ああ……、好きにしろ？」

呆然とした表情のまま、ガラファント様はそう言った。

「ありがとうございます。では、速やかに婚姻を成立させましょうか」

「はいはい、書類はもうここに用意できてますよー」

私の宣言に応えるように響いた声に、ガラファント様の後方を見ると、ルィンヘンさんがいつの間にか紙とペンを持って立っていた。あの紙が、たぶん、用意してくれた婚姻届だろう。

机がないけど……、あ、あの婚姻届、木の板みたいなのが添えられてる。すぐにでも書けそうだ。

そちらに歩みを進めようとした私の肩を、はっと気を取り直した様子のガラファント様が、いきなりつかんだ。

「おい待て待て待て！　お前、今、なにした！」

「キス、だったかと思いますが……。なにか、粗相がありましたでしょうか？」

「ちげぇだろ！　どうすんだよお前人前でこんな……、お前、もう俺以外に嫁げねぇぞ!?」

ガラファント様がおっしゃった通り、先ほどのキスはこの場の全員に見られただろう。

貞淑さを重視する貴族社会では、人前でキスをしてしまうようなふしだらな娘に、引き取り手はいない。

だから、私の本気をわかってもらうには、やはりキスで十分だったはずだ。

「ガラファント様以外に嫁ぐ気などございませんので、大丈夫ですわ。ああそうそう、実は先ほどの、私のファーストキスでしたの。責任をとってくださいますわね？」

私がそう言ってにっこりと微笑むと、ガラファント様は額を押さえてうなだれてしまった。頭でも痛いんだろうか。

「いやなんなんだよお前……。こっちはこの場でお前の唇でも無理矢理奪って追い込んで、国王使って脅してでも婚姻届にサインまではさせる気でいたのに……」

「……お望み通りなのでは？」

キスはした。婚姻届は今から書く。

多少私からぐいぐい行きすぎた感はあるが、彼の計画のポイントは押さえられているのでは？

首を傾げた私に歩み寄ってきたルィンヘンさんが、笑顔で告げる。

「ボスは、もっと嫌がられるかと思ってたんですよ。いやー、話が早くて助かります。はい、ここサインお願いします」

ルィンヘンさんがそう言って差し出した婚姻届には、既にガラファント様のサインがしてあった。

というか、他の部分もすべて必要事項は埋められていて、あとはもう私のサインだけを待っている状態だ。

なんと準備万端な。

さらさらと私がサインを書き込むと、それを確認したルィンヘンさんは、届けを恭しく捧《ささ》げもち、国王陛下のもとへと歩みを進める。

「……………………認めよう」

長い長い沈黙の後、国王陛下はそう言いながら、ぎこちなく私たちの婚姻届を受け取った。

それをすぐに手渡された宰相様が、これまたぎこちなく頷いて、ぎこぎこと錆《さ》び付いたロボットのような動きで退出していく。担当部署的なところに回してくれるのかな。

「ええと……」

なぜかまだどこか混乱した様子の陛下はそう言ったきり、沈黙した。

ええ、なにこの空気……。

ガラファント様も絶句したままだし、私、またなにか間違えたのかしら……。

もしかして、ガラファント様は、嫌がる聖女を無理矢理手込めにしてやるぜ的なシチュエーションに、燃えてらしたの……？　そこに冷や水を浴びせてしまった……？

いやでも、絶対にこのチャンスは逃したくなかったしな……。

この場で書類だけでも出しておかなければ、過保護なお父様とお母様によって、横槍が入ったかもしれないし……。

「……今日は、憎き人喰い魔竜が打ち倒された、記念の日である。そこに、英雄と聖女の結婚という、実にめでたきことが重なった！　永劫《えいごう》国の祝日とし、祝おうではないか！」

ようやく立ち直ったらしい国王陛下が、高らかにそう宣言すると、ルィンヘンさんがすかさずぱちぱちと拍手をした。

わ、わー！

なんかちょっとテンポが悪かった気がするが、続いて他のみんなも歓声をあげ拍手をし、私たちの結婚を祝ってくれている。

嬉《うれ》しくなった私がくふくふと笑っていたら、ゆらり、と、私の隣のガラファント様が背筋を伸ばした。

「……なにを考えてんのかさっぱりわからねぇが、とにかく結婚は成立したんだ。もう逃がさねぇからな」

そう言って凄《すご》んだ彼の顔はやっぱりかっこよかったので、私は満面の笑みで頷いて返した。

†

その後、国王陛下から改めて、褒賞として、また私たちの結婚祝いも兼ねて、ガラファント様に、伯爵位とそれに相応《ふさわ》しいだけの領地・人員・金を揃《そろ》えて国から与えたいとの提案がされた。

が、当のガラファント様は、それをすぐに受けるとは言わず、なぜか、妻となったばかりの私を振り向いた。

「おい、ノア。お前、伯爵夫人になりたいか？」

「え？　……ええと……、ガラファント様が伯爵になりたいのであれば、妻として、支えさせていただきます。私は伯爵家で育っておりますので、お役に立てるかと」

話を振られるとは思っていなかった私が、なんとかぎこちなくそう返答すると、ガラファント様は眉間に皺《しわ》を寄せた。

「俺はめんどくせぇ事は嫌いだし、国に繋《つな》がれるなんてまっぴらだ。爵位なんざ邪魔としか思わん。どうせ寄越そうとしてんのも、魔竜のせいで空いちまったどっかの伯爵位とかだろ。元の伯爵の関係者が、素直に俺に従うとも思わん。ほんっとめんどくせぇ。……でも、ノアが望むなら、なってやっても良い」

……は？　私の旦那様、かっこよすぎでは？

え、どうしよ。好き。

ぶっきらぼうに言われたガラファント様の言葉に、きゅんとしてしまう。

しかし、伯爵夫人か……。

私は考え考え、意見を述べていく。

「ガラファント様の意に添わぬ地位は、不要です。それに、両親の様子を見るに、領地経営やら社交やら、正直、色々大変な立場なのだなと思います」

それに、ただでさえ英雄であるガラファント様だ。その子は、強く望まれるだろう。

それが伯爵夫妻となると、余計なことを言ってくる人間も増えれば、余計な言葉を聞かざるを得ない機会も増えるだろう。

いや、私はガラファント様のお子ならばんばん産みたいとは思うが、思っているから産めるというわけではないのだ。

「伯爵夫人になりたいか、という問いには、『少なくとも、結婚してすぐにはなりたくないです』と、お答えせざるを得ませんね……」

思わず遠い目でそう言ってしまった。

「じゃ、いらねーな。そういうわけだ、断る」

ごちゃごちゃと考えていた私と対照的に、実にあっさり、ガラファント様はそう言った。

ざわり。

陛下の周辺を中心に、動揺が走った。

ざわつく彼らの注目をあえて集めるかのように、ルィンヘンさんが一歩前に出る。

「いやー、すみませんね。うちのボス、こういう人なんで。ただ、ひとつ言わせてもらうと、あんまり無理に縛ろうとすると、ボスは鎖の根元から全部ぶち壊しかねないですよ。無難に褒賞金だけで済ませるのが、いいんじゃないですかね?」

ルィンヘンさんは人好きのする笑みを浮かべながらそう言ったが、彼の目の奥は笑ってなかった。

冗談でもなんでもなく、ガラファント様は、鎖の根元すなわち国家そのものから、ぶっ壊しかねないということだろう。おさすがである。

今度はしんと静まってしまった中、私の背後にいた神殿関係者、聖女の御幸《みゆき》に同行してくれていた高位神官の中で一番高齢で一番偉いのに全然偉ぶらない、私が【おじいちゃん】と呼んでいる彼が、すすすと歩み出て来て、私に並ぶ。

「陛下、アグラディア夫妻は、まだ年若い。性急に事を進めなくとも、よいのではありませんかな。いつかこの先、もしガラファント殿が望むことがあれば、国の如何様《いかよう》な職位でも勤まるでしょう。職位に合わせて勲爵士《くんしゃくし》が与えられる例もありますし、いつかは相応しい地位に着いていただく可能性も、ゼロではございません。今は、とりあえずそれでよろしいのではないでしょうか?」

彼の進言に、陛下が考え込むような表情に変わった。

それを確認したおじいちゃんは、くるりとガラファント様に向き直り、穏やかな笑みで口を開く。

「もちろん、お望みとあらば、神殿も、どのようなポジションだってご用意いたしますよ。国家に縛られない地位が欲しくなりましたら、ぜひ我々にお声がけください」

「……神殿にそうまで言われる理由は、俺にはないはずだが」

ガラファント様は、不可解そうにそう言った。

おじいちゃんはその小さな目をぱちぱちとさせて、驚きをあらわにしている。

「おや、なにをおっしゃいますやら。魔竜の犠牲者には、神官や信徒も多くいたのですよ? そして我々は、そうではない民の方々も、当然に守りたい救いたいと願う生き物です。そのすべての被害を止めてくださったあなた様に、感謝しないわけがありません」

そう言って深々と頭を下げたおじいちゃんに、ガラファント様は警戒心をむき出しにした表情で、低い声で告げる。

「……お前らに、ノアを返してやる気は、一切ないからな」

「ほっほっほっ、重々承知していますとも」

穏やかにそう返したおじいちゃんは、つ、と、視線を私に向けた。

「けれど、ノアちゃん様、例えば子育てが一段落して少し暇になったとか、老後の趣味が欲しくなったとかで、神官に復帰する者もおるということは、知っておいてください。そしてご承知でしょうが、私どもは、かわいいあなたのお願いなら、なんだって聞きますよ」

にこりと笑いながら言われた言葉に、私もつられて笑顔になる。

ちなみにノアちゃん様というのは、様付けをしたいみんなと、ちゃん付けをして欲しい私が、三日三晩の喧嘩《けんか》の末にたどり着いた私の呼び名だ。

「ありがとうおじいちゃん！　じゃあ、みんな、私が神殿で働きたくなったときがたとえ老後でも大丈夫なように、いっぱい長生きしてね！」

「ええ、ええ。我々一同、いっぱい長生きして、しっかり出世しておきますとも」

私の調子づいた言葉にも、おじいちゃんは穏やかな微笑みのまま、しっかりとそう返してくれた。

……この人ら、今でも割と偉いんだけどな。どこまでいくのやら。

まあ、元気に長生きしてくれれば、なんでもいいか。

「四年間のあなたとの旅は、とても楽しかった。我々も、民たちも、みな、あなたにしあわせな気持ちにしてもらった。次は、どうぞ、めいっぱい、あなたがしあわせにおなりなさい。……結婚おめでとう」

おじいちゃんの言葉に、その後ろのみんなもうんうんと頷いている。この言葉が、これまで聖女を支えてくれたみんなの総意なのだろう。

みんなは普段から、『ノアちゃん様は世界一しあわせになるべき』と、言ってくれていた。

そして、私がガラファント様の大ファンだということを、めちゃくちゃ理解している。

私がこの一年、さんざん、本当にさんざん、毎日というか日に三回以上は、『ガラファント様かっこいい』と言っていたので。

最初のうちは『あの顔なのに……？』みたいな反応だったみんなも、『好きになってしまえば、顔は関係ないものだ』とか『国を救った英雄なんだから、普通にかっこいい』とか『ノアちゃん様のことだって、きっと守りきれるだろう』と、理解を示してくれるようになった。

だから、「おい、嘘《うそ》だろ……？」「神殿の皆さん、それで良いんですか……？」とか、ガラファント様とルィンヘンさんがざわざわしているが、単に、みんなはわかってくれているのだ。

私の『はいよろこんでぇ!!』が、心からの叫びだったことを。

というか、むしろ、なぜ、ガラファント様は私に嫌がられると思っていたんだろ……？

普通に考えても国の英雄の嫁になれるのだから、光栄なことでは……？　私は断ったが、伯爵夫人の可能性だってあったんだし……？

確かにガラファント様は不細工扱いされてはいるが、この世界でも、別に美醜感覚ですべてが決まるわけではない。顔立ちに関係なく、その人の中身に惚《ほ》れ込《こ》むことだって当然あるわけで……。

……！　あ、私、ガラファント様に『好きです』って言ってない！

え、あれ、でも特に言われてもいない!?

待って。待とう。

欲しいとは言われた。キスしたい的なことも。

キスもした。嫌がられてはいなかったはず。

あ、でも、（伯爵令嬢で聖女で治癒魔術が使える）私が（そのどれかの理由でなんらかの戦略的に）欲しいってことかもしれない……!?　ちょ、ちょっと寂しい！

とにかく、もう籍まで入れたのに、告白はしてないしされていない！

焦った私は、ガラファント様と二人きりでの、今後についての話し合いという名の、告白の場を持たせてもらうことにした。

✝

さて、王城の客間を一室借り、そこにガラファント様を引っ張りこむことには成功した。

なんと切り出すべきだろうか？

いきなりでは、風情がないよな。なんかガラファント様、なぜか訝《いぶか》しげな表情だし。

こう、甘くやわらかなムードに、そんな話をする感じの空気に、どうにか持ち込みたい。

「……お前、俺が怖くないのか？」

考えあぐねていた私に、ガラファント様からそう尋ねてきた。

怖い？

私はだいぶ小柄で、ガラファント様は背が高くたくましい。この大人と子どものような体格差で、あれやこれやが無事にできるのかなという恐怖はちょびっとだけあるが、たぶんこれそういう話じゃないよな。

私は言葉を選びながら、彼の問いに答えていく。

「……ええと、怖い、ですか？　ガラファント様が恐ろしいほど強いと言われているのは、重々承知しておりますし、確かにお強いよなぁとは思いますが……」

「そうじゃねぇ。お前が、俺に、恐怖心を抱いていないのかって話だ。貴族のお嬢さん方はだいたい、俺みたいな大男に近寄られるだけで、青ざめて震えだす。ひどいと失神する奴《やつ》までいる」

「なんと、まあ。苦労されていますのね。けれど私は、ガラファント様のことをそこまで恐ろしいとは思いません。実は私、むしろ背の高い男性が好きですの」

「そりゃ、……変わった趣味だな」

「ありがとうございます」

あんまり褒められていないことは承知の上で、私は笑顔でそう返しておいた。

案の定面食らったような表情になったガラファント様は、硬直してしまう。

そんな彼の手をそっと取って、私の手と重ね合わせてみた。

手の大きさ、腕の太さ、骨格、筋肉、色、なにもかも違う。

幼い頃の栄養失調のせいか、どうにも頼りない印象の私の手と、しっかりと鍛え上げられゴツゴツとしているガラファント様の手。

この対比だけでも、私はこの方に暴力では勝てないと、はっきりわかる。

これがもし悪漢の手であれば、なるほど恐ろしくて仕方ないだろう。

「私なんて、きっと一ひねりですわね」

私は率直にそう述べてから、ガラファント様を見上げる。

「けれど私は、この手の持ち主が、誰よりもお優しい方だと、知っておりますから。怖くなんてありませんわ」

「……優しい男は、結婚を無理強いしたりしねぇだろ」

「無理強いされた覚えはありませんわ。『よろこんで』と、申し上げましたでしょう?」

ガラファント様がぼそりと漏らした言葉に、私はくすりと笑いながらそう返した。

「あれ、聞き間違いじゃなかったんだな……」

ガラファント様は、苦笑しながらそうおっしゃった。

ここにきて初めての彼のやわらかな笑顔に嬉しくなった私は、思いきって告げる。

「ええ。私は、ガラファント様のことを、心からお慕い申しあげておりますので」

「いやそれはさすがに嘘だろ」

え、なんで。

今、いい雰囲気だったじゃないの。

お互いの手と手をゆっくりと握りあったりして、甘い空気、出てたじゃないの。

なのになぜ、私の愛の告白は、ガラファント様に即座に真顔で否定されたんだ……？

『慕われても困る』とか拒絶されるのならば、悲しいけれど納得はいくが、嘘って……？

「な、なんで!?　本当に好きなのに！　私は！　ガラファント様が！　大好きなの!!」

焦った私は聖女の仮面をかなぐり捨てて、だだっ子のようにそう言いながら、彼に詰め寄った。

「お、おう？」

私の豹変《ひょうへん》に、ガラファント様は面食らった様子だが、構っている余裕などない。

「好きです！　愛してます！　初めて会ったときからずっと!!　こんな私はお嫌ですか!?」

「え、え、いや、俺は別になんでもいいが……？　ちょ、ちょっと落ち着け。そんな無理に俺の機嫌とらなくても、別に殺しゃしねーから」

「ちーがーうー！　本当に好きなのー！　じゃなきゃ、キスなんかできない！」

「お前の家族を害したりもしねぇぞ？」

「そんな心配してない！　ただあなたが好きなの！」

「お前が本当に心から愛する男がいたとしても、そいつが実際にお前に手を出さない限りは、生かしておいてやるから」

いくら私が本心を訴えても、ガラファント様は、はいはいと流すかのように、私をなだめようとするばかりだ。

なんか悲しくなってきた。

「私が心から愛する人は、ガラファント様なのに……」

そう呟《つぶや》いた瞬間、ぽたり、と、涙がこぼれた感触がした。

「……っ！　な、泣くな！　わかった、少しくらいなら、他の男との関係も目をつむるから！」

やっぱりちっとも信じてくれていない彼の言葉に、ぼろぼろと涙が溢《あふ》れてくる。

「あ、おい、泣かないでくれ。お前に泣かれると、どうにも辛《つら》い。なんだってするから、勘弁してくれ。……それくらい、好きなんだよ」

へ。

ぽかんと呆《ほう》けてしまった私が顔をあげると、ばちり、と、ガラファント様の真摯な眼差しが目の前にあった。

「悪い。お前を手放してやることだけはできない。お前に飽きてやることも無理だ。でも俺から離れる以外のことなら、ノアはなんだってして良いんだ。俺は、ノアを愛してる。お前がどんなに傲慢に振る舞おうと、どんなワガママを言おうと、俺はお前に従う。だから、その、なんだ、……安心、して欲しい」

へにゃりと弱ったように、彼はそう言った。

愛！　され！　てた！

祝！　私はガラファント様に、愛されていた!!

脳内でファンファーレが鳴り響く。

ありがとう世界。

「ど、どんなワガママでも、言っていい、んですか……？」

ごくりと唾を飲み込みながら、私はそう言った。

現金な私の涙はもうすっかり引っ込んでいるというのに、ガラファント様は、真剣な表情で頷いてくれる。

「じゃあ……、……ぎゅっ、て、してください」

「……は？」

「ぎゅっ、です！　ハグ！　ハグミー！　私を抱き締めて！　私は傷つきました！　ガラファント様がちっとも私の気持ちを信じてくれないので、私はたいへん傷つきました！　あなたは、ぎゅってしてナデナデして、私を慰めるべきです!!」

「あ、お、おう！」

私の勢いにのまれた様子のガラファント様は、とっさにぎこちなくも私を抱き締めてくれた。

勝った。まあ、ガラファント様に愛されていることを知った私は、もはや世界最強なので、誰にも負けるはずがないということだろう。

しかし、好きな人の胸元の匂いって、無限に嗅いでいられるんだなー……。

ガラファント様は、左手で怖々と私を抱き締め、右手でそろそろと私の頭を撫《な》でてくれている。

すばらしい筋肉に覆われた戦える肉体をお持ちの彼は、ちょっと力加減には自信がないのかもしれない。

対して、私が全力を出しても彼にとっては痛くも痒《かゆ》くもないだろうと確信している私は、ぎゅうぎゅうと彼にしがみつき、ぐりぐりとその胸元に顔を埋め、そして全力で、彼の匂いを堪能《たんのう》していた。

これだけなら立派な痴女であるが、なんと、私は彼に愛されている妻なので、無罪である。『なんだってしていい』のである。やったぜ。

しかも、この体勢は、私だってかなりどきどきしているが、彼の鼓動も同じように速いことを感じとれて、私はますます気分がいい。

勝った。私は、勝利した。

私は、人生勝ち組最強ハッピーである！

「うふ、うふふふふふ……」

はーっはっはー！　と、続けてしまいそうになったが、高笑いはなんとかこらえた。

それでも隠しきれない笑い声を漏らし続ける私に、頭上から、ガラファント様のため息がかかる。

「……なにが楽しいんだかさっぱりわからねぇが、ノアがしあわせそうで、なによりだよ」

「楽しいですよ！　私は、ガラファント様のことが大好きなので！　好きな人とくっついていれば、楽しくてしあわせで当然でしょう？」

私がぱっと顔をあげてそう言ったところ、ガラファント様の秀麗なお顔の眉間に、皺がよってしまう。

「そこが、よくわかんねぇんだよな……。お前、なんで俺なんかのことが、好き？　なんだよ」

「むぅ。まだ疑問符がつきますか。よろしい。では、私がなぜ、そしてどのくらいガラファント様のことが好きなのか、よくよく語って聞かせましょう」

私がそう断言すると、ガラファント様は困惑に首をひねった。

「本気か？　つうか、ノア、さっきから、だいぶ普段と違うな？」

そういえば、私、猫かぶりをかなぐり捨てたまま、うっかり元に戻れなくなっている。

この一年、私はガラファント様に、聖女としての顔しか見せていなかった。むしろ、彼はたまに会える気になる異性であったので、彼と会うときは、それはもう、念入りに猫をかぶっていた。

あまりの落差に、がっかりさせてしまっただろうか。

「ええと、その、私どもは夫婦なわけですし、少しは素を見せてもいいのではというか……。……お嫌、ですか？」

そろりと上目遣いにガラファント様をうかがいながらそう尋ねれば、ぽん、と頭を撫でられた。

「いや、さっきも言ったが、俺はなんでもいい。これはこれでかわいいし、お前がしあわせそうで、むしろいい。これまでが、ずいぶん無理させてたのかと、心配になっただけだ」

そういう、心が広いとこも好きぃ……。

慈愛に満ちた瞳で満足げに見つめられ、私はきゅんと胸をときめかせた。

今なら、熱烈に彼への愛を語れそうだ。

話を戻して、語ってみせることにしよう。

「そう、私がなぜ、どのくらいガラファント様のことが好きか、でしたよね」

「あ、やっぱそれ、本気で語るつもりなのか？」

「語りますよ語らせてもらいますよ！　まず、ガラファント様は優しいです」

私の言葉に、反論しようと口を開きかけたガラファント様の唇に、ちょんと人差し指をのせて彼の言葉を封じ、そのまま続ける。

「ほら、これも、振り払ったり避けたりしない。先ほど私の頭を撫でてくれた手も、すごく優しかったです。謁見《えっけん》の間でも、私の心配ばかりしてましたでしょう？　魔竜の件だってそうです。自分よりも他者を優先し、みんなを助け救おうとしてくれるあなたが、優しくないわけがないでしょう？」

私がそう述べると、彼の視線が逸《そ》らされた。耳が赤い。

その様子に、なんだか私までちょっと恥ずかしい気分になってくる。

思わずぱっと人差し指を外してから、続けていく。

「あの日、魔竜との戦いでも、山の登り下りでも感じました。ガラファント様はお言葉は荒いときもありますが、その行動は、徹頭徹尾、優しいです。だから私はガラファント様を怖いとは思いませんし、好きだな、と、思うのです」

「……そうかよ」

ガラファント様はぼそりとそう言って、今にもにやついてしまいそうな唇に、険しく寄せられた眉という、実に器用な表情をなさった。

嬉しいような、まだどこか信じられないような、恥ずかしいような、私に一方的にやりこめられつつあるのが悔しいような？

その表情に、きゅんというか、もはやぎゅんと心臓を鷲掴《わしづか》みにされた私は、『いーやまだまだ！あなたの魅力はそんなもんじゃない！』という気分になって、告白を続けることにする。

「だいたい、私はあなたの姿形だって、大好きなんです！　むしろあんな戦い方を見せておいて、私に惚れられないと思っているなんて、甘いですよ!?」

あーとかうーとか言いながら、ガラファント様がもぞもぞとしているが、私は放してやらない。

「知っていますか、ガラファント様。あなたが戦っているときって、本当に強くて美しくて、かっこいいんですよ。私が自分の回復なんか忘れちゃうくらい、もうガラファント様のことしか見えなくて、あなたの補助と回復だけしかできなくなるくらいに」

それはもう、自分の髪が焦げてることにも気づかないくらい見惚《みと》れた。

魔竜戦の後、麓の村に戻ったときの私は、聖女付きのみんなが顔面蒼白《そうはく》になったりショックでその場に崩れ落ちたりするくらいには、ボロボロだったらしい。

それは、ひとえに戦うガラファント様がかっこよすぎたのと、なによりそれに見惚れた私が、魔竜のことも自分のことすらもどうでもよくなってしまうようなアホだったのがいけないのだ。

そもそも、どうしても一目惚れしたガラファント様に付いて行きたくて、強引に話をまとめた私が悪い。

なのに、神殿のみんなは揃って『やっぱり、自分が行くべきだった』と言い、涙まで流していた。

かすり傷ひとつない彼の姿には大満足だったが、やはりもうちょっと自分の身も大事にすべきだったなと、反省した覚えがある。

そんな雄々しく凛々《りり》しく最高にかっこよかったガラファント様が、世界を恐怖させた魔竜を易々《やすやす》と足蹴にし、最終的には奴の首を一刀両断に落とした最強の戦士が、今や私の言葉に赤面して狼狽《うろた》え、大した力でもない私の包容で身動きがとれなくなっている。

愛《いと》しい。

「あれほどお強いのに、これほどまでに優しい抱擁をなさるだなんて、どこまで私をときめかせれば気が済むのでしょう……」

私がうっとりとため息を吐くと、ガラファント様が、「ぐ」と、苦しそうに呻《うめ》いた。

「その、わ、わかった。わかったから、もう、いい。……勘弁してくれ」

絞り出すようにそう言った彼は、ちょっとぐったりしている気がする。

山登りからの歴史に残る激しい戦闘からの山下りでも、一切疲れた表情を見せず、ボロボロの私を軽々と抱えてくれてすらいた彼が、だ。

……なるほど、これが尊いという感情か。

「わかりました。では、今日はこのくらいにしておきましょう」

もう愛しすぎて一周して穏やかな気分になってきた私は、ゆったりとそう言った。

今すぐに全部語らなくとも、全てを頭から信じてくれたとは思えなくとも、まあ、良い。

私たちは、もう夫婦だ。末永くよろしくするのだから。

あからさまにほっとした様子のガラファント様のために、私は話題を逸らしてあげることにする。

ちょうど、ちょっと気になっていることもあるし。

「ところで、ガラファント様。ガラファント様は私のワガママならなんでも許容してくれるとのことですが……、伯爵位を受けなかったことは、やはり私に気を遣わせてしまった結果でしょうか？」

私の話題転換に目を瞬かせた彼は、ひとつ頬を掻いてから、ゆっくりと首を横に振る。

「ああ、いや、あれは俺の本心だ。伯爵位なんざ心底いらん」

その瞳に、嘘はなさそうだ。

じーっとガラファント様を見る私の頭をゆっくりと撫でながら、彼は続ける。

「俺のせいで俺らの子どもが魔法使えなかったりしたら、またややこしいことになるだろ？　貴族ってのは、代々魔法が使えなきゃいけねーんだから。俺自身、その辺はあやしいってのに。そういう意味でも、伯爵位なんてのは、俺の身の丈に合ってない」

「え、ガラファント様は、魔法が使えますよね？」

　彼は、強い。

　魔竜との戦闘でも、明らかに魔法を使っていたように見えた。

　私が首を傾げていると、ガラファント様はゆるゆると首を振る。

「俺が使えるのは、なんの面白味もねぇ身体強化と、わずかばかりの炎魔法だけだ。それも、この剣がなけりゃ、炎魔法の方は使えなくなる。技も我流でどこまでも泥臭くしか戦えないし、魔術師を名乗れるレベルじゃない」

　……強いて言うなら、魔法剣士みたいな感じ？

　確かに、貴族で前衛職は、ほぼいない。少なくとも私は、見たことがない。

　基本的に人に守られつつ、後方から大規模魔法を放つ、主砲的ポジションだ。

「貴族しか魔法が使えないのは、血統だけではなく、教育の問題もある気はしますが……」

　なにせ、他ならぬ私が庶民出だ。

　庶民の中には、才能はあれどそれを伸ばす機会がなかっただけの人が、多く眠っている気がする。

　私が反射的にちょっと食い下がってみると、ガラファント様は頷いた。

「まあ、そうかもしれん。だとしても、俺は、国王とやらを敬う気持ちもなけりゃ、貴族らしく振舞えるとも思わん。無理だ。ただ、ノアを、俺の身の丈に合わない嫁を望むんなら、無理をする必要もあるのかとは、考えた。お前が伯爵夫人になりてーって言わなくて、正直助かったよ」

あー、好きー。

私がほっとしつつもきゅんきゅんしていると、今度はガラファント様が首を傾げた。

「で、つまり、根っからの貴族令嬢で聖女で高嶺《たかね》の花なノアは、俺にとっちゃ国王とやらよりよっぽど偉いのに、なんでお前はまだ、俺に敬語を使うんだろうな?」

「え、あ、単に、癖です。実は私は、お父様とお母様にも、この調子だったりします。なんていうか、大好きな人ほど敬っちゃう性質、みたいな……」

ガラファント様、お父様、お母様が、私の中の三大絶対に嫌われたくない人だ。

なので、できるだけ猫をかぶっておきたい。

主に初対面の人に対する、距離感故の敬語とは、またちょっと違うのだが……。

「神官どもには、年相応に甘えてたろ」

ガラファント様は、憮然《ぶぜん》とした表情でそう言った。

痛いところを突かれた私は、しどろもどろに言い訳をしていく。

「あれは、なんていうか、旅に同行してくれていたみんなは、もはや家族以上に家族というか……」

なにせ私たちは、彼らの一子相伝なはずの秘術を、まったく血縁はない私に、横流しで伝授してもらったほどの仲である！　（大問題！）

「それに、あの人たちは、手放しに孫感覚で甘やかしてくるので、ついつい遠慮がなくなったというか……」

　彼らにも当然嫌われたくはないが、もう嫌われるとは微塵も思わないくらい、ノアちゃん様ノアちゃん様とめちゃくちゃにかわいがられているのだ。

　子と孫のかわいがり方というのは、明らかに違う。それはもう、無責任にべろっべろに甘いのが祖父ポジションというものだ。

「……俺だって、お前のことを甘やかしたい。さっき、素を出しすぎて、もう駄々っ子みたいになってたろ。あれ、正直かわいかった」

　えええ、好き。

　ぼそりと言われた彼の言葉に、きゅんとしてしまう。

「それならば……、私が猫なんてかぶる余裕もなくなるくらい、めいっぱいかわいがってくれたら、よろしいんじゃないでしょうか？」

　ちょうど、今夜は、新婚初夜なわけですし。そう言外ににおわせて。

　私がにっこりと笑いながらそう言うと、ガラファント様の表情が、がらりと険しいものに変わった。

「ああもう、てめぇは本当にっ……！」

　苛立《いらだ》ったようにそう叫んだ彼は、ぎゅっと痛いほどに、私を抱き締める。

「ふふふ、ふっ、んむっ……、ん、んん……！」

　私の笑いを呑《の》み込《こ》むかのように、荒々しく唇を塞がれた。

舌を、歯列を、上顎を、口腔内《こうこうない》の全てを、彼の舌でなぶられて。唇を食《は》まれて、舌を吸われて、翻弄されて。

込み上げてきた熱が、吐息となって鼻から抜ける。

謁見の間でしたのとは全然違う、大人のキスだ。

あ、あ、力が、抜ける。

こくりと、飲み込んだ唾液の、ああ、なんと甘いことか。

「……はっ……」

ふっと、唇をはなされたときには、私はくたりとしてしまっていた。

なんだかんだ言ってみたものの、こんなキスの経験なんてなかった私は、ぼんやりと彼を見上げることしかできない。

その様子を軽く鼻で笑った彼が、凄絶な色気をまとって、美しく微笑む。

「おいノア、お前、これだけ俺のことを煽《あお》ったんだ。……今夜は、覚悟、しておけよ？」

その言葉になんとか頷いた記憶はあるが、その後、どうやってリネステ伯爵邸に戻ったのかは、記憶にない。

ただ、王室の、客間ということは当然ベッドもある部屋から。

長いことガラファント様と二人きりでこもっていた私が、真っ赤な顔で、どこかぼんやりとしながら、出てきた。

しかも、傍らの彼は上機嫌に私の乱れた髪を整えながら、腰に手まで回していたらしく。

完全に、事後。

そんな噂《うわさ》が王城を駆け巡り、ちょっとした騒ぎになったらしい。

まあ、私たちは夫婦だし、たぶん、なんの問題もないだろう。

✝

「いや、なんでそのまま家に帰してんですか。俺が声をかける前に、あっちの馬車に乗せちゃうなんて、ひどくないですか？　俺が騙《だま》してでもボスが腕ずくででも、とにかくなんとかボスの屋敷まで連れてって、監禁して、孕むまで犯してから徐々に軟禁に移行って、そういうハネムーン計画じゃありませんでしたっけ？」

監禁の際の監視役兼飴役《あめやく》をやる予定で、ずっと近くで待機させられていたルィンヘンは、半笑いでそう尋ねた。

そんな事前計画を無視してしまったガラファントは、犯罪にすら荷担してくれようとしていた忠実な部下から目を逸らせ、ぼそぼそと言い訳をしていく。

「その、ノアが、俺んち来るのは、実家のメイドに磨かれてからじゃなきゃ、嫌だっつーから……」

「ぶはっ、……ボス、いつからそんなに甘っちょろくなったんですぅ？」

いつにないガラファントの様子に笑ってしまったルィンヘンは、にやにやとそう尋ねた。らしくないと自覚しているガラファントは、なにも答えられない。

その気まずげな表情に、無駄な覚悟と待機をさせられた分の意趣返しにはこれで十分かと判断したルィンヘンは、ため息をひとつ吐いてみせた。

「ま、言ってみただけです。実際のところ、あの子なら、そんなことしなくてもボスから逃げないって、俺も思いますよ」

そう言われてガラファントが肩の力を抜いたところに、ルィンヘンによる揶揄《やゆ》が降りかかってくる。

「あーんなとろーんとしちゃって、うっとりボスにされるがままで……。いやー、メロメロとは、正にああいう状態を言うんでしょうね。ボスってば、無垢《むく》な聖女様に、いったいどんなことをしちゃったんですかー？」

「別に、やましいことは……、……それほどしていない。実際、抱き締めてキスしただけだ。……あいつ、不安になるくらい華奢《きゃしゃ》で、髪も頬もさらさらすべすべで、脳が焼ききれそうなくらい良いにおいだった……」

ガラファントはそう呟いて、先ほどのセナピノアの様子を反芻《はんすう》している。

その噛《か》み締《し》めるような、どうにも幸福そうな男の表情に、ルィンヘンは、うへ、と、嫌そうに呻いた。

「ああ、はいはい。メロメロなのはボスもでしたね。相思相愛おめでとうございます。末永くおしあわせにどうぞ」

甘さに胸焼けしたかのような気分のルィンヘンは、棒読みでそう言った。

「いやー、しかし聖女様、……ん、ボスの嫁になったから、聖女は引退か。えーと、……ノアちゃん様でいっか。ノアちゃん様ってば、謁見の間でも、実にノリノリでしたよね。俺が言うはずだったこと全部言って、ボスがやるはずだったこと全部やりませんでした?」

ルィンヘンが、まだどこかぼんやりとしているガラファントにそう問うと、ぱちぱちと瞬きをしたガラファントは、事前計画とあまりに違った謁見の間での流れを思い出し、首をひねった。

「そうだな。しかも、神殿側まで俺に味方しやがったよな? 俺っつうか、俺とノアか。いや、どっちにしろ意味わかんねーけど」

「ですよね。ところで、ボス、気づいてました? ノアちゃん様に【おじいちゃん】って呼ばれていたの、中央大神殿の神官長やってた人ですよ。うちの国どころか、大陸全土の神殿の、トップオブトップ」

ガラファントは、妙に隙のない老人だとは思っていたが、そんなとんでもない経歴の人物だとは気づいていなかった。

頬をひきつらせた彼に気をよくしたルィンヘンは、にやにやと続ける。

「なんでも、どうしても八七年ぶりの慶事である【聖女の御幸】についていきたいからって、後継に神官長の座を譲ったらしいです。本人はただの一神官として旅立つつもりだったらしいですが、その後継はじめ神殿内外の人間の支持が集まりすぎていて、なんちゃらかんちゃら相談役兼特別顧問神官？　みたいな、なんかすげぇ長くて仰々しい肩書きを新設されて背負わされて旅に出たっつー」

「……それは、神官長からの降格ってわけじゃ、ないんだな」

「じゃないですね。今の神官長もあの人の部下だし、神官長は辞めても、立場としては、最上級に偉いままでしょう。神殿の上層部は、あの人の親族か派閥の人間で、ほぼほぼ占められてますし。いや、それ以上の出世って、なに……？　神……？　とか思いますが、とにかく、そんな大物がボスを認めてくれてよかったですね。あれで、ノアちゃん様が神殿に保護されるかもしれねーっつうボスの心配は、完全に無駄になりました」

ぱちぱちと軽い拍手をするルィンヘンの目の前で、ガラファントが額を押さえてうなだれる。

「いったい、どういうことなんだろうな……」

「だから、やっぱり、ノアちゃん様が、前々からボスに惚れてたんですって。神官たちもそれがわかってるから、ああして祝福してくれたんでしょう」

「確かに、ノアにもそんなようなことを言われたが……、ありえねぇだろ……」

うなだれたままのガラファントに、ルィンヘンは不思議そうに首を傾げる。

「なんでです？　別に今までだっていたでしょう、ボスの剣の腕に惚れ込む女なんて」

問われたガラファントは力強く首を横に振り、吐き捨てるように告げる。

「いいや、その中に、あんな極上の女は、一人もいなかった。いいか、良い女ってのは、剣の腕だけでいいかなんて妥協で、男を選ばない。妥協なんざ、一切する必要がないんだからな。ノアみたいなのは、見た目も、家柄も、性格も、地位も身分も財産も能力もなにもかも、ぜんっぶ最高の男にだって、束で求婚される。その中から、自分にどれだけ尽くせるかとか、自分の好みとかでもって、【選んでやる】立場なんだ」

「はあ……。……そんなもんですかね？」

納得いかなげに首をひねるルィンヘンに、ガラファントは顔をしかめた。

「お前自身、出会う女に端から本気で惚れられて、選ぶ側の人間だから、いまひとつわかんないんだろうな。お前、瞳の奥の奥で『まあ自分に釣り合う相手って、こんなもんだよな』って考えてるような女に、好きだの結婚してくれだの言われたことなんか、一回もねーだろ」

すごむガラファントに、ルィンヘンは飄々《ひょうひょう》と返す。

「で、ノアちゃん様も、そんなつっまんない瞳してたんですか？　あれ、俺には、本気でメロメロに見えましたけど」

一流の戦士として一流の観察眼を持ち、対峙《たいじ》する相手が嘘をついているか否かはもちろん、かなり細かな感情の機微まで見てとれてしまうガラファントは、呻く。

実際、セナピノアは部下の言うとおり、どう見ても自分に『メロメロ』状態だった。思いを聞かされた言葉にも、嘘はないように見えた。

だからこそ、ついつい安心してリネステ伯爵家の馬車に乗せてしまった彼は、深い深いため息を吐く。

「それ、が、なぁ。あんな綺麗《きれい》な女にあんな惚れ惚れとした目で見られたら、もはやなんかいたたまれない気分になるんだなってのは、新しい発見だったわ……。お前の見立ては、間違っていないだろう。……お前、ノアに変な洗脳魔法とかかけてないよな……？」

なおも疑ってかかるガラファントに、ルィンヘンは淡々と応じる。

「そんな魔法、ありませんよ。いや、なくはないですけど、そういう魔法だと、もっと不自然に仕上がるんです。感情を無理に塗り替えられた人間って、やっぱり正気を失ってるというか、喜怒哀楽を複雑に表現することができなくなるというか……。泣くことも笑うこともなく、ぼんやりと命令に従うだけになるもんなんです」

ガラファントは、せわしなく泣いて笑って叫んでいたセナピノアの様子を思い出しながら、ルィンヘンの言葉を聞き続ける。

「しかも、複雑で失敗しやすい魔法な上に、癒《い》やしの術で治せちゃうんですよ。それを、世界最高峰の神官集団にかわいいかわいいされている、自身も強い癒やしの力を持つ聖女様に、誰にも気づかれずにかけられるなら、俺はボスの部下なんかやめて、さっくりこの世界を征服してますね」

「じゃあ、なんなんだよ……。……実は、ノアは、めちゃくちゃ野心家とか、か？　で、顔より家より腕っぷしを優先して俺を選んだ、とか。もしそうだとしたら……、俺、あいつにねだられたら、この国くらいは躊躇《ためら》いなく潰すだろうな……」

どこまでも真剣な表情で、そんなあり得ない想定までするガラファントに、ルィンヘンは軽く返す。

「ま、それもいいんじゃないですか？　どうせ、ボスが救った国ですし。俺は、ノアちゃん様は、そういうんじゃない気がしますけど。だいたい、妥協で選んだように見えないのは、ボスもわかりきってるでしょうに。というか、俺ちょっと気づいたんですけど、ノアちゃん様って、すげー美人じゃないですか」

「ああ、そうだな」

「で、あんだけ美人だと、この世の中の彼女自身以外の人間って、全員彼女より不細工じゃないですか」

「あー……、まあ、そうなるか？」

「なります。つまり、彼女にとっては、世界中の誰も彼もが、揃って不細工なんですよ。多少はマシな不細工でも、手の施しようがないレベルの致命的な不細工でも、彼女にとっては、平等に不細工なんです！」

「手の施しようがないレベルの致命的な不細工で、悪かったな……」

低く呻いたガラファントに、ルィンヘンはちっとも悪いと思ってなさそうな笑みを返す。

「ははっ、すいません。でも、それなら理屈が通りません？　あの絶対的な美の前では、俺とボスなんて、どんぐりの背比べなんですよ。もう、誤差の範囲。だからあの子は、本当に自分にとっては最高の男だと思った上で、ボスに心底惚れてるんです！　なにせ我らがボスは、見てくれ以外は世界最高にかっこいい【英雄】なので！」

中々失礼な熱弁をふるったルィンヘンに、ガラファントは深く感心したように頷いた。

「なるほど、筋は通っているな。……でも、だとしたら、ますますノアが狙われんだろ。あんなんで、俺みたいなのまで許容範囲とか、それこそ女神みてぇなもんじゃねーか。ああくそ、せめて家の前までついてくべきだったか」

そう言って急にそわそわとし始めたガラファントに、ルィンヘンはにやりと笑う。

「でもボス、逃がす気ないでしょう？　彼女の同意が得られてる以上、きっちり自分のもんにして、他の男なんか半径一メートル以内に近寄らせないでしょう」

「当たり前だろ。っつうか、半径二メートルだ。あっちから手を伸ばしたら届く距離じゃ、まだ足りねぇ」

その答えに満足げに頷いたルィンヘンは、パンと両手を打ち合わせ、立ち上がる。

「それなら、他の男に盗《と》られないよう、リネステ伯爵家まで迎えに行けば良いんです！　どうせボス、もう一刻も早くノアちゃん様に会いたいんでしょう？　さっそく迎えに行きましょう！　ついでなんで、俺もついていきますよ！」

爽やかに微笑みながらそう言った、実に美しい男に、『いやこれやっぱり誤差の範囲じゃないだろ。ノアに近寄らせたくねぇなこいつ』などという感想を抱いたガラファントは、ゆるく首を振る。

「いや、お前も、今日は疲れたろ。御者は一応馬車につけてきてるし……」

「おや？　いいんですか、ボス？　ボスの愛するノアちゃん様のご両親が、門扉前まで見送りにいらっしゃるかもしれないのに？　なんなら、ノアちゃん様を、玄関ホールくらいまでは迎えにいかなきゃいけない可能性が、とても高いのに？」

ルィンヘンがそう言うと、ガラファントは、ぐっ、と言葉を詰まらせた。

「なのに、貴族的マナーをそこそこおさえていて、『ほほうあちらの家の従者は、なかなか粒ぞろいだな』って思ってもらえる見た目の、ついでに万が一のときでも、対多人数ならボスよりも速やかに敵を制圧できる、実に優秀な魔術師である俺が、護衛としてついていかなくても、かまわないと？」

「……それが誇張なんてひとつもない事実だから、お前がどんだけ俺をおちょくろうと、俺はルィンヘンを手放せねぇんだろうな……」

ぼそぼそと告げられたガラファントの言葉に、ルィンヘンは愉快げに笑う。

「ははは、でしょうね！　安心してくださいよ、俺はボスの忠実な部下ですから。ノアちゃん様の半径二メートル以内には、絶対に近寄りません」

ぴしりと挙手をしてそう宣誓したルィンヘンに、どこまでも気の利く部下に、ガラファントは苦笑を返す。

「ほんと、お前は嫌になるくらい頼りになる奴だよ。……リネステ伯爵邸に行くぞ。お前も付いてこい」

第四章　今日が新婚初夜のはず

ガラファント様のキスと、そのすぐ後に正面からくらった、あの凄絶な色気を纏《まと》った微笑《ほほえ》み。

それらに魂を抜かれたかのように放心していた私は、ふわふわと夢見心地のまま、ほけーっとしたりぶわっと諸々《もろもろ》を思い出しては身悶《みもだ》えしたりうへうへと笑っていたりしたら、いつの間にやら実家に戻っていたらしい。

いつの間にガラファント様と別れて、いつの間に王城を辞して、いつの間にうちの馬車に乗っていたんだ……？

さっぱりわからなかったが、私は速やかに己を磨きあげてもらわなければいけないという使命を思い出した。

王都のリネステ伯爵邸には、主に社交シーズンに活躍する、凄腕《すごうで》メイドのアイナさんがいる。

近年体調が持ち直しお茶会にくらいは参加するようになったお母様が、彼女の顔や肌を病人のそれから儚《はかな》げな美に変貌させてくれると、高給で雇っている人だ。

さあ、アイナさんめがけて一直線だ。そう気合いを入れて、屋敷に足を踏み入れた瞬間。

バタバタと二階から駆け降りてきたお父様が、ものすごい勢いで私へと詰め寄ってくる。

「ノノノノ、ノア！　君、英雄様と、け、けこ、結婚したって本当かい!?」

あ、そういえばまだ報告してなかったか。

先に手紙でも飛ばしておけばよかったなと後悔しつつも、私は、そうなんだよなー、結婚したんだよなーと、だらしのない笑みを浮かべてしまう。

ちょうどそのタイミングで、こちらはゆったりとやってきたお母様が、のんびりと階段を下りつつ、声をあげた。

「あなた、落ち着きなさいな。まずは、お帰りなさい、ノアちゃん」

私はすっと膝を折り、頭を軽く下げる。

「ただいま戻りました、お父様、お母様。そしてさっそくで申し訳ないのですが、お母様、アイナさんを貸してくださいお父様がおっしゃった通り、私はガラファント様と結婚しました。そして今夜が新婚初夜なので、それまでにぴっかぴかに磨きあげてもらいたいんです！」

「あら、まあ」

私の必死の訴えに、お母様は口に扇をあてながらそうとだけ言って、お父様は床に崩れ落ちた。

……ん？　崩れ落ちた!?

「お、お父様、大丈夫ですか？」

両手両腕を床につけ、ぶつぶつと、なにやら世界を呪うかのような言葉を吐いているお父様にそう声をかけたが、彼は熱心に床を見つめるばかりだ。

「しばらくダメだと思うわ。ほうっておきましょう。ノアちゃん、私の部屋においでなさいな」

階段を下りかけていたお母様はそう言うと、くるりと身を翻し、部屋へと戻っていくようだ。

「ほら、ノアちゃん、急ぐんでしょう？」

数秒逡巡した私だったが、お母様のその言葉に、うなだれるお父様の脇を通り抜け、アイナさんもいて色々と揃《そろ》っているに違いない、お母様の部屋へとついていくことに決めた。

ゆっくりと歩みを進める彼女に並ぶと、彼女はふうと物憂げなため息を私に聞かせる。

「アレはねぇ、城からの報《しら》せを受けてから、ずっと騒いでいたのよ。ノアちゃんが、結婚を無理強いされたんじゃないかって。それで、ノアちゃんを神殿に匿《かくま》ってもらうだの国外の縁戚のところに逃がすだの、馬鹿なことを言いだしたから、ちょっと叱っていたところだったのだけれど……」

ああ、娘がいきなり嫁に行っただけではなく、お母様に怒られたショックもあるのか。

お母様は基本的に穏やかな方だし、ここの夫婦仲は普段この上なく良好なので、『ちょっと』でもお母様が不機嫌になるようなことがあると、お父様はすごく動揺する。

「お母様は、私が私の意思でガラファント様のもとへ嫁ぐと、わかってくださっているんですね」

その点に安堵《あんど》した私がそう言うと、お母様はくすりと笑った。

「そりゃ、侍女たちにあれだけ聞かせていたら、ねぇ。ノアちゃんが英雄ガラファント様に夢中なことなんて、馬鹿でもわかるわ。……そう、馬鹿でもわかる、はずなのにねぇ？　旦那様ってば、本当に困った人だわ」

そういえば、この一年、私が三度の飯よりガラファント様の魅力を語って聞かせたみんなのうち、聖女付きの侍女ズは、この家の息がかかっているんだった。

「まあ、それにしたっていきなりな話ではあるし、ノアちゃんは自分を犠牲にしすぎる部分があるから、実は私もちょっと心配はしてたんだけど……」

お母様はそこで言葉を切って、私に向き直り、やわらかな笑みを浮かべた。

「でも、ノアちゃんのそのしあわせいっぱいな顔を見たら、そんなの吹っ飛んじゃったわ。結婚おめでとう、私たちの愛娘《まなむすめ》。そして、さあ、磨かれてらっしゃい、花嫁さん！　その間に、私はドレスと装飾品を選んでおくわ！」

お母様はそう言って、彼女の自室のドアを勢いよく開けた。

そこには既に、アイナさんをはじめとするメイドさんたち一同が、気合い十分の表情で待っていた。

実に頼もしい。

「さあさあみんな、急ぐわよ！　リネステ伯爵家の娘を、英雄の花嫁に相応《ふさわ》しく、完璧に磨きあげてちょうだい！　あ、ノアちゃんの荷物は、とにかくなんでもまとめて馬車に載せちゃえばいいかしら？」

お母様の掛け声で、メイドさんたちが動き出した。

さっそく髪を解かれながら、私はお母様の質問に答えていく。

「んー、式まではまだ日がありますし、私は聖女やめるつもりなんで、多少時間ができるはずです。また後日、自分でとりにきたりしますよ」

「まあ、それは楽しみね。では次回は、ゆっくりお茶でもしましょう。じゃあ、とりあえず【聖女の御幸《みゆき》】に持って行っていた一式で、当座のものは揃っているわよね？」

「ですね。とりあえずは、あれだけでいいです」

「残りはあちらに買っていただいてもいいし、家具なんかは、元々用意されているかもしれないものね」

お母様はそうおっしゃったが、あんまりガラファント様に負担はかけたくないなぁ……。

そんなことをぼんやりと思ったときには、私が身に着けていたはずの、聖女の割とごちゃごちゃした衣装は、気づけばすっかり解かれていて。

あれ？　と思った次の瞬間には、私は四方八方からのびてきたメイドさんたちのゴッドハンドにより、ぴっかぴかに、それはもう念入りに隅から隅までぴっかぴかに、磨きあげられ始めていたのだった。

✝

私がそれはもうぴっかぴかに磨きあげられ、伯爵家の威信を示すかのように、ドレスだ化粧だ宝飾品だので、これでもかと飾り立てられる頃には、すっかり夕方になってしまった。三時間弱かかったらしい。

ガラファント様が私を迎えに来てくれていると聞いた私は、早足で、彼が待たされているというサロンに向かう。

ちなみにお母様は、私のあれこれの采配に、はりきりすぎたらしい。

一通りを整えてくださった今は、自室で寝込んでいる。

私も少しだけ治癒魔術を使ってきたのだが、『あんまりがんばって、汗をかいたりしたらだめよ、花嫁さん。さあ、その最高に綺麗《きれい》な姿で、あなたの最愛の人のところにいきなさいな』と、早々に追い出されてしまった。

母の愛の大きさに、胸が締め付けられる。

けれど、お母様の心遣いを無駄にしないために、涙はなんとか飲み込んだ。

そうしてサロンの前にたどり着いた、そのとき。

「……だから、ノアは、ほんっとうにいい子なんだよ！　英雄だかなんだかしらんが、うちの自慢の娘を泣かせたら、絶対に呪い殺すからな!!」

「わかっています。ノアのことは、生涯大切にしますよ。どんな不幸からも脅威からも、俺が守り抜いてみせますので」

「ありがとうございます、お義兄《にい》さん。姉さんのこと、よろしくお願いします。……それと、父さんが、ごめんなさい」

「いやー、しゃーないですよ。うちのボス、この顔でしょ？　普通に怖いし警戒しますって。つか、いちばん不幸にも脅威にもなり得る可能性が高かった奴《やつ》が、なにを……、あ、なんでもないでーす！

俺はボスの味方でーす！」

順に父のクルランディア、ガラファント様、弟のファラサール、たぶんルィンヘンさんの声が聞こえた。

正に私の話をしているらしい事実に一瞬入室をためらったが、私を先導していたうちのメイドさんは、もうさっさとドアを開けてくれていた。

仕方がないので背筋を伸ばし入室し、ぱたりと背後でドアが閉められるのを待ってから、膝を折って一礼する。

「長らくお待たせしてしまい、申し訳ありませんでした、ガラファント様」

約三時間ぶりの、再会。身支度の時間としてはとても長かったが、離れていた時間としては、たった三時間と表現していいだろう。

それなのに、ひどく久しぶりに、やっと会えたかのような気分だ。

そのせいか、ガラファント様がかっこよすぎて眩《まぶ》しすぎて、直視できない。

え、あれ？　こ、こんなにかっこよかったっけ？

足なっが。え、あ、こっち来る。足が長いから一歩が大きい！

え、うわ、顔が良い。顔がいいな!?　なんかすごいかっこいい顔の人が、こっちにずんずん近寄ってくるんですが!?

私が混乱を極めていると、ガラファント様が、私の目の前で立ち止まる。

「……綺麗だ」

声だけで感じて震えてしまうほどの重低音で、熱に浮かされたかのような妙に色気のある表情で、彼はそう言った。

そのたった一言で、頬に熱が集まるのがわかる。

「あんまり綺麗すぎて、女神かなにかかと思った。夢でも幻でもない、ノア、だよな……？」

ガラファント様はそう尋ねながら、そっと、どこまでも優しく私の頬に触れる。

その指先がわずかに震えていて、その視線がどこまでも熱くて、ガラファント様は本気でこんなことを言っているのだなと、わかってしまった。

けれど夢見心地なのは、むしろ私の方で。

「はい、あなたのセナピノアです、ガラファント様」

私はそう言って、彼の大きな手のひらに、自分の頬をすり寄せた。

そのざらりとした感触に、ああ、三時間ちょっと前に王城で握った、剣だこのある彼の手だと実感する。ガラファント様が現実にここにいるのだと、噛《か》み締《し》める。

自然と笑みが浮かんだ。

「……と、まあ、このようにうちのボスとノアちゃん様の関係は非常に良好なので、安心してくださ い、伯爵」

そんな淡々とした誰かの声が聞こえて、はっと、第三者の存在を思い出した。

誰かっていうか、ルィンヘンさんだ。

そしてお父様も弟のファラサールも、私たちを見つめている。

見られていた！　今の、三人に見られていた!!

「み、見ないでくださ、ひゃっ!?」

思わず私がそう叫びかけたところで、ガラファント様が、私を隠すかのように抱き込んだ。

「おいルィンヘンは見るな」

ガラファント様は威嚇するかのような声音でそう言ったが、私はむしろ、身内二人に見られたことが恥ずかしくて仕方ない。

くっついている現状の方が恥ずかしいのか、この真っ赤な顔を見られる方が恥ずかしいのか。

ガラファント様の腕から抜け出すべきか、このまま顔を隠しておくべきか。

私が迷ってもぞもぞしていると、実にはきはきとした、ファラサールの声が聞こえてきた。

「父さん、世の中には、犬や猫が好きな人もいれば、は虫類が好きな人も、虫がどうしようもなく好きな人だっているんです。そういうのはりくつじゃないって、母さんが言ってました。それで姉さんは、ガラファントさんのことが、どうしようもなく好きなんですよ」

お、弟よ……。私の好みがこの世界ではズレているらしい自覚はあるけど、英雄かつ私の愛する旦那様を、虫と同格扱いは、どうかと思うな……。

人様のいるところでは家族にも敬語を使う気遣いはできるようになったようだが、内容についてはまだまだ教育が必要なようだ。

そんな九歳児だからぎりぎり赦《ゆる》されるかどうかという無礼を言いはなった彼は、ぷんすかとした声音で続ける。

「父さんは、姉さんのしあわせを、じゃまするつもりなんですか？　心から好きな人といっしょにいられるのが、いちばんしあわせなんじゃないですか？」

私がそろりと顔を出すと、お父様はどこか寂しげな表情で、ファラサールの言葉に頷《うなず》いていた。

「……ああ、そうだな。ノアのしあわせが、私たちのしあわせだ。私が、間違っていたようだ」

そう認めたお父様は、吹っ切れたような表情で、ガラファント様へと向き直る。

「申し訳ありません、ガラファント殿。娘かわいさのあまり、失礼なことを申しました。……それに、うちの愚息が、あまりにも無礼な物言いをいたしまして」

そう言って頭を下げたお父様に、ガラファント様は首を振って返した。

「いえ、頭をあげてください、伯爵。当然のことです。これだけ素晴らしい娘さんですから、どれだけ心配してもし足りないことだと思います。けれど俺の唯一として、生涯大切にさせてもらいますから……」

ガラファント様が敬語だ!?　国王陛下にも対等にしゃべってたのに!?　さっきドアの外に聞こえていたの、聞き間違いじゃなかったんだ!?

私が驚きに固まっている間に、お父様はむしろ更に深々と頭を下げ、祈るように告げる。

「……ガラファント殿、セナピノアのことを、どうぞよろしくお願いします」

「姉さん、結婚おめでとう！　うちにも、たまには帰ってきてくださいね！」

そんなお父様とファラサールの言葉に、私とガラファント様は、しっかりと頷いて返した。

……ただまあ、お父様はここからが長いんだよなぁ……。

聖女になるときもそうだった。

彼は理屈で納得した後、感情を抑えるまでに時間がかかる。

案の定、私たちが辞去の挨拶をしようとした途端に「今日はこのまま、ガラファント殿もこちらに泊まっていかれては？」だの「せっかくですから、英雄殿の冒険譚《ぼうけんたん》を、息子に聞かせてやってください！」だの、うだうだごちゃごちゃと食い下がってくるお父様に、あきれてしまう。

仕方がないので、これ以上身内の恥を晒《さら》さないうちに、私がなんとかすることに決めた。

「お父様、いいえ、リネステ伯爵。私、伯爵に進言したいことが、ひとつございます」

まずは、私のことから意識をそらせる。

そのつもりで、私はあえて、他人行儀にそう呼び掛けた。

「……それは、聖女として、かい？」

「いえ、強いて言うならば、伯爵令嬢として、でしょうか。陛下の忠実なる家臣であるお父様に対して、ひとつアドバイスがございますの」

「ふむ……、……聞かせてくれ」

お父様のスイッチが、カチリ、と、切り替わったようだ。

落ち着いた声音でそう言った彼に、少し安堵する。

「実は陛下は今、ひとつの悩みを抱えておられます」

「今日の謁見《えっけん》で、そんなご様子があったのかい？」

「ええ。大変困っておられました。と、言いますのも、国は、英雄ガラファント様に相応しい褒賞を、用意できませんでしたの」

「それはノアと結婚する望みが叶《かな》うことで、話がついたのではないのか？」

「いえ、それは私が望んだことなので、褒美ではございません。そして、ガラファント様はもうひとつ提示いただいた伯爵位も、辞退いたしました」

私がそう言うと、お父様の視線が、ガラファント様に向いた。

ガラファント様は実に決まりの悪そうな表情で、口を開く。

「その、自分は卑しい生まれの粗暴な男なので、伯爵位を、辞退いたしまして……」

ところがそれを聞かされたお父様は、別段気にした様子もなく、あっさりと頷く。

「ああ、それは仕方ないさ。あんな、【英雄】でもなければ治めきれないだろうと言われている、火種だらけの領地、受け取らなくてよかったと思うよ」

「……え、そんなにひどい話、だったんですか？」

知らなかった。

褒美という言葉を素直に受け取っていた私は、背筋が寒くなるような心地で、そう尋ねた。

尋ねておきながら、それにお父様が頷いて返すことに、ショックを受けてしまう。

「あそこは、急に領主一家が、喰《く》われたからね。自称遠縁だの自称領主に遺言で指名された後継者だのが次々に現れ、混乱を極めているそうだよ。けれど英雄殿であれば、その圧倒的力で混乱をしずめられる。そう考えたのだろう。そして英雄殿は高位貴族の仲間入りができ、国は扱いの難しい領地に頭を悩ませることがなくなると。誰もが得をするいい話だと、割と本気で思っていたと思うよ」

ため息をひとつ吐《つ》いてから、お父様は続ける。

「けれどねぇ、いくらガラファント殿がお強かろうと、落ち着きを取り戻すまでのその間、無傷でいられるのか、私は疑問だよ。まして、ノアがそんなどこに敵が潜んでいるかわからない地に嫁ぐなどと言えば、私はファラサールといっしょに床に転がって泣いて喚《わめ》いてでも、止めただろうさ」

「なんで、なんでそんな、命の恩人へのお礼に毒を仕込むようなことを、平気な顔してできるんでしょうか……」

私は、そう呟《つぶや》いて、うなだれた。

ガラファント様にひどいことをされそうになったことが、悲しい。

王侯貴族らしくはあるのだろうが、人の道理に反しちゃいないか。

ところが当のガラファント様は、どこまでも優しく、私の頭を撫《な》でる。

「まあ、気にすんな。ある程度、わかっていたさ。それでも、ノアになにも気づかせないままノアを守りきるくらいのことはできるとも、確信してたからな。だいたい、もう断った話だ。ノアが気に病む必要はひとつもない」

はい器が大きい。好き。

え、これで怒りをあらわにするどころか、私を慰める余裕すらあるとか、かっこよすぎでは……？

それだけに、こんなステキな人を利用してやろうとしていた国に、腹が立つ。

「……なんか、しばらくこのまま困らせておけばいいんじゃないかしらという気分に、なってきましたわ」

私がそう漏らすと、お父様は困ったような顔で、ガラファント様に視線をやった。

「あー、話を戻すと、俺が伯爵位を断り、では褒賞金で、となったのですが、自分は竜の討伐もこれが初めてではなく……」

そこで言葉を切ったガラファント様に視線でパスされたルィンヘンさんが、説明を引き継ぐ。

「国を救ったほどの偉業に見合うだけのお金って、いくらよ？　あの竜でこのくらいだった、ということは、途方もない金額になるのでは？　というのと、そんなわけで、ボスは既に、途方もない財産を所有しています。よって、もう全然ありがたがらないというのが、あちらにとっては大問題みたいですね」

「それで、こういうのがいいのでは、と思い付いたので、お父様から陛下にアドバイスしてもらおうと思ったのですが……」

なんかもう、そんな親切にしなくてもよくない？　などと考える悪い子の私に、ガラファント様は、どこまでも優しく甘い声音で、尋ねる。

「それは、ノアが欲しいものか？　なら宝石でも城でも、好きな物をぶんどってきてやるぞ？」

「え、いや、そういうのではなく！　その、特別な武器なんて、どうかなぁと」

雲行きが怪しい気がした私があわててそう言うと、ガラファント様は首を傾《かし》げた。

私は説明を続ける。

「その、そちらの剣は特別な力があって、ガラファント様の炎魔法の素質を、ひきだしてくれるのでしょう？　そして、歴史ある王家なんてものは、使いもしない珍しい宝を、たんまりと溜め込んでいるはずです。だから、その剣のような特別な力がある武器をガラファント様に譲っていただけば、ちょうどいいのではと思いまして……」

「歴史ある王家の宝っつっても、全部合わせたってノア以上の価値はないけどな」

ふ、と、真顔でガラファント様がそう呟いたせいで、言葉につまる。

いや、いやいや。さすがにそれはない。それに、私は自分の意思でガラファント様のものになったわけで。

「それでも、いくつか利便性の高そうな物に覚えがある。英雄に宝剣が与えられるというのは民衆も好みそうな物語であるし、良いアイデアかもしれないな」

お父様は、淡々とそうおっしゃった。

ルィンヘンさんがその言葉に頷いてから、口を開く。

「メインの武器はもうあるんで、短剣とか、サブにできそうなものがいいかもですね。そんでボスが使える属性は、やっぱり炎……、あ、雷もギリギリいけるはずです」

「いや、どうせなら、ノアが護身用に使えそうなやつが良い。俺が守りきるつもりはあるが、ノアが身を守る手段は、いくらあっても良い」

「ふむ、そのあたり含め、進言しておこう。エフィから王妃様を通じてであれば、すぐに聞いていただけることだろう」

エフィとは我がお母様エフィルロスのことで、彼女は王妃様との親交が深い。

私が照れている間に、話がまとまってしまった。

そしてお父様は、すっかり伯爵の顔になっている。いい頃合いかもしれない。

「実は、そのお母様が、自室で臥《ふ》せっておられます。一応私が治癒魔術をかけましたが、『少し眠れば大丈夫だから』と、途中で止められた次第です。目覚めたとき、改めて診察をするためにも、側《そば》におられた方がよろしいのではないでしょうか？」

私がそう言いきるかどうかのうちに、お父様は立ち上がった。

「……！　申し訳ありません、私はこれで！」

そう言って足早に部屋を出ていく彼は、もうだいぶ、私のことなんかどうでもよくなっているだろう。一度、理性で納得はしていることだしね。

ただお母様の顔を一度見たら、安心して私のことを思い出し、ここに戻って来かねない。

お父様について部屋を出ていくファラサールに、無言でアイコンタクトをとる。

お願い、いざとなったら止めて。

任せて。さあ今のうちに行って！

そう視線でやりとりした私たち姉弟は、しっかりと頷きあった。

頼りになる弟だ。

かわいい弟、優しい両親。私の、大好きな家族。

また、すぐに、会いたくなるんだろう。

それでも、今夜は、一度さようなら。

私は、ガラファント様の手をとった。

✝

王都の中で、郊外にほど近い地区にあるガラファント様のお屋敷は、広かった。

普段は各々自由に活動をしているというガラファント様の部下の冒険者の方々も、有事の際にはここに集まり、寝泊まりすることもあるそうだ。そのため、本館の他にいくつかの離れや訓練所まであり、貴族らしく立派に整えられているリネステ伯爵家よりもなお、広く立派なお屋敷だった。

……ここの敷地、私の生まれた村が、丸々入りそうだな？

高嶺《たかね》の花は、むしろガラファント様だよな……？

なんでこの人、このお屋敷の主《あるじ》やってて、英雄で、高名な冒険者で、彼をボスと慕う冒険者がいっぱいいて、私程度を、無理矢理じゃなきゃ嫁にできないと思ったんだ……？

これだけ揃ってたら、顔とかどうでもよくない……？　いや、私はガラファント様の顔、大好きなんだけど。

などと疑問に思いつつも、分厚い猫を深々とかぶった私は、この屋敷で働いてくれているという面々と、落ち着いて挨拶ができたと思う。

やっててよかった聖女。

猫かぶりスキルも磨かれたし、ある程度、豪邸にも城にも招かれた経験がある。たださすがにこの豪邸で暮らすとなると、しばらくは緊張しそうだけれども。

屋敷中あちらこちらと案内されて説明を受け、誰や彼やに挨拶をして、その都度恐縮するほど大歓迎されたりして。

ようやくガラファント様と二人きりになれたのは、夕食の後だった。

「その、すまなかった」

夫婦の寝室（！）に入った途端、ガラファント様はそう言って頭を下げた。

「ええと、なにを謝罪されているのか、わかりませんが……？　なにかありましたっけ……？」

私が本気で首を傾げると、彼はふっとやわらかな笑みを浮かべ、私の頭をぽんぽんと撫でた。

「すまん。なにから謝っていいかわかんねーからって、雑だったな。まずは、うちのやつらがお前にまとわりついてた件について、謝罪したい。普段は黙々と家のことしてる奴らばっかりなんだが、若くて美人の女主人が来てくれたからって、はしゃぎすぎたんだろうな……」

「ああ……。いえ、私がいきなり嫁いで来たのに、皆さん全力で喜んでくださって、むしろ嬉《うれ》しかったです！」

私が心からの笑顔でそう言うと、ガラファント様は、ほっとしたように小さなため息を吐いた。

「そうか？　じゃ、次。そのドレスのまま長いこと過ごさせて、悪かったな。疲れたろ。ただでさえ今日は朝から色々あったろうに……」

「ドレス姿だとガラファント様がとてもよく見惚《みと》れてくださるので、私としては大満足です！」

私は食い気味にそう言った。

そう。ガラファント様の反応がよかったのだ。

聖女衣装では出ていなかった、肩や首筋への視線も熱かった。

彼がこまめに褒めて眺めて見惚れてくれるので、着飾らせてもらってよかったと、ありがとうお母様と感謝し通しだったので、謝られることではない。

さすがにこれから先もずっとこの姿で生活してくれと言われたら、ちょっと困るけど。

「……貴族ってのは、家でまで気が抜けねぇのか？」

ぽつり、と、ガラファント様が尋ねてきたので、私は首を振った。

「いえ、来客があるときは別ですが、自宅ではある程度ゆるい格好もしますよ。でも今日は、一応嫁入りの日なので！　ガラファント様に、少しでもかわいいって思って欲しいですもん！　……かわいいですか？」

私がちょっと調子づいてそんなことを言ってみたら、言われたガラファント様は、熱くとろりとした目で、私を見つめる。

「ああ。かわいいし、綺麗だ。今まで、防御力の低い布やなんの効力もない石に高い金をかける意味がわからなかったが、ノアは、いくらかけてでも着飾らせたくなる。なにを合わせればどんな美しさを見せてくれるのか、あれこれ試したくなるな……」

うっとりとした口調で、でもはっきりとそう言いきったガラファント様に、私は自分できっかけを与えておきながら、なんだか無性に恥ずかしくなってしまう。

「そ、そんな……」

「親御さんも、ノアのことはまだまだ手元に置いて、着飾らせたり、かわいがったりしたかっただろうな……」

　私がてれてれもじもじとしていると、ガラファント様はますます目を細め、しみじみと、そう呟いた。

「んー、そうですかね？　私は長らく聖女として国中を回っておりましたし、とうに成人している娘ですから。私としては、以前とそう変わらないだろうとか、むしろようやく嫁いだかとか、思われているかと思いますが……」

　私の疑問に、ガラファント様はきっぱりと首を振る。

「こんなかわいい娘に、そんなこと思うわけないだろ。俺ならぜってー手放さない。一生養いたい」

　いやまあ、ガラファント様は父ではなく、夫ですので。

「ガラファント様に途中で手放されるのは、すごく困りますね。ぜひ、一生養ってください」

「任せろ」

　ガラファント様の発言を受けての、言葉遊びのつもりだったのに。

　思いがけず力強く引き受けられてしまって、恐縮する。

「いや、あの、つい養ってとか言ってみましたが、ガラファント様の負担になりたくないです。私、それなりに神官として働けるはずなので、自分の食いぶちくらいは稼げるかと……」

　私がおずおずとそう言ってみると、ガラファント様は私の肩をつかんで、真剣な表情で口を開く。

「それは、駄目だ。ノアが趣味としてやりたいってんなら止めないが、金のためってんなら、やらないで欲しい。負担なんかじゃない。俺が無意味に貯《た》め込んできた金に、【ノアのため】という最高の名誉と幸福を、与えてやって欲しい。俺を、ノアを養えノアに貢げる世界一幸福な男に、してやってほしい」

「ん、んんん？　……まあ、それがガラファント様のお望みであれば……？　お言葉に、甘えます」

私がなんかおかしくないかと思いながら、そう絞り出すように言うと、ガラファント様は、しあわせそうに笑った。

「ありがとう、ノア」

それからぎゅっと抱き締められ、私の耳元で、心底嬉しげにそう囁《ささや》かれて混乱する。

なんだこれ。

なぜ私は『おう一生養わせてやるから感謝しろや』とばかりの発言をして、実際に感謝されてしまっているんだ……？

「……あとひとつだけ、謝らせてくれ。今日、強引に連れ帰ってきてしまって、悪かった。ノアが、俺の嫁になってくれるなんて、どうしても信じきれなかった。言質はとったからと、お前の気が変わらないうちにと、無理を通した。……情けないよな」

そっと身を離されながらそう言われて、生じた隙間が妙に寒々しい。

私は彼を見上げ、首を振る。

「そ、そんな、情けなくなんか……。私は、欲しいものはすぐ欲しくなってしまうタイプなので、『わーい大好きなガラファント様と、今日からいっしょに暮らせるー』と、呑気《のんき》に喜んでたくらいで……」

こちとら、通販翌日着当たり前の世界で生きていた、元現代人である。

話が早くて助かるなぁとしか、思ってなかった。

本当にそう思っているのに。

信じているのかいないのか、ガラファント様は、罪悪感に押し潰されているかのような表情で、痛々しく笑った。

「そうか。なら、ノアが欲しいと思ったものは、すぐに言え。すぐに用意する。ノアが気に食わないことがあったら、すぐに排除する。本当に、なんでもする。だから、この先いつか冷静になったときが来ても、出ていかないでくれ。財布でも、武器でも、どんな扱いでもかまわない。俺を、捨てないでくれ……」

「ネガティブ」

弱々しいガラファント様の言葉に、思わずそんな単語が飛び出した。

ガラファント様は、どういった意図の発言かわかっていないようなので、私は言葉を重ねていく。

「今のは、こう、ガラファント様の愛の重さは伝わったのですが、あまりに表現がうしろむきです。よろしくない。私が手本をお見せしましょう」

そう言って、私は、ひとつ、深呼吸をした。

私がこれから口にする言葉は、元日本人には少々気恥ずかしい。

「ガラファント様、私は、ガラファント様のことを、愛してます。だから、ずっといっしょにいて欲しいです。ずっと、私のことを、愛してください」

私は、笑顔でそう言いきって、ぎゅっとガラファント様に抱きついた。

ちょっと恥ずかしい。耳と頬が熱いので、たぶん赤くなっているのだろう。

けれど、ガラファント様が力強く抱き返してくれた。

「俺も、ノアを愛してる。ずっと、ずっと、永遠にだ」

そして、その、私が本当に欲しかった愛の誓いの言葉をくれたので。

恥ずかしさをこらえてお手本を示したかいは、あったと思うのだ。

私はしばらくの時間、黙って幸福を噛み締めた。

けれど、ここまで誠実に接してくれるこの方に、嘘《うそ》を吐いたままではいられない。

私はガラファント様にしがみついたままで、そっと告げる。

「では次は、私から、謝罪をさせてください」

「……謝罪？　ノアが謝ることなんか、なにも……」

ガラファント様はそう言いながら、私の表情を確かめようとする。

嫌われたくない。

失望されたくない。

彼の怒りの表情なんか、見たくない。

私はその一心で、更に強く彼に抱きつき、顔を伏せた。

「それが、あるんですよ。本当は、結婚する前に言うべきでした。その、実は……、私、リネステ伯爵夫妻とは、血の繋《つな》がりがないんです。なので、貴い生まれとか、生粋《きっすい》の、ちゃんとした貴族令嬢とかでは、まったくなくて……」

「いや貴族令嬢は貴族令嬢だろ？　そんなこと言ったら、親御さんが泣くぞ」

怒りでも失望でもない、ただの指摘。

そんな調子で言われたガラファント様の言葉に、虚を突かれた。

「え、あ、そう、でしょうか？」

「そりゃそうだろ。俺が、どんだけ伯爵に釘刺されたと思ってんだ。ノアたちはちゃんといい親子だと思うし、血縁なんざ、もはや関係ないだろ？」

関係ない？　……本当に？

私は思わず伏せていた顔をあげて、恐る恐るガラファント様の顔をうかがった。

彼は特に気にした風もないというか、聞こえていた声の調子の通り、『それがなんだ？』とばかりに首をひねっている。

私はいちど唾を飲み込んでから、問う。

「ええと、その、……怒ったり、がっかりしたり、しないんですか？　私、リネステ伯爵家どころか貴族の婚外子とかですらない、たまたま先祖返りで魔法が使えるだけの、貧しい村の子どもだったんですよ？」

「？　……それが？　それでどうして、怒るだなんだ、しなきゃいけないんだ？」

ガラファント様はまだ首をひねっているので、説明を続ける。

「だって、ガラファント様は、いわば偽物の貴族令嬢をつかまされたんですよ？　本当の私は、両親ともに貧しい村人で、小さい頃は、明日にでも餓死か凍死か病死かしてしまうのではと思うほど、ぎりぎりの生活をしてたんです。血縁上の父母に、リネステ伯爵家に売られました。偶然伯爵に似た癒《い》やしの力があったから、伯爵の婚外子に偽装してまで、養女にしてもらっただけなんです」

そこまで白状しても、ガラファント様は愛《いと》おしげな、少しだけ憐憫《れんびん》の混じった瞳で、私を見つめている。

「ずいぶん、苦労したんだな。ノアが無事に生きていてくれて、よかった」

そんな言葉とともに、優しく頭を撫でられて、ますます混乱する。

私が貴い聖女だから、嫁にしたわけじゃないのか……？

「その、だから、偽物のくせに伯爵令嬢ぶっててごめんなさいというか、騙《だま》してしまって申し訳ありませんというか、なんですけど……」

私は、トーンダウンしながらそこまで言って、頭を下げた。

「ああ、なんだ、そんなことか。俺は気にしてないから、ノアも気にすんな」

ところがあっさりとそう返されて、驚きに硬直してしまう。

「俺が爵位だ生まれだにこだわる人間なら、伯爵位蹴ってないだろ。俺はお前が欲しいだけで、貴族のお嬢様が欲しいわけじゃない」

きっぱりとそう断言したガラファント様は、泣きたくなるほど優しい声音で、続ける。

「別にお前がどんな生まれだろうと、関係ない。ノアがノアなら、それでいい。だいたい、昔のノアがどんなだったか程度で、俺を失望させられるわけがないだろ。こっちはな、お前の全部が、もうかわいくて愛しくて、苦しいほどなんだよ。どうやったら、少しは好きを減らせるのか、教えて欲しいくらいだ」

きゅっと、心臓をつかまれた心地がする。

愛しすぎて困ってるのは、こちらの方だ。

「しっかし、こんなくっそかわいいのが、衛兵もろくにいないだろう村なんかにいて、よく毎秒人さらいにあわなかったな……？」

ぼそりと付け足されたガラファント様の言葉に、思わず、ぱっと顔をあげた。

「いえ、そんな、私、それほどのものではないですよ!?」

私はふるふると首を振りながら、そう主張した。

ところがガラファント様は、どこまでも真剣な表情で、言い切る。

「俺なら、抵抗するなら村ごと焼いてでも、ノアを攫ったと思うが」

「そんなはずないです！　……その、実際、攫いたい見た目じゃなかったですから。今も大したものではないですけど、村時代の私は、いかにも貧しい村の貧しい子どもでした。栄養が足りておらず、貧相で、いや今も残念ながら豊満ではないですけど、とにかく、すごく不健康な感じでしたから。しかも、家にお風呂もなく、服も、ボロのお下がりを何日も着たままで当たり前だったので、かなり薄汚れていて、すごくみすぼらしくて、実を言うと、けっこう臭かったと思います」

「よし、その村を焼けばいいんだな？」

私の打ち明け話を聞いたガラファント様は、実に爽やかな笑顔でそう言った。

「え、なんでそんな話になりました？」

なぜ、やたらに私の生まれた村を焼こうとするのか。

首をひねる私に、ガラファント様は、どこまでも爽やかに告げる。

「俺の最愛を、なにより大事なノアを、そんな目にあわせたんだから、当然だろ？」

その笑顔は見惚れるほど美しかったが、目はどこまでも真剣だった。

私が止めなきゃ、この人は本気でやる。

復讐《ふくしゅう》の必要性をみじんも感じていない私は、ガラファント様を説得することにした。

「いや、その、私は七歳でリネステ伯爵家に引き取られてからは、なに不自由なく暮らしてましたので……。これからだって、ガラファント様が、私を養ってくださるのでしょう？　だから、私は大丈夫です」

「そりゃ全力で養わせてもらうし、不自由させるつもりは一切ないが……。けど、今でもこんなにかわいいノアの、七歳より前とか、もうぜってー天使だろ。天使を飢えさせるとか、大事に世話しねーとか、傍《はた》で見ていて助けねーとか、人の心を持ってない。そんな奴らの村、滅ぼすべきじゃ……？」

ガラファント様は、いまひとつ納得がいっていない様子だ。

けれど、血縁上の両親も、それほど子に興味がなく、また生活に余裕がなかっただけで、悪意があったわけではない。他の村人も同様だろう。

私は、彼の説得を続ける。

「ガラファント様が、そこまで幼い私のことを思ってくれているのは、嬉しいです。けれど、今の私は、本当に村のことなんかもうどうでもいいくらい、しあわせなんです。そして、あの村は、子どもを大切にできるほど、豊かでなかっただけです。だから正直、村が焼かれても、私にとっては、ただ無辜《むこ》の赤の他人が、無為に犠牲になったとしか……」

「ノアは、優しいな。……仕方ない、そこまで言うなら、諦める」

ガラファント様はそう言って、ため息を吐いた。

彼の言葉にほっと息を吐いた私は、次いでぱっと笑顔に切り替えて、甘えるように、彼の胸元にすり寄る。

「それでも、もしどうしても小さな私がかわいそうだと思うなら、その分いっぱい、今の私を甘やかしてください。私はその方が嬉しいです」

「……言ったな？　本当に、幼少期の天使なノアの分まで、全力で、心行くまで、今のノアを、甘やかしに甘やかしてかまい倒して、いいんだな？」

あれ？

なんだかやたら楽しげな声音でそう訊《き》かれたが、ガラファント様の念押しは、なぜか不穏な響きに聞こえた。

私は若干慌てながら、やんわりと釘をさすことにする。

「あ、あの、あくまで、ガラファント様の負担にならない範囲で、ですよ……？」

「ああ、負担なんかじゃないさ。もちろん。俺は楽しいだけだ」

ほ、本当に？　じゃあなんで、さっきあんな『なんかマズイ言質をとられた』感触がしたんだろう……？

んんん？　ガラファント様、自他共に認める、使いきれないほどの財産持ちの、この屋敷の主人だよな？　しかもあの人喰い魔竜を倒した、世界的英雄。そんな彼の全リソースを、甘やかしに割り振ると、いったいどうなるんだ……？

「しかし、ノアはそういうルーツだから、俺みたいな、いかにも野蛮な奴にも耐性があるんだな。まあ、俺がノアの許容範囲に入れてるのは、ノアの美の前では、誰でも彼でも不細工になっちまうってのもあるんだろうが……」

ふいになんかとんでもないことを呟かれて、思考が中断された。

「いやそんな、確かに私、貴族のお嬢様たちとは、色々ズレてますけど！　ガラファント様のことが好きなのは、そんな上からな理由では、ないです！　そもそも私、私のことは、そんなに美人だとは思ってません！」

私が慌ててそう言うと、ガラファント様の眉間には、深い深い皺《しわ》が寄った。

「……は？　なに、言ってんだ？　ノアが美人じゃなきゃ、この世に美人なんてのは、一人もいないが？　謙遜も、そこまでいくと嫌みだぞ？　もしや、あれか？　生まれた村で、そこまで認知が歪《ゆが》むほどの、ひどい育て方をされたのか？　やっぱ燃やすか？」

だから！　なぜ！　村を焼こうとするのか!!

私はますます焦って、もはや叫ぶ勢いで主張する。

「違います！　今世に生まれてこの方、血縁上の両親にも、それどころか会う人会う人に、美人だと言われて生きてきました!!」

「そうだろうな。そうでなきゃいけない」

満足そうに頷くガラファント様に、肩の力が抜けた。

「でも、私は本当に、自分のことは美人だとは思ってなくて、むしろガラファント様の顔が、美形でかっこいいと思っていて、大好きで……」

私は、今度はぼそぼそとそう主張したが、それを聞いたガラファント様は、それはもはやちょっと痛いのではというほど、首をひねっていた。

「正直、意味がわからないんだが、なにをどうしたら、そんな珍妙な美意識に……？」

「……ほ、本当に、ガラファント様は、昔の私がどんなでも、嫌いになりませんか？　私にどんな過去があろうと、受け止めてくださいますか？」

質問に質問で返すのはどうかと思いながら、臆病な私は、まずそう尋ねた。

ガラファント様は首を元に戻すと、今度はしっかりと頷いた。

「ノアを嫌いになることは、絶対にない。どんな過去も、全部受け止める。俺たちは、もう夫婦なんだぞ？　俺は、なにがあろうとお前と一生連れ添う覚悟で、お前を望んだ」

侮るな、とばかりの不敵な笑みでそう断言され、きゅんとする。

きゅんとはしたものの、やはり臆病な私は、なおもひとつ確認する。

「これから、私は、かなり突拍子もない話をします。……信じてくれますか？」

「俺の女神の言うことだ。当然、信じる」

即座にそう返されて、なぜ、この人は私をいちいちときめかせないと気がすまないんだとすら、思った。

そんな、ガラファント様にとっては理不尽極まりない怒りと、どうしようもないほどの胸の高鳴り。

それらを宥《なだ》めるように、深呼吸をひとつしてから、私は告げる。

「私には……、前世の記憶、というものがあります」

✝

血縁上の父母はもちろん、もう本当の両親と思ってるリネステ伯爵夫妻にすら告げなかった、前世の記憶。

別に両親のことを信頼していないわけではないが、どうしても告げる気にはならなかった。

だって、あまりに突拍子もない。

生まれ変わり？　記憶が魂に宿る？

……本当に？

前世なんて、むしろ、全部私の妄想じゃないのか？

他に私のような人がいれば、違ったかもしれない。

もし同じ世界への生まれ変わりで、前世の私の記録をどこかで見つけでもすれば、違っただろう。

けれど私は、なんの証拠もない私の記憶を、人に語って聞かせられるほど、確かなものだと思えない。

段々と成長するにつれ、薄れていく前世の記憶。

母の顔はどんなだったか、父の声はどんなだったか、実家のにおいはどんなだったか。

忘れるはずがないすべてが思い出せないことに気づいたとき、私は怖くなった。

だから、誰にも言わずに、ここまで生きてきた。

それでも、ガラファント様にだけは、この優しく愛しい人には、つい、聞いてもらいたくなってしまった。

そして、私のいちばんの秘密まで、私のすべてを、丸ごとこの人に捧《ささ》げたいと、願う。

「……なるほど」

長い長い私の話を聞ききってくれたガラファント様は、深く納得したかのようにそう言って、ひとつ頷いた。

「その、信じてくれるかと訊いておいてあれなんですが、私自身、信じられる話とは、思いません……」

私がそう言って彼の顔色をうかがっていると、彼はふっと微笑んでくれた。

「信じるさ。というか、納得ができた。時々感じていた違和感の理由がわかって、すっきりしたよ」

違和感……？

私が首を傾げると、ガラファント様は優しく問うてくる。

「ノア、初対面から、俺のこと大丈夫だったろ？」

「大丈夫どころか、あんまり私の理想の姿すぎて、豪速で一目惚《ひとめぼ》れでしたね」

「そ、りゃ、どうも。……理由がわかったところで、どうにも変な感じがするな。とにかく、そんなのは、普通あり得ないんだよ。うちの荒くれどもだって『見慣れればそう悪くもない』とか言うが、初対面は全員ビビってたんだからな」

そう言って彼は、ぐりぐりと私の頭を撫でた。耳が赤いので、たぶん照れ隠しだろう。かわいい。

「他にも、【残念ながら】豊満じゃないだの、背が高い男が好きだの、変なことを言うなと、思ってた。ちっこくてほっせー魔術師が、指先ひとつで野蛮な巨大生物どもを打ち倒すってのが、みんなの憧れのこの世界で、だ」

この世界は、あっさり顔至上主義も行きすぎているのだが、贅肉《ぜいにく》・筋肉ヘイトもかなりのものだ。たとえ胸でも、とにかく肉は、怠惰の象徴扱いされるほどに。

というのも、魔術師は、燃費が悪い。魔法を使うと、腹が減る。

大自然の力も借りてはいるのだが、基本的に、自分の魔力を練り上げて、奇跡を行使する。その作業は、脳が焼ききれそうなまでの集中が必要で、魔力が巡る全身があっつくなって、汗がだくだく流れ出て、そしてむやみに腹が減る。魔法は、カロリー消費が激しい。

そしてカロリーが足りなければ、筋肉までもが燃やされる。

結果、魔術師揃いの貴族内では特に、贅肉だろうと筋肉だろうと、豊富であると、あらあら日頃まともに魔法も使わないお方なのねぇ……、あら失礼、使えない、だったかしら？　のような扱いを受けるのだ。ファック。

そしてより細く軽い方がよろしいにつられ、基本パーツの造りが小さな、低身長までもがもてはやされるようだ。馬鹿じゃないのか。

「俺みたいなやたら縦にも横にも奥にもデカイのなんか、みっともねーし、普通気持ち悪いと思うもんなんだよ。なのにノアは、全然怯えず、こう、収まるもんな？」

こう、と、ガラファント様の胸元に抱き込まれて、不条理なこの世界への怒りが、一瞬で霧散した。

しかし、奥……？

……！　確かに！　奥行きが、ある！　ガラファント様は、筋肉で分厚い肉体をしてらっしゃるので！

私がガラファント様にしがみつき、うへうへとその奥行きっぷりを堪能《たんのう》していると、ふいにぎゅっと強く抱きしめられ、そっと尋ねられる。

「しかし、一般庶民として生きてた前世があって、こっちでも七年村で育った記憶があるってなると、やっぱりお前、聖女のとき、だいぶ無理して猫かぶってただろ？　今も、まだ、俺に遠慮があるんじゃないのか？」

ぎくり。

鋭い質問に身をこわばらせた私の顔を、ガラファント様がじーっと見つめている。

「そんなこと、なく、……も、ないですけれど。いえでも、だいぶ、ガラファント様の前では、ほぐれてきましたし。これ以上ボロを出しすぎて、失望されたくはないというか……」

「むしろ、もっとボロを出して欲しい。正直俺は、お前がテンション高いときの方が、楽しそうでかわいくて、好きだ」

「んんん、私も好きぃ！　ガラファント様の、そういう何事も気取らない気負わないところも、大好きですぅ！」

今まで呑《の》み込《こ》んでいた心の声を思わず叫ぶと、ガラファント様は満足げに笑った。

「おうその調子だ。ほんっと素直でかわいいなノアは！」

わしわしと頭を撫でられ、もう猫かぶりはやめようと決意する。愛しの旦那様がこう言ってるんだから、それでいいじゃない。……まあ、若干の恥ずかしさはあるので、徐々になるかもだけど。

そんなことを考えていると、ふいに頭上からため息が聞こえてきた。

「それにしても、……あっちでのノアが二五だったっつーことは……、……旦那とか、いたんだろうな。まだ、そいつに会いたいとか、思うよな？」

「いやいませんでしたが」

私が即答すると、ガラファント様は首を傾げた。

「……？　別に、無理に隠さなくてもいいぞ？　それ含め、受け止めるつもりはある。むしろ、こうして探ってる自分が、心が狭すぎて呆《あき》れるくらいで……。八つも年上のくせになさけねーことを言うなと、叱りつけてもいいんだからな？」

「え、いや、本当に。旦那どころか、恋人すらいたことがないです。ガラファント様が、全部、はじめて。なので、むしろ私の方が前世と合算すると年上になるのですが、大人の女性的こなれ感とか求められても、とても困りますね」

私が率直にそう述べると、ガラファント様はますます首をひねって、眉間に皺を寄せた。

「ノアの元の世界の男は、全員去勢でもされてたのか……？」

「いや、私は、むこうでは、地味な部類なんですって。それに、中高一貫の女子校からの、女子大に進学し、職場も女性が多いところを選びました。なのでまず、同世代の異性の知り合いすら、ろくにおらず……。まあ、塾や模試で、男子と席を並べるだけで心拍数があがる自分に、ビビり散らした結果の選択なんですけど……」

男性恐怖というほどではないが、あまりにも耐性がなかった。

共学に進学したり学外で彼氏を作ろうとした女子校育ち仲間たちが、慣れていなさすぎて、次々変なのにひっかかったのを見て、震え上がったのもある。

「箱入りだったってことか？　その割には、ノアは、俺には平気でくっつくよな？」

ガラファント様にそう尋ねられた私は、確かに、と思い、改めて考えながら、言葉にしていく。

「ガラファント様にも、どきどきはしてますよ。正直、割と照れます。……けど、それよりなにより、ガラファント様とくっついていると、あるべきところに収まった感じがして、なんとなく落ち着くんですよ。ああこの人だ、間違いないって思うような……。安心する感じが、不思議とあるんですよね。ガラファント様が、優しいからですかね？　まあ、とにかく、大好きな人にくっついてると、やっぱりしあわせなので」

「……落ち着かれるっつーのは、複雑な気分だな」

？

ぼそりと漏らされたガラファント様の言葉に、首をひねった。

どういう意味か確かめようと顔をあげると、ばちり、と、熱っぽいガラファント様の視線にかち合い、呼吸が止まる。

「なあノア、俺に話しておきたいことは、もうなんもねーか？」

欲しい愛の言葉は、もらった。

秘密も、全部打ち明けた。

それを確かめた私は、ガラファント様の問いかけに、ゆっくりと、ひとつ頷く。

「じゃあ、今日はもう、楽しいおしゃべりの時間は、おしまいだ。ノアは落ち着くらしいが、俺はお前とくっついていると、むしろ……」

そう言われながら、ごり、と、お腹に押し当てられた熱で、ここが私たち夫婦の寝室で、今が新婚初夜であるという事実を、生々しく思い出す。

「あ……。……ふ、ふつつかものですが、お、おてやわらかに、おねがい、します」

私は、自分でもなにを言っているのかわからなくなりながら、しどろもどろにそんな言葉を口にした。

返ってきたのは、どこまでも優しい笑顔と、距離を詰める、形のいい唇。

「ああ。……優しくする」

その言葉を直接吹き込まれるかのように、唇を塞がれた。

「んっ、んぅっ、……んんんっ……！」

鼻から抜けていく甘ったるい自分の声が、私の羞恥心を煽《あお》る。

『声を聞かせて欲しい』と請われても、色々と限界値を越えていた私は、断固拒否したはずなのに。

そう、限界値は、とっくに越えた。

ドレスを剥ぎ取られてしまった、心許《こころもと》なさとか。

自分の貧弱な肉体への羞恥とか、その貧弱な我が身を美しいと褒《ほ》め称《たた》えられても、それはそれでまた湧き上がってくる別の羞恥とか。

ガラファント様の肉体美こそが神が造りたもうた芸術品かと思うほどで、それに迫られるとどうしても呼び覚まされる、動悸《どうき》とか。

もう、なにがなんだかわからないくらい、なにもかもが限界を越えた。

そうして私が戸惑い、恥じらい、ちょっとだけ興奮し、混乱し、恥じらい、恥じらい、恥じらっているというのに、ガラファント様は終始上機嫌なままで、着々と私の官能を引き出していく。

彼の視線が、指が、手のひらが、吐息が、唇が、舌が、声が。

私の肉体のあらゆる部分を撫で、掠《かす》め、そしてその全て、思いもよらないところからすら、悦《よろこ》びを呼び覚ましていった。

そして今や、いつしか秘所に埋め込まれた彼の指が、ぞくぞくと腹の底から這《は》い上《あ》がるような快楽を与え、じわじわと私を達させようとしている。

「んゃっ、や、ゃ、……も、や、だぁ、……ぁんっ、ん、ん……！」

私は首を振って涙目で訴えたが、彼は、ふっといじわるな笑みを返しただけだった。

指は、止めてくれない。どころか、手のひらで押し潰すように花芽までをも刺激され、腰が、跳ねた。

ああ、もう！　私がガラファント様の姿かたちに弱いことすら、すっかり学習されてしまっている！

いや、彼に目の前で服を脱がれた瞬間にはその筋骨の美しさに魂を抜かれ、はっと気を取り直したときでもちょっと焦って抵抗した瞬間でも、彼の流し目か笑顔のひとつでぽやーっとしてしまう私が、もしや大変に間抜けなのかもしれない。

などと考え、意識をそらそうとしても。

もうすぐそこに迫っていたソレは、私を、飲み込む。

「ん、ふ、ぁ、……ぁあああっ……！」

全身が、跳ねた。

ぎゅうっと足先まで力をいれても堪《こら》えきれないようなコレが、たぶん、絶頂というものなのだろう。

「ふ、ぁ……あ……」

にじむ視界に、ガラファント様の愛しげな瞳と、慈しむような笑顔が見えた。

「えらいなノア、上手にイケた」

ガラファント様はそう言ってくれたものの、一度達してちょっと冷静になった私は、少し焦りを感じていた。

最初は指一本にも圧迫感と痛みを訴えてきていたはずのナカは、快楽を拾えるようにはなった。けれど、先ほどまで受け入れられていたのは、所詮指の一本だけ。

絶頂の余韻で弛緩《しかん》しているそこに、そっともう一本が差し込まれつつあるのだが、事実これ以上なく力は抜けていると思うのに、こう、メリメリというか、ギチギチというか、嫌な感触が、してる。

ところが、視界の端で存在感を放つガラファント様の分身は、彼の雄々しい体格に相応しく、大変に雄々しい。

この分では、ガラファント様にご満足いただけるのは、いつになるのか。

いくらなんでも、そろそろ、めんどくせえなとか、思われていないだろうか。

されるがままというのも、本当はよろしくないのだろうに、どうしたらいいのか、わからない。

じわりと、視界が潤んだ。

ガラファント様が、それにはっと気がついてしまって、私をなだめるように、私の額に、瞼《まぶた》に、頬に、顔中に、キスを落としてくれる。

「ごめんな、ノア。でも、このままじゃ入らないだろうから……」

そう言ってガラファント様は、つ、と、指を引き抜いた。

……え。

「ちょっと、待っててくれるか？」

そう私に尋ねた彼は、私の返答を聞きもしないうちに、身を起こす。

後に聞いたところ、このときガラファント様は、香油を取りに行くつもりだった、らしい。

ところが、賢者タイムが変にキマっていた私の脳は、瞬時に悪い方向に高速回転してしまう。

やはり、この体格差では、無理があった？

だから、ガラファント様に身限られた？

いや、身限られたのではない？

彼は優しい人だから、今日のところは、私の体に配慮して、ここまでで止《や》めるつもりなのかもしれない。

嫌だ。

私だけ気持ちよくイッちゃって？　ガラファント様に我慢させて？　もしかしたら、この先もちゃんと受け入れられないかもしれなくて？

そしたら、こんなにかっこいい人、『おかわいそうなガラファント様……、私が奥様の代わりに……』的な愛人志望が、ダース単位で発生するのでは？

ただの伯爵だったお父様にすら、将来の愛人としてどうですかねと、私が売り込まれたのだ。結果娘になったけれども。

英雄であるガラファント様に、私のような有象無象《うぞうむぞう》が群がる未来が、はっきりと見えた。

え、嫌だ。

嫌だ嫌だ嫌だ嫌だ嫌だ！

そんなの、絶対、嫌!!

「待ってください大丈夫もうぐちょぐちょですからちゃんとできますから愛人つくっちゃイヤァアアアアア!!」

私はノーブレスでそう叫ぶと、どん、と彼を押し、体勢の逆転を試みた。

いわゆる火事場の馬鹿力か、ガラファント様が私に特別甘いのか、それともあまりに私の言動が突拍子もなかったか。

「えっ、へっ、……はっ!?」

本来、私にどうこうできるわけもない戦士であるはずの彼は、あっさりとベッドに押し倒され、私は、ガラファント様の腹の上に、陣取ることに成功してしまう。

さよなら猫。

グッバイ聖女ぶりっ子。

私は心の中で、長年の付き合いである猫に別れを告げてから、そっと、彼の熱に手を添わせる。

よし、萎えてない。

「バカ、無理すんな、……っ……！」

私のしようとしていることを察したらしいガラファント様が言い切る前に、震える太ももを叱咤《しった》し、彼の中心の上に、座りこむ。

「い、」

痛い。痛い、けど、このまま体重をかければ……！

「〜〜〜〜ッ!!」

声にならない悲鳴が、聞こえた気がした。

今の、私の、声？

「……はっ、はい、……はい……った！」

じくじくとあらぬところが痛み、ぼろぼろと涙が流れ出ているようだが、その事実を確認した私は、笑顔でそう言ったはずだった。

「ノ、ノア……」

ところがガラファント様は、顔面蒼白《そうはく》で、なぜか彼が傷つけられたかのような表情で、私の名を呼んだ。

焦った私は、なにかを言われる前に、彼にすがり付く。

「ちゃ、ちゃんと、できました！　あの、う、動いていいです！　どんなに乱暴にしてくれても、いいから、だから、……捨てないで」

「落ち着け。捨てるわけないだろ。ああもう、俺は、ノアに泣かれるのが、いちばん嫌なんだよ……」

そう言ってガラファント様は、そっと身を起こし、ふわりと私を抱き締めた。

その瞬間、繋がった部分にビリリと痛みが走ったが、そんなことを気にする余裕もない私は、全身で彼に抱きつき返す。

「なんでそんなこと考えたのかわかんねーが、愛人なんか、つくるわけない。俺が愛するのは、生涯、ノアだけだ」

背中を撫でる手と、落ち着いた声音の彼の言葉に、私の混乱が、段々と鎮まっていく。

「さっきのは、その、滑りを助けて痛み止めにもなる香油を、取りに行こうとしただけだ。ちゃんと説明しないで、不安にさせて悪かった」

ガラファント様は、心底申し訳なさそうにそう言ったが、私はただ、『そんな便利な物があるのだなぁ』と、ぼんやりと考えていた。

「つうか、最初っから使うべきだったんだよ。けど、ノアの裸があんまり綺麗で、あっちこっち弄《いじ》るのも楽しいわ、ノアの反応はかわいいわで、正直興奮しすぎて、そんなもんを用意してたことすら、すっかり忘れてて……。……本当に、悪かった」

そう言ってうなだれてしまった彼に、全面的に暴走した自分が悪かった私は、必死で主張する。

「でも、こ、このくらいのケガなら、私、たぶん、自分で治せる、はず、です。痛み止め？　とか、いらない、です」

涙はだいぶおさまったが、呼吸がまだ整わない。

聞き取りづらいかもしれないけれど、ガラファント様が耳を傾けてくれているので、私は、言葉を続ける。

「その、だから……、寂しい、から、……は、離れないで？　……ひゃうっ……！」

彼を見つめながらそう言うと、ぐっと質量の増した彼の熱に、悲鳴が漏れた。

「悪い。けど、わかった。離れない。待つ。ゆっくりでいい。……治せるか？」

「う、うう……」

彼に問われた私は、下腹部に手をあて、じわりと【力】を使う。

大丈夫。

痛みを消すことも、傷を癒やすことも、日常の一部になるほど、繰り返ししてきたことだ。

どんな状況でだって、聖女である私なら、やれること。

「……あ。……これ」

マズイ。

そう思ったときには、痛みはすっかりひいていた。

「ん、力、上手に抜けたな。……もう、痛くないか？」

彼の問いに対する答えは、是だ。

痛くはない。もうすっかり痛くはない。

けれど、だからこそ、非常にマズイ。

「い、痛くは、ないです。けど、ちょっと、動かないで欲し、ふぁっ……」

ふと走った快感に、やっぱりマズイと、確信した。

痛みが引いたら、ガラファント様の形が、はっきりとわかる。

彼と繋がっているという多幸感だけでも、危ないというのに。これは、非常にマズイ。

入ってるだけで、もう気持ちいい。彼の脈動だけで、甘い声が漏れた。

「……ノア？」

探るように名を呼ばれて、同時に、ゆるり、とガラファント様の腰が、揺れた。

「ぁうっ、あ、や、うごいちゃ、……やぁあっ！」

その、確かめるような試すような、緩やかな動きだけで、快楽に仰《の》け反《ぞ》ってしまった。とっさに、彼の腹筋に手をつく。

それを見たガラファント様は、にやーっと笑い、そして、いじわるくも、小さな律動を加えながら、私に問う。

「なあノア、なんで、動いちゃいけないんだ？」

わかっているくせに！

ゆさゆさと軽く突き上げられるだけで、私の秘所は、はしたなくも彼を締め付け、耳を塞ぎたくなるような濡《ぬ》れた音が、段々と大きくなってくる。

離れたら寂しいとか言ってないで、香油、使ってもらうべきだったなぁ！

音の発生源が自分の愛液だと、はっきりとわかってしまうこの状況は、あまりに耐え難い。

「ぁ、ん、んんっ……、あぁ……っ！」

私は頭を振って耐えようとするが、もう確信を得たらしい彼の動きは、どんどんと遠慮がなくなってきている。

「なあ、……どうしてダメなんだ？」

そう、腰に響く低い声で問うてきたガラファント様の、凄絶に悪い笑顔は、あまりにかっこよかった。

悔しいけれど、それに心臓を射抜かれた私は、ぼそぼそと自白する。

「き、きもち、よ、すぎる……、から、ひゃあんっ！」

瞬間、ごちゅり、と、ひときわ強く突き上げられ、走った快感の強さに、涙が溢《あふ》れた。

「あーもうダメだ。ほんっと、ノアはかわいいなぁ！」

ハイテンションにそう言ったガラファント様は、どさりと、今度は逆に、私をベッドに横たえた。

「あっ、ああっ……！」

押し倒された拍子に、ぐるり、と、中のモノの角度が変わった。

その感触だけで、軽く絶頂しかけた自分に、絶望する。

それなのにガラファント様は、上機嫌に、そして大胆に、腰を使い始めた。

嘘つき！

私に泣かれるのが、いちばん嫌だって、言ったくせに！

いじわる！

動かないでって、言ったのに！

そう頭の中でいくら彼を罵倒しようにも、私の口からは、ただただ喘《あえ》ぎ声《ごえ》だけが、ひっきりなしに飛び出すだけだった。

いくら私が、過ぎた快楽に涙を流そうと。

いくら私が、気持ちよすぎて怖いと訴えようと。

むしろますます私を攻め立て、処女にも新妻にも新婚初夜にもあるまじき乱れ方をさせたガラファント様は、ちょっといじわるというか、だいぶドSなのかもしれない。

そんなところもかっこいいと思ってしまう私は、ただガラファント様のことが好きなだけで、マゾとかではない、と、思うのだけれど。

第五章　ガラファント様大好き同盟

「ノア、ノア、セナピノア、……あー……、かわいいかわいい、ノアちゃん様ー？」

シーツのむこうから、最愛の人の猫なで声が聞こえる。

私の名を呼び続ける声はどこまでも甘く、うっかり絆《ほだ》されそうになるが、我慢だ。

私は、断固としてシーツにくるまり、抗議の体勢をとり続ける。

昨日のガラファント様は、あまりにいじわるだった。

いくらいい声してるからって、私が簡単に絆されると思うなよ！　ちょっとおどけた言い方、正直かわいいけど、騙《だま》されないんだからな！

無言で無視し続けていると、彼のため息が聞こえる。

「ノア、俺が悪かった。謝らせて欲しいから、かわいい顔を見せてくれ。朝飯も用意させたし……、……もう昼か」

ぽそりと付け足された通り、今は昼である。

明け方近くまでさんざんかわいがられた私は、ようやく解放されてから、気絶するように眠った。

そして目覚めたのは、だいぶお日様が高くなってからだった。

それからシーツにくるまりベッドに籠城し、抗議を続け、三〇分くらいたっただろうか。

どう考えても、朝ごはんの時間ではない。

「参ったな……。呼ばれてるから、そろそろ出なきゃなんだが……」

むっ。

ふいに聞こえてきたガラファント様の独り言に、私は腹を立てた。

それは、この状態の私を置いてまで、会いに行かなきゃいけない人なのか。

「……呼ばれてるって、だれに、ですか」

私がぼそぼそと問うと、短い安堵《あんど》のため息が聞こえた。

「やっとノアの声が聞けた。あ、呼ばれてるのは、国王にだ」

行かなきゃいけない人だった！　というか、ガラファント様、今、私の機嫌をとってる場合じゃないのでは!?

密かに焦る私の耳に、どこかのんびりとしたガラファント様の声が届く。

「昨日の今日でなんなんだよって、一度はつっぱねたんだがな。食い下がられたから用件聞いたら、例の剣の用意ができたっつーことらしい。ってことは、ノアのご両親も噛《か》んでるんだろうから、顔を立てに行かなきゃだろ？」

行って欲しい。ぜひ行って欲しい。

両親の顔を立ててくれるのもありがたいが、国王陛下のお呼びとあらば、普通に無条件で行って欲しい。

私はこくこくと頷《うなず》いたが、シーツ越しで伝わったかは、わからない。

「国はよっぽど、さっさと俺に借りを返したいらしいな。正直、ノアと離れたくはないが、聞いたらノアの護身用に使えそうな代物だったから、さっと受け取ってさっと帰ってくる」

ガラファント様がそこまで言ったところで、ふと疑問を抱いた私は、もぞもぞと動いて、ぴょこりと顔だけをシーツから出し、首をひねった。

「それ、もしや、私も呼ばれているのでは……？」

そう言って、けほ、と、咳《せき》を漏らした私の背を、大きな手が撫《な》でる。

「ああ、ようやくかわいい顔が見られたな。おはようノア。今日も世界一の美人だ」

ガラファント様はまぶしい笑顔でそう言って、グラスに入った水を差し出してきた。

そのどこまでも甘い態度に、むしろいっそう恥ずかしくなった私は、ぷいと目を逸らす。

正直、喉は潤したいけれど。

誰かさんがさんざんなかせてくれたおかげで、ボロッボロの喉は、水分を求めているけれども。

私は、まだ怒っているのだ！　誰かさんは、やりすぎである！

そして、ガラファント様がやりすぎた結果の、昨日の自分の痴態が、恥ずかしくて仕方ない。

こっちは初心者だったんだぞ！　それを一晩で、あんな、あんな……!!

「申し訳ない。いくらノアがかわいいからって、さすがにやりすぎた」

私の怒りが伝わったらしいガラファント様に、実に真摯に頭を下げられたが、もうちょっとだけ無視である。

不満顔のままぷいっとしている私に、ガラファント様はため息を吐《つ》いた。

「ほんと、悪かったよ……。ああ、そうそう、さっきの話だが、確かに、ノアも呼ばれてる。けど、女神であるノアは、国王ごときの呼び出しに応じる必要は、一切ないからな」

「いや、それは……」

ガラファント様の色ボケ全開の個人的評価であって、私は、客観的には、普通に王様なら気軽に呼びつけていいくらいの、格下である。

そう続けようとした言葉は、えらく真剣な表情のガラファント様の鋭い眼光に、遮られた。

「こんっな色気垂れ流しのお前を、あんな腹黒い雄の群れに、会わせられるわけないだろ。だいたい、ハネムーンの邪魔をしようとするあっちが非常識なんだから、へりくだる必要もない」

その物言いは、やはり色ボケすぎではと、大いに疑問だったが。

「そもそも、ノアは今、立てるのか？」

だがしかし、続いた問いには、『無理ですね』としか返せない。

うん、無理だな。

実は私、さっき、一度立ち上がりに失敗している。

かくんってなって、ぺしゃっとつぶれて、ぐっと力をいれようとしても、ぶるがくべしゃんだった。

今日は、まともに歩ける気がしない。

まさに、抱き潰された状態といえるだろう。

筋肉痛は治癒魔術を使うとむしろ悪化してしまうので、今まで使ったことのない筋肉を傷めている感触もしている今は、ちょっと怖くて、癒《い》やしの力にも頼れない。詰んだ。

「……陛下には、セナピノアは体調不良につき、申し訳ございませんと、お伝えください……」

そう伝えた声も、ガラガラだ。この状態で、城には行けない。

「わかった。ノアは、家でゆっくり休んでてくれ」

ガラファント様はそう言って、再度私に水を差し出した。

私はもそもそと身をおこして、それを受け取り、ゆっくりと飲みだす。

ただの水に見えたそれは、ひやりと冷たく、爽やかな果実の香りがした。果汁が混ぜられているのだろうか。

柑橘系《かんきつけい》のようだが、酸味はそれほどなく、ほんのり甘い。

おいしい。染み渡る。

こくこくと夢中になって飲んでいると、ガラファント様が、いつの間にやら私の背中を支えてくれていた。

ちらりと見上げると、彼は、柔らかな笑みを浮かべている。

我ながら子どもっぽい態度だったと思うのに、不快そうな様子は一切ないどころか、その瞳には、愛情しかこもってなさそうだ。

……そんなにしあわせそうに笑われたら、昨日の無体《むたい》なんて、もうどうでもよくなっちゃうじゃないか。

いつまでもすねていることが、馬鹿らしくなってきた。

私が勢いづけてグラスの中身を飲み干すと、私の傍らのガラファント様が、私の顔を覗き込む。

「もう少し飲むか？　飯は食えそうか？」

「ん、大丈夫です。ありがとうございます。ちょっと休んだら、起きて、ごはんを食べようかと。それよりガラファント様、もうちょっと私に寄ってください」

私がそう言うと、ガラファント様は首を傾《かし》げた。

「もうちょっと？　つっても、これ以上近づいたら……」

などと言いつつも、ガラファント様は私からグラスを受け取り、息がかかるほど近くまで、顔を寄せてくれる。

ちゅっ、と、軽く触れるだけのキスをして、ささっと離れた。

「……仲直りと、いってらっしゃいのちゅーです。早く、帰ってきてくださいね」

恥ずかしかったので、視線は外して、そう言ってみた。

「ノア……」

名を呼ばれたのでそっとそちらを見て、感激したように目を潤ませているガラファント様に気づいてしまって、驚愕《きょうがく》する。

え、嘘《うそ》でしょ？　なんで、色気垂れ流してるの、この人？

これ、昨日の夜さんざん見た表情というか、ぶっちゃけ欲情してない？

あんなさんざんしたのに、まだ勃《た》つの!?

私と違ってけろっとしているなとは思ったが、どういう体力してんだ、さすが英雄……！

「だ、ダメです無理ですさすがにもう……！　ほ、ほら、陛下がお待ちですよ！」

迫り来る彼の唇を両手でふさいで、そう叫んだ。

すると、ガラファント様は不満そうな表情ながら、一応すっと後ろに下がってくれた。

「そういやノア、敬語、まだ抜けきらないのな？　昨日俺を罵倒してたときは、いい感じだったのに」

不満げにそう言われて、【罵倒】の意味がわからず、首をひねる。

あ。『もうやめてよぉ』とか『ばかばかばかっ』とか、叫んだ覚えはあるな。そうか、あれは罵倒だったか。

でも実際、馬鹿みたいな体力で、馬鹿みたいに抱かれた。罵倒というか、正当な抗議だと思う。

「ノア、いっそ、俺に命令してみろよ。なんでも聞いてやるから。ほら、『さっさと行って、さっさと宝剣を持ち帰ってこい、この駄犬』くらい、言ったらどうだ？」

ガラファント様は、実に楽しげにそう言った。勘弁して欲しい。

「それは、さすがに、無理だから。ええと、……い、いって、らっしゃい。早く宝剣もらって、早く帰ってきて、ね？」

これが、私にできる、最大限の、馴《な》れ馴《な》れしくて甘ったれた感じだ！

いっぱいいっぱいの私の、精一杯の言葉に、ガラファント様はふっと笑った。

「ああ、行ってくる」

そうして今度は、ガラファント様からの、キスが返ってくる。

彼の舌の感触をすっかり覚えて、キスの応え方を覚えてしまっている自分に気がつき、気恥ずかしくなりつつも。

いってきますのキスにしては、ちょっと濃厚すぎやしないかなと思いつつも。

唇が離されたときには、寂しいと感じて、ああ、早く帰ってきて欲しいなぁと思ってしまう私も、割と大概色ボケしてるよなぁ……。

✝

メイドさんたちに支えられてではあったが、どうにか服を着て、なんとか朝兼昼ごはんを食べた。

今日の服を選ぶ際、持参したもの以外に、ガラファント様により、大量の私のドレスが用意されていたことには、一瞬だけテンションがあがった。

だが、次の瞬間には、キスマークまみれの自分の体を思い出し、選べる選択肢の少なさに、かなりしょんぼりさせられてしまった。今着ているのは、首もとまでレースで覆われたワンピースである。

……もうちょっと、怒っておくべきだっただろうか。

いや、今これだけ寂しいと、ガラファント様が帰ってきたら、全力で喜んでしまいそうだ。まあ、惚《ほ》れたが負けというやつか。

そうだ、彼が帰ってきたときにすぐ出迎えられるよう、一階のサロンにでも行っておこう。

そう決意した私は、二階にある寝室から出て、メイドさん二人に両脇を支えられて、ゆっくりゆっくり歩みを進める。

それにしても、ご飯、病人でもないのに、寝室で食べちゃったんだよなぁ……。情けない。

あんよがじょーず状態の今も、かなり情けないけれど。

……？

あれ？　なんか、廊下に人が多い……？

昨日紹介された覚えのない、すぐに戦えそうな姿の人々が、増えている気がする。

目が合わないし距離があるので確信は持てないが、たぶん、ガラファント様の部下の冒険者の方々

……？

疑問に思いながら辿《たど》り着《つ》いた一階に、見知った顔の人がいた。

「ルィンヘンさん、いらしてたんですね」

「ええ、ボスの召集でー」

へらりと笑って出された単語に、首をひねる。

「召集って……、なにかあったんですか？」

「あー……、説明しますんで、どっか座ってお茶でもしましょう」

私の両脇のメイドさんをちらりと見て、そう言われた。

ルィンヘンさんって、やっぱり有能だわ。さすがはガラファント様の腹心。

深くは突っ込まないながら、きちんと気遣いをしてくれる彼に感心しながら、私たちは連れだってサロンへと向かう。

……なんでルィンヘンさん、そんな離れて歩くんだろ？

✝

サロンに落ち着いたルィンヘンさんは、綺麗《きれい》な所作で紅茶を口にしてから、口を開いた。

「この屋敷には今、ボスがノアちゃん様の護衛を命じた冒険者たちが、ひしめき合っているんです。割と依頼料がよかったのと、昨日からみんな王都に滞在しっぱなしなんで、魔竜討伐についてったメンバーが、全員揃《そろ》ってます。正直、どこの大国が攻めてこようと大丈夫なレベルですね」

「……それは、攻めてくる可能性がある、ということですか？」

「ないですね。ボスに喧嘩《けんか》売る馬鹿が支配するような国は、とっくに滅んでいるはずなので。ただまあ、我らがボス的には、ノアちゃん様を安心して屋敷に置いていくには、これくらい必要らしく……」

ええぇ、過保護。そんな驚愕と同時に、ひとつの疑問がわく。

「私の護衛であるならば……、皆さん、妙に、私との距離が遠くありませんか……？」

私が問いかけた相手であるルィンヘンさんも、私とは部屋の端と端、間に他の席がいくつかある、かなり離れた位置に座っている。

なんでだと首をひねっていると、ルィンヘンさんは、実に爽やかに笑った。

「我々一同、男は、ノアちゃん様から半径二メートル以内には、絶対に近寄るなとボスに厳命されてますので！　いやー、嫉妬深くてやべぇですね！」

「半径二メートル!?　ソ、ソーシャルディスタンス……！」

「そーしゃ……？」

私が思わず呻《うめ》いた単語は、ルィンヘンさんには伝わらなかったようだ。

ふしぎそうに首をひねる彼に、今度は私が笑みを返す。

「いえ、ガラファント様は、ずいぶん疫病に対する意識が高いのだなと……。まあとにかく、私、すごくガラファント様に愛されておりますのね！」

「いやー、雑にまとめましたね。でも、それでいいと思います！　ボスはとっても愛情深い、いい男ですよ！」

にこにことそう言ったルィンヘンさんに、ふと思い付いたことがあった私は、そっと問う。

「……ルィンヘンさんって、ガラファント様のこと、大好きですよね？」

「だ、だいすき、ですか……？　まあ、ボスにならば命預けられるくらいに、尊敬はしてますけど……」

問われた彼は、すごく微妙な表情で頷いた。

それで思い付きに確信を得た私は、勢いづく。

「実は私、ガラファント様のこと、すごく尊敬していて、とっても大好きで、果てしなく愛しちゃっているんですよ」

「それは、夫婦円満で、なによりですね……？」

私の宣言に首をひねったルィンヘンさんに、私の思い付きを説明していく。

「もー、察しが悪いですね。私は、好きな人のことを思いっきり語り合える友人ができるのではと、期待しているんですよ？　あわよくば、私の知らないガラファント様かっこいいエピソードとか聞けるのではと、たいへんわくわくしているんですよ？」

「あー、そういう……」

そう言って何度か頷いたルィンヘンさんは、にやりと笑った。

「じゃ、ノアちゃん様がボスにますます惚れ直せるよう、ちょっと語らせてもらいましょうか！」

「わーい、ありがとうございますー！　じゃあじゃあまず、ガラファント様、冒険者の方々に、すごく慕われてますよね？　ルィンヘンさんもさっきちょっと言ってましたけど、魔竜との戦いで、皆さんガラファント様に命預けてる感じがしましたもん！　そこらへんの理由から教えてもらえますか？」

私が興奮気味に詰め寄ると、ルィンヘンさんは苦笑した。

「いや、すげーぐいぐいきますね。そんなにボスのことが好きですか？」

「大好きです！　それと実は私、素だとこんな感じでして。で、ガラファント様がこっちの方が好きだとおっしゃっていたので、もう今後は、どんどんこんな感じでいこうかと！」

「へー。まあ、【友人】になるんなら、聖女様より、こっちの方が面白くて、断然いいです。いいと思いますよ」

そう言って笑ったルィンヘンさんは、こほんとひとつ咳ばらいをしてから、続ける。

「ええと、それで、なんでボスがあんなに慕われているか、でしたよね？　まず、ボスはほら、すっごい強いでしょう。なので基本的に、冒険者連中は誰でもみんな、ボスに憧れてます。で、あの実力な上にすげー面倒見いい人なんで、部下ともなると、割と命救われてる奴《やつ》も多くて……」

「ガラファント様、なんだかんだ言いつつ、面倒見いいですよね。私、山下りの終盤にへばってたら、だっこしてもらっちゃいましたもん！」

私が魔竜討伐の際のすてきな思い出を持ち出すと、ルィンヘンさんは頷く。

「ああ、そんなこともありましたね。見た目、熊の巣穴に持ち帰られかけのお姫様でしたけど。まああんな感じで、困っている人がいると、めんどくさいとか疲れるとかどう見られるとか考える前に、さっと動いちゃうんですよね、うちのボス。で、実際にできちゃうからかっこいい」

わかってる！　ルィンヘンさんは、わかってる！

私はこくこくと頷きながら、ルィンヘンさんに続きを促す。

「それそれです！　え、ちなみに、命を救われてるというのは、どんな……？」

「あー、俺もそうです。というのも、俺、実は昔、貴族の子だったんですよ」

「でしょうね」

ルィンヘンさんは、優秀な魔術師だ。これで貴族の出身じゃなかったら、おかしなくらい。

素直に認めた私に、ルィンヘンさんは苦笑を返す。

「ただちょっとややこしくて、とある侯爵が、美貌の歌姫にのめり込んで産ませた、いわゆる婚外子ってやつでして」

おや。

話の流れの不穏な気配に黙った私に、えらく軽い調子で、彼は聞かせる。

「これでねぇ、俺が母の美貌を引き継いだだけなら、まだよかったんですけど。なんと、父の魔力まで受け継いじゃってですね」

「自分で言っちゃいます？」

「事実ですし、言っちゃわないと話が続かないんで。ところが、侯爵の、ちゃんとした貴族家出身の本妻が産んだ兄貴は、ふっつーだったんですよ。可もなく不可もなく。容姿もそこそこ、魔力もそこそこ。頭は人よりよかったみたいなんですけど、社交性がちとマイナスで、相殺しあって結果凡百《ぼんびゃく》、みたいな」

非常に優秀な愛人の子と、そうでもない本妻の子。どちらを跡取りとすべきか、私が侯爵なら、たぶん、迷う。

ルィンヘンさんの言い方は相変わらず軽いが、そうでもしなければ語れないほど重い展開が、容易に想像できた。

「で、俺はなんでもできました。なーんでもできて、できすぎて、ひどくモテました。今もですけど。……結果、国の王女様が、俺と恋に落ちちゃったんですよね」

へら、と、笑いながら言われたが、その笑顔に、どれほどの感情を隠しているのか。

「俺は、兄貴の補佐として、生きるつもりだったんですよ。わきまえてるつもりでした。けど親父は、『ルィンヘンを当主に据えれば、我が家は王女殿下の降嫁という栄誉を受けられるのでは』と、夢見てしまったようでして。ははっ、俺は一四、彼女は一二歳だったのに、結婚って。飛躍してるでしょう？」

その笑い声は、どこか乾いていた。

ふう、と、ひとつため息を吐いたルィンヘンさんは、続ける。

「本当に、結婚なんて、将来なんて、なにも考えてない、淡い恋でした。秘密の恋の、つもりだったんです。でも、王女も俺も、とんだガキで。自分たちの目線ひとつに、どんな感情がのっているかの自覚もなければ、それを見た大人たちが、どう動くのかなんて、考えてもいなかった」

笑顔を潜めた彼は、ぽつりぽつりと語る。

「まあ、当然殺されかけますよね。王女の結婚なんて政治的なもんだから、そういう意味でも、俺は誰かにとって、邪魔だったんでしょう。その誰かが仕向けたのか、本妻が仕向けたのかは、わかんないですけど。とにかく、俺は姓を捨てて、冒険者になって、逃げて、逃げて、国を出てまで、逃げてたんですけど、まー苛烈に追われました。でも、この国に来たら、なんと、あのガラファント・アグラディアの庇護《ひご》下に、いれてもらえたんです」

そこでニッと笑ったルィンヘンさんは、得意気な表情で続ける。

「ボスに、ボスの腹心だって宣言されて、それから自分で何人か、ボスが、あー、数えきれないくらい？　来る奴ら全部ぶっ飛ばして、それでようやく、静かになりました。俺は、逃げることも、闇夜に震えることも、巻き込みたくないからと人と距離をとることも、もうしなくてよくなりましたとさ。めでたしめでたし」

ぱちぱちと拍手で締めくくったルィンヘンさんに、私も拍手を送った。

拍手を続けながら、ふと気になったことを、尋ねる。

「腹心だって宣言されて、が、最初だったんですか？」

「ですね。っつか、暗殺者的なのに襲われてるところを、たまたま助けてもらいまして。そのとき勝手に『この魔術師は、俺の腹心だ。こいつに手出しすんなら、このガラファント・アグラディアが相手になる。そうお前らの雇い主に伝えろ』って言われちゃって。いや名前も知らんくせに、こんな厄介者をいきなり身内扱いー!? って、なかなかの衝撃でしたよ」

そう言ってルィンヘンさんは、けらけらと笑った。

「俺には『ああ言えば、そこそこ骨のある奴と戦えそうだったからな』と言ってました。どうです、かっこいいでしょう？」

「かっこいいですぅ……。ああもう、ガラファント様、どうしてここにいらっしゃらないのー……。今すぐキスしたいのにぃ……」

私が顔を両手で覆って呻いていると、ルィンヘンさんの笑い声が聞こえた。

「ははは、やっぱり惚れ直しましたか！ どうします、ノアちゃん様？ あの人、部下の数だけこんなエピソードある上に、部下がからんでないかっこいい冒険譚《ぼうけんたん》も、山とあるんですけど？」

「全部聞きたいです。けど、ちょっともうどうしていいかわからないくらいガラファント様のことが好きすぎて、困る気持ちも多少ありぃ……」

私の葛藤に返ってきたのは、やっぱりルィンヘンさんの笑い声だった。

ルィンヘンさんはそれから、たくさんガラファント様のお話を聞かせてくれた。

腹心として五年の付き合いがある彼は、広く世に知られている英雄譚の実際のところも、ガラファント様に近しい人しか知り得ない話も、たくさんたくさん知っていた。

そして私と同じくガラファント様が大好きなルィンヘンさんの口から語られるエピソードは、どれも実にいきいきとしていて、この上なくガラファント様がかっこよかった。最高である。

気付けば私たちはすっかり仲良くなり、【ガラファント様大好き同盟】を組むに至っていた。

【大好き】という単語に違和感があるらしく、ルィンヘンさんは【英雄ガラファント・アグラディアを敬愛する友の会】でと、言い張っているが。

「いやだから、【大好き】っていうと、なんか語弊がありますって。ノアちゃん様は恋愛感情もあるからそれであってますけど、俺はボスのこと、そういう目では見てませんからねー？」

不満げな表情でそう言ったルィンヘンさんに、私は食い下がる。

「でもでもでも、家族とか友人にも、好きとか大好きとかって、普通に使うじゃないですかー。それに、敬愛って言うほど、ルィンヘンさんはガラファント様のこと、敬ってなくないですか？」

部下を自称しているものの、ルィンヘンさんは、比較的ガラファント様に気を許されているし、どちらかと言えば、友人同士のような距離感に見える。

敬愛よりは、大好きがふさわしいと思うのだが。

ガラファント様をおちょくることすらあるというルィンヘンさんは、しばしうなった後、『敬っていない』という事実に納得がいったらしく、しぶしぶ頷く。

「うぅーん、事実！　反論できない！　や、でも、俺が大好きなのは、普通にかわいい女の子なんで、そこは譲れないっていうか……」

なおもごにょごにょと言っている彼に、私は問う。

「ルィンヘンさんって、恋人がいるんですか？　で、大好きはその人だけにしておきたいとか？　って訊《き》いても、大丈夫ですか？」

あんまりプライベートのことに踏み込むのは失礼だろうか。

王女様との恋により国を追われる羽目になった彼に、こんなことを訊いてもいいのだろうか。

内心かなり緊張しながらした問いに、返ってきたのは、なぜか気まずそうな、薄笑いだった。

「あ、それ、訊いちゃいます？　じゃあ、えーと、ノアちゃん様の、恋人の定義を教えてもらってからで良いですか？」

「定義、ですか？　……んー、愛する唯一の人。結婚もしくは、それに近い関係を前提とした、パートナー、ですかね？」

「それなら、いないですね。恋人とするべき行為を定期的にしている相手なら、色んなところに、何人かいますけど」

「さいってー！　ルィンヘンさん、割と最低ですね!?　そのうち刺されますよ!?」

私がそう叫ぶと、彼は無駄に爽やかに笑った。

「はっはっはー。そのときは『ざまあみろ女の敵』って、指差して笑ってください」

それから、ふ、と、寂しげな表情に変わった彼は、静かに口を開く。

「……俺だって、どうしても一人に決めたくないわけじゃないんです。ノアちゃん様とボスみたいな関係、正直羨ましいと思います。でも、誰もぴんとこないっていうか、それぞれに魅力は感じても、どうしてもこの人ってわけじゃないなって感覚、わかるでしょう？」

「……まあ、わからなくもない、ですけど」

ガラファント様に出会うまで、ずっと感じていた感覚。それに覚えがある私は、しぶしぶ認めた。

私も、ガラファント様に捨てられるようなことでもあれば、一生引きずって、その喪失感を埋めるべく、あまり褒められたものではない行動まで、してしまうかもしれないとも思う。

それでも、ルィンヘンさんのことを【唯一のどうしても】と思っているかもしれない、【何人か】の気持ちを考えてしまう。

考え込む私の耳に、疲れたようなルィンヘンさんのため息が聞こえた。

「ほんと、自分でもどうにかしなきゃなあ、とは、思うんですけど……。……結局俺は、まだ、初恋を忘れられてないいんですかね」

どこか他人事《ひとごと》のように、弱々しく笑って、彼はそう言った。

「王女様、ですか？」

私の問いかけに、彼はひとつ頷いてから、ぽつりぽつりと語りだす。

「淡い恋のまま突然に別れた相手なもんで、正直、美化されてるんでしょうね。あの人以上の女は、どこにもいないと思っちゃうんです。誰を見ても、それこそノアちゃん様のような最高の美女にも、一切ドキドキしなくって。……いやあ、参った参った。俺はこのまま、あの人に恋心奪われたまま、一生だれにも本気になれないんですかねー……」

どんな言葉をかければ良いのかわからない私と、うつむいて黙ってしまったルィンヘンさん。

しばし流れた切ない沈黙を振り切るように、彼は頭を振って、ことさら明るく微笑《ほほえ》んだ。

「まあ、恋なんかしなくても、別に死ぬわけじゃないんで！　おかげさまで、どの女の子にものめりこみすぎないで、クールに楽しく遊べてますし？　ボスにも信頼されてますし？　そんな気にすることじゃないですよ！」

『ボスにも信頼』の意味がわからなかった私が首をひねっていると、ルィンヘンさんはにこにこと笑いながら、口を開く。

「いやー、実は俺、本来ノアちゃん様の懐柔役だったんです。俺に惚れさせて、ノアちゃん様をボスのもとから逃がすなって、言われてました。ボスは俺がノアちゃん様に本気にならないって見抜いてたから、そんなことやらせようとしたんでしょうね」

「それは、……正直、おもしろくありませんね。私が浮気をするような女だと思っていた、だなんて。

それに、私が浮気してても、別にいいと思ってたってことでしょう?」

私が唇を尖《とが》らせながらそう言うと、ルィンヘンさんは若干顔色を悪くして、ぶるぶると首を振った。

「いやいや！　指一本触れるなって、さんざん脅されましたよ！」

私は、身も心もひとかけらも余すところなく、ガラファント様に捧《ささ》げたというのに。

「それでも、心までは望まれていなかったようで、なんだか悲しいですね……」

私がうつむくと、ルィンヘンさんは、困ったように頬をかいた。

「いや、その、ボスは、心まですぐにというのは、高望みだと思ってたみたいで……。そりゃ、好きな人が自分以外のこと好きだったら、普通つらいですよ。なんで自分でわざわざそんなこと仕向けるんだって、ノアちゃん様が思うのは当然です。でも、自分はつらくてもいいから、ノアちゃん様の心を、楽にしたかったんでしょうね。壊したくも、逃がしたくもないって言ってました」

それも、愛ゆえにということなのかな。

でも、いくらなんでも、ガラファント様は、ガラファント様のことを、過小評価しすぎだと思う。

唇を尖らせたままの私に、ルィンヘンさんは、苦笑している。

「結果、ノアちゃん様をしあわせにする役目もボスが自分でできたから、俺がいらなかったわけで、よかったですよ。さすがの俺も、俺のことを路傍の石ころと同じ視線で見る女の子、懐柔できるとは思わないんで」

そう言って笑った彼は、糸目気味のキツネ顔だ。

目がほっそり涼やかで、ああそういえば、この人はこの世界での最上級の美形であるのだなあと考えてから、ということは、もしや大変自分に自信があったであろう彼を、無駄に不快にさせてしまったのではと気が付き、はっとする。

気まずく目を泳がせる私を、まじまじと見つめる彼は、けれど、どこまでも楽しそうに語る。

「いやー、ノアちゃん様が俺を見る目、本当に、いっそすがすがしいまでの【無】ですよね。俺、年頃の女の子と、ここまで気安く、こんなに長時間会話できたの、初めてかもしんないです」

「その、すみません。私、ガラファント様以外、正直興味なくて……」

若干小さくなりながら言い訳めいた謝罪を口にした私に、どこまでもにこにこと、ルィンヘンさんは返す。

「ノアちゃん様は、それでいいんです。あなたがちゃんとボスの魅力をわかってくれる人で、正直安心しました。ボスのこと、よろしくお願いしますね」

その言葉で、ふと、ああ、もしや私は、ガラファント様に本当にふさわしいのか、ルィンヘンさんの誘惑にうっかり乗ってしまうような馬鹿な女ではないのか、見定められていたのかという事実に、気が付いた。

よそ見をするような女であれば、たぶん、ガラファント様の配下ではないどこかの誰かではなく、彼に忠実な自分が堕《お》としておこうと、思われていたのかもしれない。

そんな汚れ役をわざわざ引き受けるなんて、やっぱりこの人、ガラファント様のこと、大好きじゃない？

そう気づいた私は愉快になって、同盟相手であるルィンヘンさんに、笑みを返す。

「ええ、任せてください。私、ガラファント様のことは、もう一生手放しませんから」

「俺も、ノアを放す気は、一切ないな」

突然、そんな言葉とともに、背後からたくましい腕が回されて、覆いかぶさるように抱きしめられた。

「おかえりなさいませ、ボス。思ってたより、時間かかりましたね？」

ルィンヘンさんは特に驚いた風もなくそう言って、私の背後の彼、私たちの大好きなガラファント様その人に、軽く頭を下げた。

「ガラファント様、お、おかえりなさいませ！」

私は慌てて立ち上がろうとしたが、むしろ押さえ込むようにぎゅっと抱きつかれ、ソファに沈み込む。

「ただいま、ノア。ご苦労だったな、ルィンヘン。延々俺の話しかしてねーって報告は受けてるが……、お前ら絵になるから、あんまり近くに寄るんじゃねぇ」

後半かなり不機嫌な声でそう言ったガラファント様に、ルィンヘンさんは目を見開いた。

「えええ、ちゃんと二メートルは離れてますよ!?　これでもダメですか!?」

「ルィンヘンに限り三メートルで」

「くっ、それじゃあ、声を張り上げなければ届かない！　今でもけっこうきついのに……！　ボス、ノアちゃん様にまでそんな無理させる気ですか!?」

「そこまでして会話しなきゃいいだろ。むしろするな」

「うっわ嫉妬深！　しかも、さっきさり気に俺たちの会話の報告受けてたとか言ってたし、ボス正直怖いですよ!?」

「うるさい。とにかく、お前はノアには近寄んな。無駄な話をするな」

ぽんぽんぽんと交わされるルィンヘンさんとガラファント様の会話がそこに至った瞬間、私は思わずガラファント様の腕をつかんでいた。

「ちょっと待ってください！　私、これからもルィンヘンさんには【ボスのかっこいいエピソード】を、いっぱい聞かせてもらう予定なんです！　せっかく【ガラファント様大好き同盟】を組んだばっかりなんですから、その活動を制限されるのは困ります！」

私の必死の訴えに、ガラファント様は目を瞬いた。

「ノアの望みなら、なんでも叶《かな》えてやりてぇが……。なんだその、わけわかんねー同盟は？」

「別名【英雄ガラファント・アグラディアを敬愛する友の会】です。俺がボスの英雄譚を語って聞かせて、ノアちゃん様が『ガラファント様かっこいい！』って都度ボスに惚れ直してきゃっきゃするだけの、すげー頭悪い会合ですよ」

すかさず補足を入れてくれたルィンヘンさんの言葉に、私はうんうんと頷いた。

ん？　概《おおむ》ね同意だが、頭悪いのか……？　まあ、脳みそお花畑感はあるかもしれない……？

「なんなんだよそれ……」

そう呟《つぶや》き、頭を抱えたガラファント様の、難しい表情の顔のかっこよさよ。

いやぁ、私の旦那様は、眉間に皺《しわ》を寄せても絵になるなぁと、至近距離でにへにへと見つめていると、ルィンヘンさんの楽しそうな声が聞こえてくる。

「ほら、大丈夫ですよ、ノアちゃん様、ボスにめろっめろで、俺にみじんも興味ないんで。それでもどうしても不安だっつーんなら、いっそボスも参加しますか、【英雄ガラファント・アグラディアを敬愛する友の会】に」

「あ、ガラファント様が、ルィンヘンさんよりもずっと私に近い位置にいらっしゃればいいのでは？　今みたいに抱きしめておいていただくとか、いっそお膝の上に乗せていただくとか！」

私がちゃっかりと願望を交ぜながらそう言ってみたら、ガラファント様は深いため息を吐いた。

それからひょいと私を抱き上げて、そのまま前に回り、私の座っていたソファに、私を膝の上に乗せながら座り込む。

「ノアの望みならば、なんでも叶える。叶える、が、嫁を膝の上に乗っけて嫁と部下との会話を見守るって、いったいなんなんだよ……。しかもお前らの話題、半分以上俺のことなんだろ……？」

「は？　違いますよ」

ルィンヘンさんがムッとした表情でそう言ったので、私もしっかりと告げる。

「ええ、違います。半分以上ではなく、ほぼ全部です」

「そうそう、半分程度で済むわけないでしょう」

私とルィンヘンさんがそう断言するのを聞いたガラファント様は、私をぎゅっと抱きしめた。

「いやこれ、なんなんだ……？　わけわかんなくて、とにかくすげえ疲れる……。ノアを抱きしめてると癒やされるけど、それを上回る速度でなにかを削られる……」

ぼそぼそとそう言った彼の髪を、そっと撫でた。

「……ノア？」

ふしぎそうに顔をあげたガラファント様に、へらりと笑って返す。

「その、癒やしパワーの方を、どうにか増やせないかなーって……」

「ノア……。ああ、もう、ノアは本当にかわいいな！」

ぎゅうぎゅうと私を抱きしめるガラファント様は、先ほどよりは元気になっている気がする。

「で、そうすると、俺が甘さでしんどくなる、と。ボスのいちゃラブとか、正直見たくないんですけど—……」

ところが、今度はルィンヘンさんが、げっそりと疲れたような表情で、そう言った。

難しいな、これ。

「じゃあ、お前はさっさと帰れ、ルィンヘン」

ガラファント様がそう言うと、ルィンヘンさんは肩をすくめる。

「はいはい。ま、今日はボスお疲れっぽいですし、離れてた分のチャージが、ボスもノアちゃん様も、必要そうですしね。お暇《いとま》させてもらいますよ」

そう言って立ち上がった彼は、どこか満足そうに笑っていた。

ルィンヘンさんが立ち去っていくのを、せめて玄関くらいまでは見送るべきではとは、一応思ったのだ。

だが、ガラファント様は一切動く気配がなかったし、その膝の上にしっかりと抱き抱えられてる私は、愛《いと》しい旦那様を振り払うことなどできるわけもない。

結果、ソファに座ったままルィンヘンさんを見送ってしまった。申し訳ない。

「なあノア、おかえりのキスは、くれないのか？」

二人きりになった途端に、ガラファント様に甘くそう囁《ささや》かれた私は、ルィンヘンさんのことなど、もうどうでもよくなってしまった。

しかし、キス？

この、何時間かぶりに見るとびっくりするほど整った顔の、世界一かっこいい人に？　無理では？

そうは思うが、こう上機嫌に待たれていると、しないわけにもいかないよな……。

「ええと、では、改めまして。……おかえりなさい、ガラファント様」

そう言いながら、そっと彼の頬に、唇を当てて、ぱっと離れた。

「……くくっ、ずいぶんかわいらしいな、ノア。ただいま」

笑いながら軽く頬へのキスを返されて、妙に気恥ずかしい気分になる。

うーん、甘ずっぱい。

むしろ、照れてませんよみたいな顔で、かるーく唇にしておいた方が、恥ずかしくなかったかもしれない。

「これ、土産《みやげ》な。それと、一応報告しておいた方がよさそうな話があるから、後で聞いてくれ」

そう言ってぽんぽんと手渡されたのは、無駄に宝石いっぱいの鞘《さや》に納められたダガーナイフと、精緻な彫刻の施された金の指輪だった。

「こっちのナイフには雷の力がこもってて、当てずとも振るだけで、相手を麻痺《まひ》させる程度の雷電がとばせる。で、こっちは身につけている者に危険が迫ると、自動でガントレットに変わって防御する指輪。両方、ノアが持っておいて欲しい」

そうは言われても、なんとなく素直に受け取りづらい私は、両の手のひら上に乗せられたそれらを見つめながら、ガラファント様に問う。

「王家からガラファント様に与えられた物を、私が身に着けてもいいのでしょうか……？」

「ノアが持たなきゃ、どっかにしまっとくだけだ。俺は、武器防具は今持ってるもんから、変える気がないからな。だいたい、夫婦は一心同体なんだから、ノアが持ってようが俺が持ってようが、同じことだろ」

「そんなもんですかね……？」

私が首を傾げていると、手の上の品を、ひょいとガラファント様に持ち上げられた。

「そんなもんだろ。ノア、お前、利き手は？」

「あ、右です」

「じゃあ指輪は左手がいいな。これ、使用者に合わせて伸縮するらしいんだが、どの指に着けたもんか……」

私の左手をとって悩み始めたガラファント様に、私はひとつの事実を告げる。

「左手薬指だと、私が元いた世界で、婚約指輪や結婚指輪をはめる指でしたね。その、婚約や結婚の証《あかし》に贈られる指輪、なんですけど」

「そうか、なら、それはそれで別に贈りたい。こんな貰《もら》いもんの横流しで、テキトーに済ませていいやつじゃねーだろ、それ」

そう言って私の人差し指に指輪を沿わせようとする彼に、私は首を振る。

「いやいやいや、むしろ、たぶん、これすごい価値のある指輪ですよ!?　ガラファント様ががんばって魔竜を倒した対価なわけですから、テキトーでもないでしょうし……」

「そうかぁ？」

「そうです。それに、指輪をそんなにごちゃごちゃ着けるのは、私の趣味じゃありません。これを、結婚指輪として、私の左手薬指にください」

私の主張を聞いたガラファント様は、ふむと頷いて、指輪を私の左手薬指にはめてくれた。

「あ、でも、結婚指輪なら、ガラファント様とお揃いじゃなきゃいけないかな……？」

これに釣り合う指輪を、私に用意できるだろうか。

私は少し不安に思ったが、私の呟きを拾ったガラファント様は、気負った風もなく頷いた。

「わかった。早急にもう一個、どっかしらで手に入れておく」

きっぱりと断言されたが、そんなほいほいあるものなのか、これ……？

私が首を傾げている間に、金の指輪はぴたりと私の指にフィットしていた。

「ナイフは後でホルスターを用意する。使い方はわかるか？」

そう言いながら握らされたナイフを、するりと鞘から引き抜く。

「まあ、一応、護身術程度には……」

言いながら軽くかまえてみたら、妙に手に馴染むというか、握りやすくいい感じの重さであることに気づく。割と使いやすそうだ。

私の小さな手でこれということは、これ、元々女性の護身用につくられたナイフかもしれない。

「……ノア、お前、割と戦えるな？」

軽く握って構えて振っただけなのに、ガラファント様にそう問われてしまった私は、若干の気まずさを覚えた。

これだけでバレるものなのか……。

「旅の仲間には、騎士もおりましたので。少し教わりました」

「ふーん？」

ガラファント様は、非常につまらなそうな表情で、そうとだけ言った。

あら、まあ、嫉妬かしら。

花形の騎士とはいえ、実力実績揃いの精鋭ばかりだったため、若手はいなかったのだけれども。

故に、私は娘か孫扱いしかされていなかったのだけれども。

まあ、ガラファント様がつまらなく思う話題を、無理に広げることもないだろう。

あんまりおてんばだと思われたくもないし。

私は、話を変える。

「で、一応報告しておいた方がよさそうな話って、なんです？」

あからさまな話題転換に、けれどガラファント様は鷹揚《おうよう》に頷く。

「ああ、俺らの結婚式が、だいたい半年後らしい。もうちょい詰めて、きちんと日取りなんかを決めてから、正式な報告はよこすって話だが、取り急ぎそれだけ伝えられた」

「あ、やっぱり、国が主催なんですね」

「一応俺が英雄で、ノアが聖女だからな。国をあげて盛大に、各国から王族クラスを招いてやるそうだ。だから、個人的には、それまでにノアを孕《はら》ましておきてぇなぁと思ってる」

「……え？」

突然の物騒な言葉に、私は首をひねった。

「個人的には、それまでにノアを孕ましておきてぇなぁと思ってる」

聞き間違いではなかったらしい。

丁重に二度言われた言葉を、噛み締める。

式までは子どもは我慢とかじゃなくて、逆に、か……。

私はまあ別に良いけど、なぜ、ガラファント様はそんな考えに……？　なにか、よっぽど彼の気を病ませた原因でもあるのか……？

「ってのも、報告が、もうひとつだけあってな。俺らの結婚に、早速、各国からの抗議文が殺到してるんだそうだ」

こうぎぶん。

……抗議文!?

「こ、抗議文!?　なんでですか!?　もしやガラファント様、他国に婚約者とかいたんですか!?」

私が彼に詰め寄ると、彼はゆるりと首を振った。

「いや、俺じゃねえ。俺の結婚なんざ、全人類死ぬほどどうでもいいわ。長年国と神殿に献身的に仕えていた聖女を、英雄ごときの機嫌取りのためにむざむざ差し出すとは、お前らの血は何色だっつー文脈でだな」

「それは……、率直に言って腹立ちますね」

そう言った私の声音は、自分でもちょっと意外なほどに、冷えて硬かった。

そんな私をなだめるように、ガラファント様は私の髪を撫でている。

「そうか？　俺は想定の範囲内だが。むしろ、自分がどこの国の王子を選ぶのかで、賭けの対象になってたって、ノアは知らねーのか？」

「なんですかそれ!?　私、王子の知り合いとか、一人もいませんけど!?」

私は驚愕に目を見開いたが、ガラファント様の表情は変わらない。

「ノアが、見合いは全部断ってくれって、神殿に頼んでたんだろ？」

「頼んで……？　あー、頼んでましたね、おじいちゃんに。というか、結婚に興味あるかとか、王族はどうだとか訊かれて、王族とか絶対に嫌だし、私は自分の意思で結婚相手は決めたいって答えた記憶があります」

「それだな。で、神殿が端から全部つっぱねて、各国しぶしぶ一旦は諦めたらしい。けど、俺が軽く調べただけでも、つっぱねられた見合いは、大陸全土の未婚王族をコンプリートする勢いだったな。そいつら全員、ノアが聖女辞めた後は自分の手をとってくれやしないかと期待してたんだろうし、ノアをかっさらった外道が憎くて仕方ないんだろ」

淡々としたガラファント様の言葉が、正直意味不明である。

「なんで、そんなことに……？　聖女って、そこまで嫁に欲しいものなの……？」

私の独り言を聞いたガラファント様は、ふっと笑った。

「少なくとも俺は、欲しくて欲しくてたまらなかったし、お前が今ここにこうしていることが、なんかの奇跡だと思うよ。他の奴らも、聖女じゃなくてノアが欲しかったんだ。ノアは、その美貌人柄能力の高さで、大陸全土にその名が轟《とどろ》いていたからな」

「神殿んんん！　いくら自分たちの求心力アップのためとはいえ、私の評判を無駄に高めすぎないで欲しかったなあ！　嘘、大袈裟《おおげさ》、紛らわしいは、ダメだってば!!」

私は心の底から、そう叫んだ。

「いや、王族なんざ、見合い申し込む前に、当然実際のお前に調査いれてるもんだぞ。単純に、ノアは事実世界一美人で、心清らかで、才能もあるし努力も惜しまない、最高にいい女ってことだな」

そう言って上機嫌に私の髪を撫でるガラファント様に、私はごにょごにょと訴える。

「ガラファント様にそうおっしゃっていただけるのは嬉《うれ》しいですが……、そんなに大したあれでは……」

「いや、ノアは実際大したもんで、だから抗議文が殺到してるし、俺はノアがもうどうしようもなく俺のもんだと、アピールしたくて仕方ないんだよ……」

ガラファント様のため息交じりの言葉に、私はなんと言ったらいいのかわからなくなる。

「清らかで禁欲的な聖女姿じゃなく、この美貌に人妻の色気が加わったノアの花嫁姿を、他国の奴らにじろじろ見られるとか、それだけで腹が立つ。まして、そいつらの中にノアに求婚してた奴が紛れてると考えたら……。……けど、デカイ腹で結婚式ってのは、やっぱりノアは嫌、だよな」

ちらりとこちらをうかがいながら問われたが、私はきっぱりと首を振る。

「いえ、それでガラファント様が安心してくださるなら、それでもかまいませんよ。私としては、籍を入れて、お父様とお母様と弟に送り出してもらった昨日が、本当の嫁入りの日だと思ってます。国の儀礼に過ぎない、正直あんまり楽しくなさそうなイベントに、そこまで思い入れはありません」

最高にしあわせな姿を、たくさんの人に見てもらって祝ってもらうと考えれば、全然アリだろう。とはいえ。

「けれど……、もし、半年後まで抗議文が届き続けるのであれば、大変不快です。各国の牽制《けんせい》は、もう今すぐにでも始めたいです。なので、もうちょっと別のアピールの仕方もあるんじゃないかなぁとは、思いますね」

私の言葉に、ガラファント様は首を傾げた。

「実はね、私、今日ルィンヘンさんにたっくさんの【ボスのかっこいいエピソード】を聞かせてもらって、ちょっと考えたことがあるのです」

意味深な私の言葉に、ガラファント様の瞳が不安げにゆれた。

私はにやーっと笑って、ひとつの提案をする。

「私も、英雄ガラファント・アグラディアの活躍を、この目で見たいです。だから、二人寄り添い旅をしましょうよ。新婚旅行ってやつです。あっちこっちに旅をして、冒険して、いちゃいちゃして、私たちの仲睦《なかむつ》まじい姿を、各地のたくさんの人に、見てもらいません？」

私の提案を聞いたガラファント様は、考え込むような表情に変わり、口を開く。

「それはつまり……、ノアは聖女を続けたいってことか？」

ガラファント様の問いに、私は曖昧に頷いた。

「まあ、それもありますね。旅は楽しかったですし、人々に喜んでもらえる聖女の仕事が、やっぱり好きだなーとは思います。でも、一番大きいのは、『ルィンヘンさん、ずるい！』って気持ちですね」

「ずるい……？」

首を傾げた彼に、私は訴える。

「私だって、ガラファント様のかっこいいところを、いっぱい見たいんですよ！」

「いや待て。あいつがどんな話したんだかわかんねーが、冒険者なんざ、地味でしんどくて血腥《ちなまぐさ》い仕事だぞ？」

ガラファント様は、困った表情でそう言ったが、だからこそだ。

私はにやっと笑って、はっきりと指摘する。

「それを、困っている人々のためにこなしちゃうガラファント様は、世界一かっこいいと思います！」

ガラファント様は、お金に困っていない。

名声だって、もう十二分だ。

けれど、英雄となった後のこの一年すらも、彼は人々のために剣をとり続けた。

そんな彼への、尊敬と愛情をいっぱいに込めた私の視線から、彼はふいと目を逸らす。耳が赤いので、恥ずかしくなったのだろう。

　私は笑みを深め、言葉を続ける。

「きっとガラファント様は、困っている人の話を聞いたら、そこに駆けつけずにはいられないと思います。そういうところも、大好きです」

「否定は、しない。自分なら助けられる奴を、見殺しにすんのは、嫌な気分だ。……だが、家族とすりゃ、そんな馬鹿なことはさっさとやめて、落ち着いた生活してもらいたいもんなんじゃないのか」

　視線を逸らせたまま、どこか気まずそうに、ガラファント様はそう言った。

　私はひとつ頷く。

「まあ、普通はそうでしょうね。ところがなんと、聖女は、困っている人々を癒やして回るのが仕事なんですよ。同じ方向を向いてます。そしてそんな聖女が天職な私は、冒険者なあなたの勇姿を、間近で見たいのです。ほら、趣味と実益が、がっちりと兼ねられます！」

　私の言葉に、思案するような表情に変わったガラファント様に、畳み掛けていく。

「もう一度言いますね。私は、困った人がいたら駆けつけずにはいられないガラファント様が、大好きなんです。ルインヘンさんに話を聞いて、ますますあなたのことが、愛しくなりました」

　そのたまらない気持ちが思い起こされた私は、ぎゅっと彼に抱きついて、続ける。

「私たち、もう夫婦にはなってますけど、正直、いっしょに過ごした時間が、まだ足りないと思うんです。これからいっしょに旅をして、お互いの良いところも悪いところも、いっぱい知っていきましょう。私はきっと、その度《たび》に何度も、あなたに惚れ直します」

「ノアのことを知れば知るほど、どんどん好きになりすぎて怖いくらいだっつーのに……」

はあ、と、ため息を吐いたガラファント様は、やわらかな笑みを浮かべた。

「でもま、片想いじゃなけりゃ、それはしあわせなことだな。いいぜ、いっしょに旅をしよう。このガラファント・アグラディアが、聖女セナピノアの護衛の一人に加わってやる」

了承の言葉にばんざーいと跳ねかけた私は、『いやなんか若干ニュアンス違くないか？』と、首をひねる。

「いや、どちらかというと、英雄ガラファント・アグラディアの部下に、聖女セナピノアが加入のつもりなんですが……」

私の言葉に、ガラファント様は難しい表情で首を振った。

「ノアがどんなつもりでも、聖女のあの大所帯を連れてる限り、ノアが主役にしか見えないだろうな。俺が入ったところで、護衛騎士だけでも減ると思うか？」

問われた私は、首をひねる。

「ガラファント様はたいへんにお強いので、まあ、多少は……？　あ、でも現状でも、そこまで必要ないのにわざと仰々しくしてるんでした。……減らないかもですね」

「だろ。対して俺たち冒険者は、よっぽどデカイ仕事でもなけりゃ、基本的にバラバラに動くもんだ。たまに駆けつける奴もいるだろうが、聖女ご一行に俺が入るだけだな」

「英雄を差し置いて主役面するの、ちょっと申し訳ないんですが……」

私がもにょもにょとそう言うと、ガラファント様はふっと笑った。

「まあ、俺はそんな目立つのが得意でもねーし、矢面に立つのが聖女の宿命と思って、諦めてくれ。

ああ、聖女っつーより、この美貌の、か」

そう言って頬をやわらかく撫でられて、いたたまれなさが極まる。

「ま、まあ、形式はなんでもいいでしょう。とにかく私は、ガラファント様といっしょに旅をして、ガラファント様のかっこいい姿をいっぱい見て、ついでに、世間様に『このかっこいい人私の旦那様なの！　いいでしょ私たちラブラブなのー！』って見せてやりたいんですよ！」

私の主張に、ガラファント様は首を傾げた。

「それ、ノアがえらく変わった趣味をしてることが、世間に知られるだけだと思うぞ？」

そうだった。この世界、美醜感おかしいんだった。

「……まあ、ガラファント様のかっこよさは、私がわかっていれば、それで。あんまり恋敵が増えても困りますし。ええ。私たちの仲睦まじさをわかってもらうことが、なにより大切ですし」

私がトーンダウンしつつそうまとめると、ガラファント様は大きく頷いた。

「そうだな。【聖女の御幸《みゆき》】に協力すりゃ、神殿が味方になる。俺たちの結婚を祝福する流れを、神殿がつくってくれんだろ」

「神殿、噂《うわさ》流すの得意ですからねー。なんであんなに上手《うま》いのかってくらい。……なんででしょうね？」

なにせ出自からしてあやしい私を、各国未婚王族にこぞって欲しがられる完璧な聖女に仕立て上げたくらいだ。

本当に、不気味なくらいに世論の操作が上手い。

首をひねる私の頭をぽんぽんと撫でたガラファント様は、あっさりと答える。

「そりゃ、神話を語り、信仰を集めるプロ集団だからだろ？　それに、怪我《けが》や病気のときは、心まで弱る。それを救う神官の言うことは、妄信する奴も多いだろうしな」

「その結果が、パーフェクト聖女セナピノア・リネステ伝、と。正直勘弁して欲しいですが、この際その手腕で、各国からの抗議文とやらを、はね飛ばしていただきましょう」

「そうだな。……ありがとな」

ぽつりと告げられたお礼の言葉に、私は首をひねった。

「いえ、お礼を言われるようなことでは……？　いやマジで、今、何にお礼を言われました？　私、聖女続けたいし冒険旅行も行きたーいってワガママを、聞いてもらっただけでは……？」

「俺が『孕ます』だなんだと暴走しかけてたの、止めてくれただろ。それに、世間に俺とのことを認めさせようとしてくれてる。本当に、ありがたいと思うよ」

えらく真剣な表情で言われたその言葉に、私はなんと返すべきか、一瞬悩んだ。

「俺は、世間にどう思われようと、正直どうでもいいと思っていたんだ。ノアを手に入れると決めたとき、誰になにを言われようと、……お前に心底憎まれようと、それでもかまわないと、決意していた。でもいざ、ノアが俺とのことを祝福されたいと望んでくれたら、そんなのはやせ我慢だったと、気づかされたよ」

「ガラファント様がつらいのなんか、私、嫌ですもん」

「俺もだ。ノアには、心の底から笑っていて欲しい。ノアが示してくれた、俺たちがどこまでもしあわせな夫婦になれる可能性が、一番の理想だと思う。……まあ、さすがの神殿でも、俺の悪評を覆せるかはわかんねーけどな」

苦笑しながら付け足された言葉に、私はとっさに反論しようとした。

「根拠のない悪評なんて、きっとすぐに……！」

ところがガラファント様はゆるく首を振り、私の言葉を遮る。

「いやあ、根拠、なくねーぞ？　たまたまノアが変わった生まれで、変わった好みをしていたから、こんなのほほーんとおさまってくれてるが、俺の当初の予定では、今ごろノアは泣いて嘆いてルィンヘンに慰められてるはずだったんだからな？」

「そんなことない、と、言いたいところですが、まあ、意に添わぬ結婚を王命で強いられた相手がガラファント様でなければ、たぶん泣いて……、いや、神殿を頼って、どうにかしてたかな……？　それか、どうにか逃げて、ガラファント様のところに押し掛けてたかもですね」

「ははっ、強いな。まあ、本来、聖女を褒賞代わりに嫁にして即日屋敷に連れ込んで処女奪ってあげく式までには孕まそうなんてのは、神をもおそれぬ邪悪な行為だ。それをしでかしかけてる俺は、たいがい危険人物で、各国からの抗議文は、正当なもんだよ」

ガラファント様は笑いながらそう言ったが、私は面白くない。

「当の聖女が、それを嬉しいと思っているんですから、被害者なんかどこにもいませんよ」

私が憮然《ぶぜん》とそう告げると、彼は苦笑しながら首を傾げた。

「さすがに、式までに赤ん坊しこまれるのは、嬉しくないだろ？」

「それだって、嬉しいですよ。そこまで私のことを、欲しがってくれているのでしょう？　私、ガラファント様の子どもなら、ばんばん産みたいですし」

そこまで言ったところ、目を見開いて固まってしまったガラファント様に焦った私は、早口で続ける。

「その、私たち、結婚したわけですし。夫婦が子どもをつくるというのは、ごく自然なことというか……！　ほ、ほら、私、今世の肉親が割とアレだったんで、どこかで家族に憧れがあるんです！　愛するガラファント様と、たくさんの子どもたちと、愛情いっぱいなしあわせな家庭を築けたら嬉しいなーって！」

言葉にしているのは、間違いなく心の底からの本音なのだが。

焦りのあまり、言わなくていいことも言っている気がする。

そうどこかで理解しながらも、私の口は回り続ける。

「それに、お母様とお父様、子どもが大好きなんです。養子の私を、べろべろに溺愛しちゃうくらい。なのでもう、孫をばんばん産んで、どんどんかわいがらせてやりたいのもあります！」

「聖女を続けるからには、しばらく子どもは……ってわけじゃ、ないのか」

ぽつりと、ガラファント様がそう言った。

少し冷静さを取り戻した私は、しっかりと首を振る。

「ないです。むしろ、聖女を続けて、しかもそれをガラファント様にも手伝ってもらえば、神殿が子どもの最高の養育環境を、全力で激烈に整えてくれるだろうと考えてますよ。高位神官に騎士に侍女にとあれだけ揃えてくれるんですから、乳母《うば》だって十人単位で寄越すでしょう。英雄と聖女の子どもに対する期待も、多少はあるでしょうし」

そこまで言い切った私は、ふっと息を吐いてから、ぼそぼそと付け足す。

「だいたい、昨日あんなにしといて……」

あれでできている可能性だって、十分ある。私も、抵抗らしい抵抗はしていない。

今さら、孕むも孕まないもないだろう。

とまでは、さすがに恥ずかしくて口に出せなかったが。

私の言いたいことは、どうやらきちんとガラファント様に伝わったらしい。

「まったくノアは、本当に……」

くつくつと喉の奥で楽しげに笑いながらそう言ったガラファント様は、ぎゅっと私を抱き締める。

「さいっこうにいい女だな！　ああ、もう、お前は俺をこんなに骨抜きにして、なにをするつもりだ？」

ぎゅうぎゅうと抱き締められて、ぐりぐりと頭を首元に擦《こす》り付《つ》けられた。

「あははっ、私だって骨抜きなんですから、お互い様ですよー。ははっ、ひゃっ⁉」

ちう、と、音が聞こえたかと思うと、首筋というかほぼ耳の下の位置に、ぴりりとした痛みが走った。

この服でもカバーしきれない場所に、キスマークを付けられた気がする。

「あ、ガラファント様、だ、だめ、ですってばぁ……」

痛みを感じた箇所を、ぬろりとなめあげられて、『気がする』が確信に変わると同時に、甘い声が漏れた。

するするとスカートをたくしあげつつあった手をつかんで、そっとガラファント様を押《お》し退《の》ける。

「……俺の子を、ばんばん産んでくれるんじゃ、ないのか？」

ゆっくりと押し退けられながら、静かにそう問うてきたガラファント様の声音は、熱を帯びていた。

「そりゃ、そのつもり、ですけど……。まだ日も高いですし、なにより昨日の今日で、さすがに……」

体力とか、体調的に厳しいものがある。

私はもぞもぞと抵抗するが、ガラファント様の苦悩しているような表情がとてつもない色気を放っていて、彼を押し退けていた手が、止まってしまった。

「なあ、頼むノア、優しくするから……」

こつりと額と額を合わせ、祈るようにそう言われた私は、ガラファント様の秀麗な顔がこの距離にあるという事実で、頭がいっぱいだ。

ああ、吐息がかかっている！

正直、キスが、したい！　私もしたい！

昨日の感触が鮮やかに思い起こされ――、

「……い、いっかいだけ、なら」

思わずぼそぼそと告げた言葉は、望み通りに、私の唇ごと、彼の唇に飲み込まれた。

✝

やはりガラファント様は、優しかった。

『いや、ここでは無理です！　寝室！　寝室で!!』

だの、

『朝ごはんだって食べそこなったのに、お夕飯まで食べられなかったら、さすがに泣きます！　あ、お風呂も入りたい！』

だの、

『や、やっぱり今日のところはやめておきませんか？』

だの、
諦め悪く食い下がった私の言うことを、ある程度は聞いてくれたのだから。

彼は早めの夕飯を、手ずから食べさせてくれた。

お風呂まで入れてくれようとしたのは断固拒否したので、かなり不満気ではあったものの、私の入浴を待ってくれた。

きっちり人払いをした上で、夫婦の寝室まで連れてきてくれた。

移動はだっこ、食事は膝の上、かつ、時折『これガラファント様じゃなかったら訴えるし、訴えたらたぶん勝てる』レベルの、ほぼ痴漢行為なイタズラをしながらではあったが。

「い、一回だけ、ですからね？　絶対ですよ？　昨日、けっこう怖かったんですからね？」

いざベッドに横たわらされてなお、私は諦め悪くそう念押しした。

「わかってる。ノアに嫌われたくないからな」

ガラファント様はどこまでも優しい声音でそう言ったが、私のナイトガウンをはぎ取る手は、遠慮がない。

あっと言う間に私の下着まで取り去った彼は、うっとりと私の肌を見つめる。

「ああ、本当に綺麗だ。……全部、そのままにしておいてくれたんだな」

　ふわりと微笑みながらそう言われ、一瞬意味がわからなかったものの、私の胸元に鮮やかに散っているそれを指先でなぞられ、ああ、キスマークのことかと思い至った。

「こんなに数があっては、隠しようがないでしょう。今日、服を選ぶにも苦労したんですよ？」

　私が不満をこぼしたところ、ガラファント様は、心底不思議そうに首を傾げた。

「治癒魔術使えば、ノアなら跡形もなく消せるだろ？　服から出た部分のだけ、消したらいいんじゃないのか？」

　……。

　！

　消せる！

　キスマーク＝鬱血痕！　痣《あざ》の亜種！　私、消せる！　治せる!!

「しまった。言わなきゃよかったか」

　衝撃の気付きに固まる私の耳に、笑い交じりのそんな声が届いた。

「……まあ、せっかくガラファント様がつけてくださった痕なので、全部は消しません。でも、服選びには本当に難儀したので、今教えてくださってよかったです。ありがとうございます」

　私の率直な言葉に、ガラファント様はため息を吐く。

「俺としては、全部このままにして、人に見せつけてくれてもいいんだけどな。きっと、いい牽制になる。俺の執着が、これ以上ないほどわかりやすいだろ？」

「それはそうかもしれませんが、さすがに、ちょっと生々しすぎるというか、正直恥ずかしいです……」

「そうか……。まあ、ノアがそう言うんじゃ、仕方ないな。牽制と威嚇は、都度その場でするとしよう」

そう言ってまたひとつ胸元に散らされて、消す方法はわかったものの、消しづらくなったなと思う。

【牽制と威嚇】とやらで、【その場】で、どんなことをされてしまうのやら。

かといって、消す方法がわかっていると知られた上で、あえて消さないでいるのも、それはそれでなんか嫌だし……。

「ひゃうっ！」

突如胸元に走った甘いしびれに、私の思考は中断された。

見れば私のささやかな胸に、ガラファント様の舌が這《は》っている。

私の視線に気が付きこちらを見上げた彼と、至近距離で目が合った。

……余裕そうだな？

そんなことないです！

目と目だけで、そんなやりとりをした気がする。

それにふっと笑ったガラファント様は、どこまでも優しく、私の肌に触れた。

✝

一回、とは言った。

確かに言った。

この場合の一回とは、つまりはガラファント様が一度吐精するまでだろうということは、わかる。

わかる、が。

私が何回イッても、ガラファント様が出さない限りは終わらないって意味では、ないと思う。

男女平等、大事。

「あ、あ、あ、……ぁあっ」

そんなことをぼんやりと考えながらまた一度軽く達して、私のナカのガラファント様をきゅっと締め付けた感触がしたが、彼は少し眉間に皺を寄せただけで、絶頂には至らなかったようだ。

彼は、心底楽しげに、どこまでも優しく私に触れた。

愛撫《あいぶ》というよりは、スキンシップと呼ぶべき、肌と肌の触れ合い。

【一回】を噛み締めるかのようにじっくりと動く手は、昨日のように私を激しく乱れさせるようなものでは、なかった。

なかった、が、率直に言って、たちが悪い。

ゆっくりと、じわじわと。

ゆるやかにゆるやかに絶頂へと至らされた結果の、ふわーっと高いところから降りられなくなってしまったかのようなふしぎな快楽に、酩酊《めいてい》したような気分になってくる。

ふわふわとした心地の中、ようやくの挿入の後も、ガラファント様は激しく動いてはくれなくて、ぴったりと添うように抱き締められたままだ。

私の肌に落ちる彼の汗、首もとを掠《かす》める熱い吐息、戯れのように落とされる触れるだけのキス、彼の拍動。

そんな少しの刺激だけで一々達してしまう自分に、不安を覚えてきたところだ。

「ノア、大丈夫か？」

そう言って私の顔を覗き込むガラファント様は、どこか余裕があるように思える。

じわり、と、目に涙が浮かんだ。

それをそっと指先でぬぐわれ、また問われる。

「つらいか？」

「つら、い……？　というより、たぶん、悲しい？」

「悲しい？」

「昨日も、ですけど。ん、経験値の差、というか、……あまりにガラファント様が、余裕そうで」

彼の問いに答える間も、時折ぴくりと私の身は跳ねるのに、ガラファント様は、どっしりと動かない。

「ノア相手に、余裕なんかあるわけない。昨日はむしろ、がっつきすぎてたぐらいだと思うが」

「でも、私のように、怖くなったりしなかったでしょう？　……はじめてでは、なかったでしょうし」

「まあ、それなりの歳だしな。ただ、そこらのプロに機械的に相手された経験はあれど、こんな心底愛しい相手が、こんな心底愛しげに抱かれてくれた経験は、なかった。ノア、お前今、どんな顔してるか、自覚はあるか？」

私が小さく首を振ると、ガラファント様はしあわせそうに微笑んだ。

「とろけてる。怯えもおそれも一切なく、ふわふわと心地よさげに、とろけてる。俺を受け入れてくれてるノアが愛しくて、ノアと触れ合っているのがしあわせで、つい。しつこかったよな？」

とろけている、というか、ガラファント様と溶け合ってひとつになったような心地よさは、確かにある。

が、それを素直に認めることがなんとなく恥ずかしかった私は、彼の問いは無視して口を開く。

「……プロでも、もう浮気しちゃ、ダメですよ」

「誓おう。この先生涯、ノアだけだ。……正直、こんな極上を知ってしまえば、他に勃《た》つわけないだろと思う」

その言葉に、ときめきを覚えると同時に、きゅっと締め付けてしまった感触がした。

その刺激に眉根を寄せたガラファント様の、色気がヤバイ。

好き。ほんと、大好き。

愛してる。

「ね、も、動いて?」

思わずそう言った自分の声が、媚《こ》びたように甘ったるくて、恥ずかしい。

けれど、どうやら私に甘えられるのが好きらしいガラファント様は、嬉しげに笑って、私の額にキスを落とした。

「仰せのままに、俺の女神」

その言葉とほぼ同時に、力強い律動が開始される。

「ん、ぅ、……ああっ……!」

ぐちゅり、と、かき混ぜられる快感に、腰が跳ねた。

そんな私の反応を探るような彼の視線が、動きが、私をどんどんと追い上げていき、ただでさえぼんやりとしていた思考が、快楽に染め上げられていく。

「ノアは、余裕あるとか言ったが、そう見えるよう、必死なだけだ。俺の方がよっぽど、お前に溺れているよ」

「ぁ、あ、ゃあっ! も、やぁああ、んっ……!」

ガラファント様がなにかを言っているが、ぼんやりとした頭と、過ぎた快楽により悲鳴のように響く私の嬌声《きょうせい》で、ほとんど聞き取れない。

「……くっ、……ノア、ノア、ノ、アっ……」

切羽詰まったように私の名を呼ばれている気がするが、そちらを見る余裕すら、もうない。

「……愛してる、ノアッ」

けれどその言葉だけは、胸の奥に届いた。

「わ、私、も、ん、ンンっ……!」

たまらない気持ちで彼の唇に食らいついたら、すぐに噛みつくように応えられた。

私のくぐもった喘《あえ》ぎ声《ごえ》と、彼の荒い吐息が混ざる。

聞こえる水音と肉のぶつかり合う音が相まって、ひどく扇情的だ。

ああ、更に一段、途方もなく大きな絶頂が、来る。

「んぅ、ん、ん、…………～ッ!!」

私がそれに飲み込まれた瞬間、ひときわ強い突き上げに続いて、じわり、と、おなかの奥の奥に、
熱い飛沫《しぶき》が散った感触がした。

第六章　私の天命

「で、ノアちゃん様は、今日までの半年間で、何人に『俺といっしょに逃げてくれ』されたんですか？」

旅を終えて、ようやく迎えた結婚式の直前、控え室で。

ルィンヘンさんにそう問われた私は、首を傾《かし》げた。

「あー、旅に出て最初の一週間で一〇人いったまでは覚えてるんですけど、その後は『なんかいっぱい』としか……。ガラファント様、覚えてます？」

「四七人だ。そういや、ここ一ヶ月半ほど来てねぇな」

私と並んで長椅子に腰かけていたガラファント様は、即座にそう答えた。

私と違い、あまりしつこい奴《やつ》はぶん殴る必要もあった彼は、きちんと覚えていたらしい。

「うっわボス執念深。怖。え、もしかして、四七人全員の顔と名前とかも覚えてます……？」

ルィンヘンさんがそっと問うと、ガラファント様はしっかりと頷《うなず》いて返す。

「顔と名前と主な親類縁者と所属組織までは覚えてる」

「怖ぁ……。ボスもたいがいだけど、それ聞いて『いやー愛されてるなぁ』とばかりに、嬉《うれ》しげに笑っちゃってるノアちゃん様が、やばぁ……、怖ぁ……」

どん引きの表情でそう漏らした彼に、とびきりの笑みをおくる。

「うふふ、私たち、とってもお似合いでしょう？」

「ええ、本当に。それでこそ、我らがボスのお嫁様です。今日の式でも、しっかり見せつけてやってください」

「もちろんです！　今回は、まだ行けていない遠方の国の方々も来てますからね！　その全員に、いかに私がガラファント様にメロメロかをわかってもらうまで、ひっこむつもりはありませんよ！」

私は、ぐっと両こぶしを握りながらそう宣言した。けれどガラファント様は、その手をそっとおろさせ、丁寧にほぐしほぐしとゆるめさせていく。

「いや、いい。無理すんな。気分悪くなったらすぐひっこめ。っつうか、やっぱり表に出したくねぇ。なんなんだよコレ、綺麗《きれい》すぎんだろ……」

過保護なことを言い出したガラファント様に困って、思わずルィンヘンさんを見た。

しかし、日頃は彼の過保護を諫《いさ》める側のルィンヘンさんまで、なぜかうんうんと頷いている。

「安定期に入ったとはいえ、無理はしない方がいいです。王族の挨拶の途中だろうが、神への誓いの最中だろうが、疲れたらすぐひっこんでください。あ。いっそ、疲れないよう、常にボスのだっこで移動したらどうです？」

「さすがに、それは……」

実は、ガラファント様の当初の目論見通り、私は現在妊娠五ヶ月ちょっとだ。

つわりもそれほど重くなかったし、神官集団の全面バックアップを受けていることもあり、私はただただしあわせだとしか思っていないのだが、ガラファント様は『罪悪感がえげつない』などと言いながら、えらくおろおろしている。

ここ一ヶ月半不快な襲撃がなかった理由は、いい加減みんなわかってくれたのだと思いたいが、私以外のすべてにはえらくガルガルしているガラファント様に、念入りに引きこもらされていたおかげもあるかもしれない。

私はやんわりと彼の過保護を止めたかったのだが、ガラファント様は真顔で断言する。

「そうだな。やっぱり今日は、ノアは一歩も歩かせない方向で行こう」

「えええ!? あ、いや、各国に仲良しアピールするにはちょうどいい、かな? いやでもさすがに恥ずかしいし……」

「理由が恥ずかしさだけなら、素直にボスに任せた方がいいですよ。実際、ノアちゃん様、今日綺麗すぎますもん。牽制《けんせい》は、いくらしておいてもいいです」

「ルィンヘンさんまで、そんなこと言います!?」

「いや、本当に。ボスの夫の欲目とか恋愛フィルターじゃなくて、ノアちゃん様、ボスと結婚してから、ますます光り輝くような美しさになってきてますよ。妊娠してからは、更に」

「えええ、なんでだろ。あまりにしあわせだからかな……？」

私が首を傾げたそのとき、コンコンコンと、ドアがノックされた。

まだ少し時間が早いが、いよいよ私たちの出番だろうか。

「申し訳ございません、ノアちゃん様、来客です」

心底申し訳なさそうな表情で、そう言いながら入って来たのは、聖女の護衛騎士の一人で、今日も私の護衛についていてくれているおじ様だった。次いで入室してくる、身なりのいい青年が一人。

「セナピノア・リネステ嬢、私です！」

私です、とか言われたが、知らん。誰だ。今や立派なセナピノア・アグラディア夫人である私に、こんな失礼な呼びかけをする、このキツネ顔の男は。

「ノアちゃん様、コレ、一応は来賓の王族なんで通さざるを得ませんでしたが、私どもの直属の上司である聖女様が『不快だ下げろ』とおっしゃれば、すぐにでもお帰りいただきますので」

『今すぐにでも下げろと命じてくれ』とばかりにおじ様が淡々と言った言葉で、キツネ顔の男はどこかの王族らしいと知る。

しかし、来賓か。

では、できれば私たちの仲良しぶりを理解して、穏便に引っ込んでいただいた方がいいだろう。おじ様もそう思う部分もあるから、この部屋に通しているのだろうし。

「他国の王族が、俺の妻に、いったいなんの用件だ？」

ぐっと私の肩を抱きながらガラファント様がそうおっしゃったので、すかさず甘えるように身を預けて、うっとりと彼の顔を見上げた。

あ、顔が良い。

アピールとかではなく、素で見惚《みと》れてしまう。

「リネステ嬢から、手を離せ！」

うるっさいなぁ。ガラファント様の顔をゆっくり堪能《たんのう》させろ。

思わず邪魔な声の発信源であるキツネ顔の男を睨《にら》むと、なぜか男は頬を赤く染めた。

「リネステ嬢、その男が恐ろしいのはわかりますが、私が貴女を護《まも》ります。ですから……」

「嫌です無理ですお断りします。私は夫を心底愛しておりますので、この人と離れる気は、一切ございません」

たぶん続いたであろう『俺といっしょに逃げてくれ』的なセリフも聞かないうちに、私は切り捨てた。

切り捨てられた、推定四八人目の男は、手をこちらに差し出したポーズのまま、間抜けに固まっている。

王族かつまたキツネ顔なあたり、たぶん自分に相当の自信があって、完全に冷めた目で断られることなど想定していなかったのだろう。

私をガラファント様から引き離そうとした男は、ことごとくこのあっさり顔至上主義が行きすぎての美醜逆転世界の美形、キツネ顔ばかりであった。

　あまりにキツネ顔に襲来されすぎて、ルィンヘンさんがキツネ顔系統では最上位の美形であることが、異世界出身の私にも、なんとなくわかるようになったくらいだ。

『うちの母、魔力も大した実家もコネもなかったのに、美貌ひとつで成り上がり、侯爵の愛人にまでおさまった歌姫ですから。それに生き写しの俺ってば、まさに傾国級の美形なわけです』とは、本人の談だ。

　まあルィンヘンさんに劣るとはいえ、キツネ顔の彼らは、この世界では、凄絶にモテる。

　私はほっといて、アイドルグループでも結成しとけと、切に思う。

「……もしや、洗脳、されているのですね？　なんて非人道的な!!」

　ようやくフリーズから復帰したらしいキツネ顔の男は、突如大きな声で叫んだ。

　思わずびくっと跳ねてしまったら、ガラファント様の目つきがいっそう鋭くなる。

「でけぇ声出すんじゃねぇ。ノアが怯えてんだろ……」

　あ、マズイ。

　もはや殺気を放っている声音と、やんわりと私を背に隠しつつ愛剣に手をかけつつあるガラファント様に、キツネ顔の死人が出る予感が、びしばしする。

　頼みのルィンヘンさんに視線をやったが、あちらはあちらで、既に詠唱を開始している。ダメだ。

「王族っつーのは、妊婦にストレスは大敵だってことすら、教わってねぇのか……！」

ガラファント様はそう言いながら立ち上がり、一歩、踏み込んだ。

ガラファント様の立場がピンチ！

あと、このめでたい日に、流血沙汰は、ちょっと！

そんな、殺気にあてられへたり込んでいるキツネ顔王族にはえらく薄情なことを考えた私は、覚悟を決めた。

「ガラファント様、離れちゃヤダ！」

そう叫んだ瞬間、ぴたり、と動きを止めた彼の背にむかって、続ける。

「ノアがストレスを感じたんだから、そのケアが最優先でしょ!? だっこ！ あとちゅー！ そのよくわかんない王族なんかかまってないで、ノアをかまってよ！」

何を言っているんだ、私は。

そう思いながらも、決めた覚悟に従い、ぶりぶりに媚《こ》びた声音で、わざと幼い口調で、私はそう言い切った。

「すまんノア、寂しかったよな……！」

すぐにくるりと戻ってきたガラファント様の手が剣の柄《つか》から離れているので、これで正解だと思っておく。

この半年の間に確信したが、ガラファント様は、だだっ子のように甘えられるのが、殊更好きなようなのだ。

「今日はノアのこと、ずっとだっこしておいてくれるって、言ったのに……」

ダメ押しでそう言えば、すぐに抱き上げられ、長椅子に戻ったガラファント様の膝の上に、横抱きで着地することとなった。

いかに私が小柄とは言え、少しぽこりと出てきたお腹をカバーする、ふんわりとボリュームのあるドレス姿の私を、えらく軽々と持ち上げてくれるものだ。

「すまなかった、ノア。もう離さない……！」

そう言いながら唇を寄せられたので、すかさず応じる。

ガラファント様の唇に、私の紅がうつってしまうかもしれないとは一瞬思ったが、愛《いと》しい旦那様とのキスは、隙あらばしたい。

「ルィンヘン殿、今部下からの報告で、こちらの方は、【もはや我が国の王族ではない】との回答が、彼の国から得られたとのことです」

「ああ、こんな日にボスに喧嘩《けんか》売るような馬鹿は、王族とは認められない、と。いい判断です」

「まあそんなわけで、コレ、適当に、会場の外に放ってきますので。ノアちゃん様ご夫妻には、もう少しゆっくりしてもらっててください」

「わかりました。ここの警備は、俺に任せてください」

そんなような会話が聞こえた気がするが、目の前のガラファント様に夢中だった私は、それを聞き流した。

ルィンヘンさんの声がした気がするので、彼の詠唱は止まったのだなと、安心した覚えはある。

✝

家族親族友人知人、神殿の仲間たち、ガラファント様の冒険者仲間、ついでに、私たちと特に面識があるわけではないが、各国を代表して英雄と聖女の結婚を祝いに来てくれた方々。

そんなたくさんの人々に見守られ、神殿の中央に敷かれた長い絨毯《じゅうたん》の上を、ゆっくりと進む。

ここは現代で言えばバージンロードなのだろうが、こちらでは新婦父にエスコートされる風習もなく、【通路】としか呼ばれていない。

しかも、予定では新郎新婦が並んで歩くはずだったのに、結局あのまま、私はガラファント様にお姫様抱っこで運ばれている。

色々となんか違う気はするが、まあ、これも私たちらしくて良いだろう。

私がくすりと笑うと、それに気づいた彼も、穏やかな笑みを返してくれた。

私たちが祭壇の前に辿《たど》り着《つ》くと、それを待っていた聖女付き神官のみんなが、ひとつ頷いた。

「それでは、始めましょう」

神官たちの中央に立つ、聖女付きの神官団の中で一番高齢の【おじいちゃん】がそう告げ、儀式が始まる。

神官のみんなが声を揃《そろ》えて紡ぐ、神への感謝と、私たち夫婦の前途への祝福。

思いの込められた祝詞《のりと》が、朗々と響く。

……これ、本当にこんな体勢で聞いていて良いんだろうか。

事前におじいちゃんに尋ねたら、『神様は、夫婦の睦《むつ》まじさにおよろこびになられるでしょう』と言ってくれたが、この厳粛な空気の中お姫様抱っこは、浮いている気がしてならない。

そんなことを考えていたら、ふっ、と、祝詞が途切れた。

「……この新しき夫婦……、と、その、愛の結晶に、神の永劫《えいごう》なる祝福を！」

おじいちゃんがそう締めくくると、祝福の光が、私たちを包んだ。

【愛の結晶】は、定型文にはない。それを曲げて、まだ見ぬ私たちの子どもを祝福してくれた気持ちが、嬉しくてくすぐったい。

ガラファント様も私も、笑顔で祝福を受けた。

背後で、大きな歓声が聞こえる。

神官のみんなも、にこにこと私たちを見守ってくれている。

定型文ではなかったし、お姫様抱っこだったのに、祝福の光は、きちんともたらされた。

ああ、しあわせ。

たまらない気持ちでガラファント様の首に回していた腕に、ぐっと力を込めた。

永劫、この人を愛そう。

永劫、この人とともにいよう。

永劫、この人と、それからこの先増えるだろう家族と、しあわせでいられるだろう。

そんな思いをいっぱいにこめたキスは、上機嫌に微笑《ほほえ》む彼にやわらかく受け止められて、私の頬には、涙が流れる感触がした。

どうして私は、この世界に生まれ変わったのだろう？

ずっとずっと、ふしぎだった。

私は、現代人ではあったけれど、確固たる専門知識なんてない、平凡な事務員だった。

あんなものこんなものがあったなぁとは覚えていても、あんなものこんなものをゼロからこの世界でつくれるような知恵も技術も、持ち合わせていなかった。

神様が本当にいるなら、こんな私じゃなくて、もっとこの世界をよりよくできる人を、選べばよかったのに。

そう思っていた。

意味なんてないのかもしれない。

ただの偶然だったのかもしれない。

けれど私は、この瞬間、私はこの人を愛するために、この世界に生まれたんだと、勝手に確信することにした。

もしかしたら私は、世界を救った、そしてこの先もきっと守ってくれるガラファント様への、神様

からの贈り物、なんてのは、うぬぼれすぎかもしれないが。
でも、ガラファント様を愛することなら、誰にも負けない。
それだけは、誰にも負ける気がしない。
彼がたまに見せる病み気味の執着だって、よろこんで受け止める。
まるごとすべて、愛している。
私は、あなたとこの世界で生きていく。

書き下ろし特別編　新婚旅行の思い出

盛大で華々しい結婚式を終え、数日後。

私は、ガラファント様といっしょに、私の実家、リネステ伯爵邸に遊びに来ている。

今日は、なにかと忙しい両親は不在だったので、弟のファラサールと私たち夫婦で、のんびりサロンでお茶を楽しんでいた。

この家では、私がガラファント様の膝の上に座っていても、家族はもちろん礼儀に厳しいはずの執事さんですら、もう誰もなにも言わないので、当然のようにそうしながら。

むしろ、降りようとすると、妊婦が体を冷やしてはいけないとか言われるんだよね。それでいいのか、リネステ伯爵家。

「そういえば、姉さんとお義兄《にい》さん、結婚式前の新婚旅行はどんな感じだったんですか？」

ふいにファラサールがそんな質問をしてきたので、私は首をひねる。

「どんな感じ……？　ええと、楽しかったですよ？」

「そりゃそうでしょう。姉さんは、お義兄さんさえいれば、どこだっていつだってなんだって、楽しいでしょうよ」

　あきれた表情でそう言ったファラサールに、思わずガラファント様と目と目を合わせて、笑ってしまう。

　そりゃそうだ。私は、ガラファント様がいれば、どのような状況だって楽しめてしまう。

　ぽんぽんと私の頭を撫《な》でたガラファント様が、私の代わりに口を開く。

「新婚旅行つったって、基本的には、【聖女の御幸《みゆき》】だったからな。だいたいは、いつもノアがそうしていたように、順に色んな所を回って、病人怪我人《けがにん》を癒《い》やしていたかな」

「ああ、そうなんですか。……でも、聖女な姉さんって、いつも聖典もかくやという仰々しい言葉で褒めたたえられていて、本当のところはどんなものなのか、いまひとつよくわかんないんですよね。

正直、想像ができないです」

　ファラサールが難しい表情でそう言ったところ、ガラファント様がにやりと笑って、自慢げに語りだす。

「それ、なんの誇張もねーぞ。ノアは実際、もう女神かなんかかっつーレベルで……」

「そ、そんなことないですよ？　ほら、神殿が流している私の評判って、おじいちゃんたちの活躍を、私のっぽく喧伝《けんでん》してるだけですから。私なんかより、英雄であるガラファント様の方が、それはもう大活躍していました」

　私は慌ててガラファント様の言葉を遮り、そう主張した。

世間の評判に関してはもう神殿の好きにしてもらっているが、さすがに、弟にまで聖女だ女神だのと持ち上げられてしまうのは、いたたまれない。

ガラファント様は一瞬だけ不満げな表情をしていたが、今は私の必死な様子に苦笑いしている。

「あはは、要するに、二人とも、お互いにお互いのすごさに、惚《ほ》れ直《なお》していた旅だった、ってことですね」

無邪気に笑いながらそうまとめたファラサールの言葉に、まあ、そうかもしれないなと思う。

確かに、お互いに活躍というか、能力を活《い》かしてがんばった。

そして、お互いにお互いのそんな姿を見ては好き好き言いあっていた。

だいたいそういう新婚旅行だったと思う。

私は、いかにガラファント様がすばらしかったかをどう伝えようかと考えながら、旅に出た最初の頃のことを思い返す。

✝

「またこうしてノアちゃん様と旅ができるとは、なんとしあわせなことでしょう。しかも、英雄ガラファント殿が同行してくださるとなれば、もうなんだってできましょうな。神と、神に愛されしアグラディア夫妻に、感謝を」

私たちが入籍した直後、旅を再開するにあたって、元中央大神殿神官長であるおじいちゃんはそう言って、私たちを歓迎してくれた。

急な方針転換で申し訳ないと思っていたが、神殿としては、なかなか要件を満たす者がいない聖女の復帰も、高名な英雄の一行への加入も、大変ありがたいらしい。

なんだか申し訳ないくらいに関係者一同に喜ばれ、そして、私たちの結婚生活への手厚いサポートも約束された。

まあ正直、割と権力者らしいおじいちゃんが私たちの味方に付いてくれた時点で、勝ったようなものだったが。


それからすぐに、私たちが最初に向かう場所は、とある鉱山のある街に決まった。

なんでも、良質な鉄のとれる鉱山であった山から、急に大量のアンデッドが発生。そこで働いていた方々は、鉱山を放棄し逃げ出さざるを得なかったらしい。

古い墓地でも掘り当ててしまったのかもしれない。

幸い、アンデッドはあまり素早くは動けないため、幾人もの怪我人は発生したものの、死者はゼロ。

また、現在は、皆神官が張った聖属性の結界で守られている街の中への避難を完了しているため、それほど緊迫した状態というわけではないそうだ。

しかし、鉱山は封鎖せざるを得ず、また怪我人の中には現地の神官では対処しきれなかった重傷者もおり、街はすっかり活気を失い、暗い雰囲気に飲み込まれているとのことだった。

そこで、神殿から、私たちにその街の情報がもたらされたというわけだ。

こういった場合、私たちは、王国騎士団や冒険者たちがアンデッドの排除を完了させるのを待ってから駆け付けることが常なのだが、ガラファント様やその部下の方の助力を願える今は、すぐにでも駆け付けられる。

日頃自分たちの無力さに歯噛みしていた私たちは、迷いなく一同でガラファント様に頭を下げ、彼とその部下の方々といっしょに、鉱山の街へと向かった。


旅の目的のひとつが、私たちがいかに仲睦《なかむつ》まじいかをみんなに知ってもらうことだったこともあり、街に着く少し前から、私はガラファント様の馬に同乗させてもらうことにしていた。

私はそこまで乗馬が得意というわけではないのだが、背後をガラファント様にしっかりと支えていただいているので、不安はない。むしろ、こちらの方が景観がいいし、ガラファント様も近いので、かなり楽しい。

そんな風にのんきに馬上からの眺めを楽しんでいると、街に到着する直前、ふいに、ガラファント様がなにかに気が付いたようで、あたりを見回し始めた。

「……誰か、近くで戦っているな」

ぽつり、と呟《つぶや》かれた言葉に、私も周囲を見渡すが、周囲にそのような様子は見られない。

しかし、警戒を強めた耳には、確かに、かすかになにか争う物音のようなものが、聞こえてきた。

「ノア、このまま突っ込んでもいいか？」

「もちろんです。急ぎましょう」

ガラファント様の確認にそう応じながら、私は速やかに、ガラファント様と私自身、ついでに私たちを乗せている馬を、魔法で強化していく。

「ルィンヘン、ついてこい！」

そう声を張り上げながら、ガラファント様は、馬を駆けさせていく。

「はいはーい。あ、神官と護衛と侍女の皆さんは、街の結界にほころびがないか確認しながら、ゆっくり来てくださいね。冒険者のみんなも、とりあえずそれに付いていてて。俺とボスで対処できなきゃ救援に呼ぶから。よろしくー」

ルィンヘンさんが、私たちの背後で、どこかのんびりとした口調で的確な指示を飛ばしているのが聞こえた。……とことん気の利く人だなぁ。

指示を終え、一拍遅れて私たちに並んだルィンヘンさんと、彼の馬も強化したところで、ガラファント様が、よくやったとばかりに頭を撫でてくれて、嬉《うれ》しくなる。

やがて見えて来たのは、街にほど近い林の中、地方兵士に支給されている革鎧《かわよろい》と剣を身に着けた二人の兵士と、彼らに守られている、七、八歳くらいに見える、小さな女の子。

そしてその周囲を囲むように集まった、何十、いや、もしかしたら百を超えるかもしれない数の、アンデッド。ほぼ骨のような姿であったり、ゾンビのような姿であったり。武器や装飾品もそれぞれに違う多種多様なアンデッドが、集まっていた。

それを見て取ったガラファント様は、ひときわ獰猛《どうもう》な笑みを浮かべた。いや、笑顔というよりは、牙をむいたのかな。

「行ってくる。ノア、馬は任せたぞ」

「はい、お気をつけて！」

馬から飛び下り、彼らのもとに駆けていくガラファント様の背にそう声をかけ、私は彼に託された馬の手綱をどうにか引いて、アンデッドの群れの外側で停止する。

それからそろそろと馬を下り、なんとか近くの樹に、馬を繋《つな》ぎ止《と》めた。

その間に、ガラファント様は猛烈な勢いで兵士たちに駆け寄りながら、途中にいるアンデッドたちを、次々軽々と切り伏せていく。

相変わらず、舞い踊るような、美しくてどこか楽し気な戦い方をする方だ。翻る剣筋も、惚れ惚れするほど洗練されている。

「おいお前ら、あそこまで下がれるか？」

兵士たちのもとへたどり着いたガラファント様の問いに、震えながら頷いた兵士たちは、一人が女の子を抱え上げ、ガラファント様の来た道をたどり、こちらへと駆け出した。

「ノア、怪我人の救助を頼む！　ルィンヘン、フォローしろ！」

ガラファント様のお言葉に兵士たちを見れば、女の子を抱えていない方が、片足を引きずっていた。かなり血も出ている。

反射的に治癒魔術を飛ばしたが、負傷している方はまだ動きが鈍く、女の子を抱えている方も、あまり速くは動けないようだ。

このままでは、こちらにたどり着く前に、ガラファント様が切り開いた道が、閉ざされてしまうかもしれない。

「ノアちゃん様、ちょっとさがって！」

ルィンヘンさんがそう言いながら、兵士たちの進路をふさぎつつあるアンデッドを狙って風の刃を飛ばす。

道が再度開かれ、次いで、兵士たちの歩みが加速した。

もう少しで、抜けられる。

そう確信した私は、彼らに向かって、駆けた。

「結界を張ります！」

大きな声でそう宣言し、兵士の方々を追い抜いて、結界を展開し始める。

眼前にアンデッドが迫るが、怖くはない。

仮にも、私は聖女だ。

キイン

甲高い音とともに結界が張られ、その見えない壁に、アンデッドがはじかれた。

「……ノアちゃん様、今、なんの道具も陣も使わずに、結界を張りました？」

ルィンヘンさんがぽつりとそう尋ねてきたので、くるりと彼を振り返って、笑みを返す。

「はい。私、一応聖女ですので！」

元気よくそう言ってはみたものの、これ、実は代々結界術を研究している一族に伝わる、門外不出の奥義だったりする。

通常結界を張るには、魔物よけの効果のある薬草と聖水を使用して、地面に特別な魔法陣を描く。

通常の結界よりは効果時間が限られているとはいえ、見えない壁をただ何もない空中にあり続けさせるなんてのは、奇跡のような所業だ。とある一族にしかできない御業とされている。

「いや、そういう問題じゃ……、あー、そういえば、いましたね。神官団の中に、あの一族の人。いやそれにしても、すごいですね。あの秘密主義の一族から、一族の優位性の要である技を、聞き出せたってことでしょう？」

「んー？　見よう見まねですよ？」

ルィンヘンさんのするどい指摘に、私は笑みを深めて、小首を傾《かし》げて見せたが、彼のまなざしは、ちっとも私の言うことなんか信じていなかった。

本当に、見よう見まねなんだけどな。

まあ、その一族の偉い人である神官のおじさまが、私が習得できるまで、私の目の前で、丁寧にゆっくりと、何十回も実演してくれたんだけれど。

「さて、……大丈夫ですか？」

私はルィンヘンさんの疑惑の視線はさらりと無視して、結界の奥にへたり込んでいる二人の兵士さんと、呆然《ぼうぜん》とした表情の女の子に声をかけた。

「あ、ああ……。……ありがとう、ございました」

そう言って頭を下げたのは、女の子を抱えたままの兵士さんだ。

もう一人の方もぎこちなくだが、頭を下げている。こちらはずいぶん顔色が悪い。とっさに飛ばした治癒魔術ではなく、きちんと治療を施したほうがよさそうだ。

「あー、じゃあ、ノアちゃん様、三人をお願いします。俺は……、いやあれ俺いらなくないかとも思うんですけど、正直こうしてる間に終わっちゃいそうな気がするんですけど……、まあ一応、ボスの手伝いに行ってきます」

ルィンヘンさんはそう言いながら、結界の向こう側、ガラファント様が戦っている方へと歩みを進める。

「お気をつけて！」

そう声をかけてはみたものの、ふと見れば、あちらにはもう、立っているアンデッドはほとんどいない。

というか、生けるものすべてを襲うアンデッドの本能すら恐怖で塗りつぶされたらしい何体かが、逃げ出そうとしているところを、ガラファント様に狩り尽くされつつあるようだ。

私の旦那様、強すぎるな。さすがは英雄。

まあ、倒した後の死体とか、燃やしておいた方が良いだろうし。ルィンヘンさんも、なにかしらやることはあるだろう。たぶん。

さて、私は、私のやるべきことに集中しよう。

「少し熱く感じるかもしれませんが、それほど時間はかけずに治しますので」

そう声をかけてから、まずは、より重傷な兵士さんの治療から開始する。

骨が折れてはいないようだが、なかなか深く切り裂かれていたようだ。魔法で傷口の浄化もしながら、丁寧に治していく。

「……女神様」

ぽつり、と、兵士さんが呟いた単語にずっこけそうになって集中が途切れかけたが、なんとか治療しきって、額に浮いてしまった汗をそっと指先でぬぐいながら、訂正する。

「女神様などと、畏れ多いことです。私は、当代の聖女、セナピノア・アグラディアと申します」

「おお、あなた様が、かの高名な……！　……？　アグラディア様、ですか？」

兵士さんは、首を傾げた。

そうか。この方は、私の苗字《みょうじ》が変わったことを、まだ知らないのか。

「あちらで最高にかっこよく戦っております……、あ、いえ、もう、おりました、ですね。世界一かっこいい戦士で【英雄】でもある、私の最愛のガラファント・アグラディア様の、妻となりまして」

きゃっと恥じらうように頬を押さえてそう言うと、二人の兵士さんたちの表情がひきつった。なぜ。

「ノアは趣味が悪いんだ」

ため息交じりにそう言いながらこちらに歩みを進めてきたガラファント様は、何十体ものアンデッドを切り倒し終えたばかりだというのに、汗ひとつかいていない。

間違いなく、世界一かっこいい。

「そんなことはありません。お疲れ様です、事実、最高にかっこいい、私の愛《いと》しの旦那様。ご無事でなによりです」

そう言って彼に駆け寄り、抱き着きながら、さりげなく彼に回復の必要がないかを探る魔法を使用する。

……うん、どこも痛めてない。どころか、あんまり疲れてすらいないようだ。さすがすぎる。

「今、あっちでルィンヘンが、奴《やつ》らを燃やして埋めている。そうすりゃ復活することはないはずだから、安心して欲しい。ノアもがんばったな。お疲れ」

そう言って彼の大きな手で頭を撫でられ、幸福感に包まれる。

うふふ、ガラファント様のお役に立ててよかった。

うんうん、私、がんばったよね。

みんなの身体強化から、結界から、怪我人の治療まで……、あ。

ふと、まだ三人の治療を終えたわけではないことを思い出した私は、慌てて顔をあげた。

「も、申し訳ありません……！」

そう言いながら振り返ると、二人の兵士さんは、微妙に頬を赤くして、苦笑していた。

「いえいえ、聖女様は、英雄様と、本当に仲がおよろしいのですね」

「お二人のあまりにしあわせそうなご様子に、あてられそうになってしまいました」

「申し訳ありません……」

二人の言葉に再度謝罪した私は、ぶんぶんと首を振ってから、彼らの治療を再開していくことにする。

「さて、次はあなたですね」

そう宣言してから診始《みはじ》めた、もう一人の兵士さんは、目に見える範囲に出血はなかったが、何ヶ所かの打ち身があり、わずかに手首を痛めていた。

彼の手首の負傷は、ひねった感じではなかったので、剣を打ち込みすぎたのだろう。

私たちが駆け付けるまで、長いこと女の子を守って戦っていたのかもしれない。

「……はい、これで大丈夫かと思います。お二方、どこか違和感などはございませんでしょうか？」

私は、今度はガラファント様にハンカチでそっと汗を押さえられながら、そう尋ねた。

問われた彼らはそろそろと立ち上がり、その場で足踏みをしたり、ぐーぱーと手を動かしたりと、痛めていた箇所を確認している。

「おお……、もう、すっかり」

「どころか、いつもより体の調子がいいくらいです」

二人の言葉に、ほっと息を吐《つ》く。

「よかったです。では、念のためそちらのお嬢さんも……」

そう言ってそちらに視線をやると、地面にへたり込んでいた女の子は、びくりと体を震わせた。

「大丈夫。痛いことなどしませんよ」

できるだけ優し気な笑みを心掛けながら、そっと女の子に声をかけて、ふと、私の笑顔どころか、彼女の瞳はどこも見つめていない印象であることに気づく。

「この子は、……目が？」

兵士さんたちにそっと問うと、彼らは揃《そろ》って、痛まし気な表情で頷いた。

「そうらしいです。それで、こんなところにまで、迷いこんでしまったみたいで」

「親御さんの要請を受け、その子の捜索のため街を出たら、見つけたときには、奴らがこの子を囲んでいて……」

「…………ごめんなさい」

兵士さんたちの事情説明の後、女の子は、小さな小さな声で、震えながら、謝罪の言葉を口にした。

「……次は、気をつけましょうね」

もう十二分に反省しているように見える女の子にかける言葉なんて、それ以外に思い浮かばなかった。

「さあ、次こそ気をつけられるように、その目、今すぐに治しちゃいましょうか！」

それから、重たい空気を振り切るように、わざと明るい調子でそう言ってみせると、女の子はぽかんとした表情で固まってしまった。

「あ……、あの、でも、わたしの目、一ねんよりもっとまえに、みえなくなったの。しんかんさまも、もうなおせないって……」

「大丈夫ですよ。私は、神官の中でも特別にすごい、聖女なので」

私は自信満々にそう言い切ってから、彼女の瞳の上に、手をかざす。

ふーむ。確かに。傷を通り越し古傷を通り越し、もうこの状態が当たり前の段階にまで至ってしまっているな。

こうなってしまえば、回復力を高めたり、体に元の状態を思い出させたりするような、通常の治癒魔術では、治せない。

しかし、私は、奇跡の使い手である大神官の集団により、もはやわけがわからないレベルにまで、育ててもらった身であるので。

「かなり、熱く感じると思います。少しだけ、痛いかもしれません。けれど、絶対に治します。しっかりと目をつぶって、耐えてください」

そんな私の言葉に、女の子は少し戸惑う様子を見せてから、祈るように両手を組んで、ぎゅっと瞼《まぶた》を閉じた。

「……では、はじめます」

そう宣言してから、ぐっと集中して、じわじわと力を使っていく。

目とその周辺の構造は繊細なので、かなり時間がかかりそうだ。

そして、複雑な魔法ほど私の負担も大きく、正直、汗だけでなく鼻水とかもたらしてしまいそうになるのだが、聖女の意地で、そちらも制御しながら、丁寧に癒やしていく。

それにしても、前世、眼球の仕組みについて学んでいて、よかった。ありがとう、現代日本の高度な教育。

前世、豚の目の解剖をしたことがあって、よかった。ありがとう、授業のカリキュラムにはなかったのに、ほとんど自分の趣味で放課後に断行してくれた、生物のS先生。

おかげさまで、どこをどう治せばいいのか、はっきりとイメージできる。

「ふう……。これで……、どう、でしょうか？」

治療に集中するあまり、息をつめてしまっていたらしい。ひとつ深呼吸をしてから女の子に尋ねると、彼女はそろりと、瞼を開ける。

ぱちぱちと何度か瞬いた彼女と、今度ははっきりと、目が合った。

うん。たぶん、見えている、かな？

「……めがみさま……！」

いやあなたもかーい。

女の子の言葉にまたもやずっこけそうになりながら、ぐっとこらえて苦笑を返す。

「いえ、違いますよ。先ほども申しましたが、私は、聖女セナピノア・アグラディアと申します」

私の言葉に、けれど彼女は首を振る。

「そんなはずないよ。こんなにきれいな人、いるわけないもん。……！　あ、わたし、ちゃんとないしょにできるよ。めがみさま、でしょ……？」

後半ひそひそと声を潜めてまでそう尋ねられ、なんと言ったものかと悩む。

「長らく暗闇の中にいて、最初にいきなり見たのがノアちゃん様だと、そう言いたくなる気持ちもわかります。けど、その方は真実、当代の聖女様ですよ、お嬢さん」

ようやく作業を終えて戻ってきたルィンヘンさんが、そう言いながら、女の子の前に跪《ひざまず》き、にっこりと笑った。

「……おうじさま？」

ぽっと頬を赤くした女の子は、今度はルィンヘンさんの顔を見てそう言った。

「あはは、残念。俺はしがないただの魔術師ですよ」

そう言いながら彼は、後ろ手に隠していた一輪の赤い花を、彼女に差し出す。

「目が治ったとのことで、おめでとうございます。この世界には、ノアちゃん様以外にも、美しいものがたくさんあります。これからの人生、こうしてどんどん色々なものを見て、楽しんでくださいね」

「あ……、……ありがとう！」

そう言って頬を染めた女の子は、大切そうに赤い花を抱え、ルィンヘンさんをまっすぐに見つめている。

うん、私を女神だなんだと褒めたたえなくなったらしいのはいいことだが、ちょっとだけ、見せ場を横取りされてしまった気がしないでもない。

「せいじょさまも、ありがとう！」

複雑な気分で見つめていた女の子が、次いで私にもそう言って輝く笑顔を見せてくれたので、まあいいかと思う。

よかったねお嬢さん。

ただ、ルィンヘンさんは割と最低だから、大人になって恋をするなら、こういう人じゃなくて、ガラファント様のように中身も極上の男性にした方がいいと思うよ。

いや、ガラファント様は、誰にも譲らないけど。

私はそんなことを考えていることは顔には出さず、「どういたしまして」とだけ言って笑って、またガラファント様の馬に同乗させてもらい、街へと向かった。

「で、すごかったんだよな。ノアが、もう生存が絶望的だと思われていた少女を、目まで治して連れ帰ったもんだから。沈んでいたはずの街に、あっという間に活気が戻ってさ。俺たちが山に行って戻って来たら、すぐに聖女一行を歓迎する祭りが始まったもんな？」

旅の最初の鉱山の街での冒険を私がファラサールに聞かせた後、ガラファント様はそんなことを言い出した。

✝

私はぶんぶんと首を振って、必死に弟に言って聞かせる。

「ちが、ちがいますよ!?　私じゃなくて、ガラファント様のおかげですからね!?　街があれほどよろこびに包まれていたのは、それこそ、行って戻ってと表現して差し支えないくらいあっという間に、アンデッドを駆逐してくれた、ガラファント様と冒険者の方々のおかげですから！」

「そんなことないだろ。俺、あのとき、あそこの領主が、聖女の銅像の建設許可を神官たちに求めていたの、見たぞ」

「それ、ガラファント様とセットで、ですよ？　聖女の像に関しては神殿の規定が複雑なので長話になっていただけで、あのとき、ちゃんと夫婦揃って建ててもらえるって知って、私、思わず万歳しちゃいましたもん！」

「……聞いていないが」

　ガラファント様が心底戸惑った表情でそう言ったことで、私はひとつの事実を思い出す。

「すみません。その、実は、私とルィンヘンさんで、勝手に許可出しちゃいました。ルィンヘンさんが『ボスはどうせ恥ずかしがって拒否するから、完成してから報告するんでいいですよ』って言っていたので……」

　思い出した事実を白状し、小さくなって頭を下げたところ、ガラファント様は微苦笑した。

「いや、まあ、ノアがそこまでどうしても俺とセットがよかったってんなら、別にいい。確かに、事前に聞いていたら止めたが、もう完成してるだろう物に、文句をつける気もない」

「ほら、ほら、心が広い！　大物でしょう！　私の旦那様は、とてもかっこいいでしょう！」

　ファラサールにそう訴えかけると、即座にガラファント様も弟に主張する。

「俺は、銅像を作られるのなんか、それが初めてだからな。どう考えても、ノアのついでだ。むしろ、ノアの望みだから、俺も添えておいたってとこだろ」

「違いますよ。あの街の皆さんは、心底ガラファント様を慕っていますから。あの目を治した女の子だって、最終的には『はじめはこわい人かとおもったけれど、すごくやさしくてつよい人なんだね』って言って、ガラファント様のように頼りがいのある人と結婚したいって言ってたんですよ？」

「俺が怖くねーのは、ノアが俺の隣でニコニコしてくれてるからだ。恐怖が緩和されんだよ。ガキは普通、俺と目が合ったら泣く。ルィンヘンにも『ボスは顔が怖いから、ずっとノアちゃん様にデレデレしといた方が良いですよ』とか言われたんだぞ？　つまり、全部、ノアの功績だ」

「いやもう、二人ともすごいねでいいんじゃないですか？」

ヒートアップしつつあった私たち夫婦の口喧嘩を止めたのは、冷静なファラサールの指摘だった。

私たちは基本的にとても仲が良いのだが、お互いのことが好きすぎて、『あなたの方が素晴らしい』合戦、あるいは『自分の方があなたを好き』合戦に陥ってしまうことが、しばしばある。

またやってしまったと思いながら、弟に頭を下げる。

「ごめんなさい、ファラサール。つい、白熱してしまいました。あなたの言う通りですね。街の人々も私たちの銅像を並べて建ててくれたのだから、同じくらいすごいと思ってくれたのでしょう。……ふふふ、ガラファント様とお揃い、嬉しいです」

「ああ。自分の銅像っつーのは気恥ずかしいが、ノアといっしょなら、悪くないな」

そう言って私たちが見つめあっていると、ファラサールがくすくすと笑うのが聞こえた。

「本当に、姉さんとお義兄さんは、お互いのことが大好きなんですね。今のお話で、二人のすごさよりなにより、二人が想いあっていることが、よくわかりました」

「……まあ、それさえ伝われば、十分でしょう」

私がそう言うと、ファラサールは、とうとうお腹を抱えて、けらけらと笑いだした。

✝

ファラサールに鉱山でのことを語り聞かせた後、リネステ伯爵邸を辞した、帰路の馬車の中。

私はガラファント様と、改めて旅のことを振り返っていた。

「ノアは、結局どこが一番思い出に残っているんだ？」

ふいになされたガラファント様のそんな質問に、首をひねる。

実際のところ、いつでもガラファント様がかっこよかったので、どこも全部楽しかったのだが……。

「まあ、強いて言うならば……温泉、でしょうかね」

「ああ、あの、魔竜が逃げた山にあったやつか。確かにあそこは、風情があってよかったな」

そう。ガラファント様がおっしゃった通り、私たちの出会いの場所、人喰《ひとく》い魔竜が逃げ込み、そしてガラファント様によって討伐された山には、温泉があった。

きっと魔竜は、逃亡の前にガラファント様らによって付けられた傷を癒やそうと、その山を選んだのだと思う。

そして、現在そこは、私たちのプロデュースにより、とてもすてきな名前の一大観光地と化しているのだ。

「なにせ、【英雄と聖女の湯】ですからね！　もう、名前からして最高ですよ！」

「それ、正直どうかと思うんだがなぁ……。あそこを今の形にしたのはノアなんだから、せめて【聖女と英雄の湯】だろ？」

ガラファント様がため息交じりにそう言った通り、あそこは、ほとんど私の趣味でアイデアを出して、日本風の、湯畑で湯もみで露天風呂で旅館な感じの温泉街に仕立てあげた。

こちらの世界、というか、この国では、屋外で着衣のまま入る天然温泉か、屋内の石造りのお風呂に温泉を引きましたな感じの温泉しか、なかった。

しかも、その山から湧き出ていた温泉は、硫化水素《りゅうかすいそ》ガスの発生を伴う硫黄泉《いおうせん》だったため、割と扱いに難儀していたようだ。

そこで、魔竜によりそれなりの被害を出した麓の村の復興のためにもと、地元の領主の方に、この国の人にとっては斬新だったらしい日本の温泉地の知恵と工夫を披露してみたら、大喜びで採用されたという次第である。

「でも、私は意見を出しただけで、実際の工事をばばーんと魔法で行ってくれたのは、ルィンヘンさんじゃないですか。で、【聖女と英雄と魔術師の湯】になりかけたところを、『俺の功績は、ボスの名声に上乗せしといてください』ってルィンヘンさんがおっしゃったので、ああなったわけで」

「あいつ、その前に、『正直面倒なんで』ってったけどな」

「それは照れ隠しですよ、たぶん！」

「どうだかな。ま、今となっちゃ、俺とノアが並んでるっつーのがなんとも嬉しいから、よかったってことにしておくか」

ガラファント様は苦笑いしながらそうまとめたが、実際、ルィンヘンさんは心底ガラファント様のことを敬愛していてそう言ったのだと、私は思うのだが。

まあなんにせよ、あの温泉はよかったな……。

✝

アンデッドから鉱山を守った後、私たちは、冒険者の方々とは解散して、通常の聖女一行にガラファント様、たまにルィンヘンさんもという構成で、旅を続けた。

そうそう緊急性の高い事件というものは起きないので、私たちは今、のんびりと各地を慰問して回っている。

まあ、たまに、【やっかいな魔物が出るせいで、人々が遠回りを強いられている峠】の噂《うわさ》なんかを聞いたガラファント様が、さっくりその魔物を倒して地域の人々を救ったりもしていたが、それもたまのこと。

【聖女の御幸】なんてのは、雑な表現をしてしまえばアイドルの巡業なわけで、本来、半分観光のような、のんきなものなのだ。

というか、聖女のネームバリューが観光に役立つことなんかもあるので、積極的に観光地を回ることすらある。

だから、【英雄と聖女の湯】の観光協会から、領主と連名で、近くまでいらしているのであればぜひお越しくださいという要望を受けたときにも、すぐにその要望を受けることにした。

そもそも、観光協会を設立して、地域一丸となってイベント等を運営したらどうかというのも、私の提案だったりする。

そんな感じであれこれと口出しをした温泉地が、魔竜がいなくなってから一年とちょっと経過した今、実際どうなっているのか、正直気になっていた。

「英雄が魔竜から守り、聖女がその美貌に磨きをかけた温泉ということで、かなり評判になっているらしいですね。人がひっきりなしに向かって行くのを見ます。それで潤ったおかげか、領主様が積極的に投資したおかげか、今では高級宿も多いみたいで、国内の上流階級はもちろん、国外の王侯貴族もお忍びで行っているとか……」

近くの街でもそんな話を聞くことができた程度には、かなり洗練されたらしいその温泉地に到着した瞬間。

私は、泣いた。

「温泉街だぁ……」

そう呻《うめ》きながら、ボロボロと泣いた。

というのも、街は、感涙にむせんでしまうほど、完璧な温泉街となっていた。

私たちが前回ここを訪れた際には、ルィンヘンさんの華麗な土魔法により、道路や配管、岩づくりの湯舟と建物の基礎までは完成していたのだが、さすがに上物までは仕上がっておらず、まだ発展途上だったものが、だ。

日本風の木づくりの建物が並び、行き交う人々の多くは浴衣《ゆかた》を纏《まと》いからんころんと下駄《げた》の音を響かせ、街のそこここに湯けむりが上がり、独特の硫黄のにおいの香る、活気ある温泉街。

その光景をみた瞬間、もう、すっかり心のどこかにしまい込んでしまっていたらしい郷愁が、一気に私の涙腺に襲い掛かってきたのだった。

やっぱり私、前世あるわ。日本人だった。日本人だったよ。

こんなに温泉街に心が浮き立つと同時にホームに帰って来たぞという安心感を覚える私が、前世日本人じゃなかったわけがない。断言できる。

思わぬところで、アイデンティティを確立してしまった。

「お、おいノア、大丈夫か……？」

ボロボロと泣きながらもこの光景をしっかりと目に焼き付けるべく目を必死に開いている私の顔を、
ガラファント様が、実に心配そうに覗き込んできた。

「だい、うっうっ、大丈夫、です。その、感動しただけです。ただ嬉しくて、この涙は止まらなくなっているので……。……あぁー、温泉街だぁ……」

「そ、そうか。喜んでるんなら、いいんだが……。いや、いいのかこれ……？」

私の頬を流れる涙をそっとハンカチでぬぐいながら、ガラファント様は戸惑ったように首をひねっている。

実は彼は、元々はハンカチなんて持ち歩く習慣はなかったらしいのだが、私が汗だのなんだのを垂れ流しがちな人間であると知ってからは、さりげなく絹のハンカチを持ち歩き、私の顔をどうにかしてくれるようになった。優しい。

そんな優しいガラファント様の手を握り、私は強引に歩みを進める。

「いいんです、いいんですよ！　ガラファント様、さあ、温泉地を楽しみましょう！　どこから行きましょうか!?　足湯？　湯畑？　あ、あそこ、射的も作ってくれたみたいです！　あ、あ、あ、おお温泉饅頭《まんじゅう》だ！」

私のかなり無茶なリクエストを、この地域の方々は、とても誠実に実現してくれたようだ。

もうここは、実質日本なのでは？　と思うほどベタな温泉街の光景に、大興奮で歩みを進める。

「ノアちゃん様、では、ご夫婦で楽しんでいらしてください。我々は、先に宿に向かっておりますから」

ふいに背後から、聖女の護衛騎士であるおじ様のそんな声が聞こえて、振り返ると、一同、にこにこと私たちを見守るモードに入っていた。

「あー、ノアの護衛は、俺に任せてくれ」

ガラファント様が彼らを振り返りながらそう言えば、みんなは軽く会釈をして、宿泊予定の宿に、ぞろぞろと向かっていくようだ。

……私たちが新婚だからと、気を遣わせてしまっただろうか。

まあ、実際、比較的安全な街中で、世界最強のガラファント様といれば、なんの危険もないので、集団で動く必要はない。

むしろ、みんなを休ませてあげると思えばいいか。

「ほらノア、行くんだろ？　まずはどこから回るんだ？」

そう言って私の手を握りなおしたガラファント様と寄り添って、私たちは歩き出す。


だけど結局、街の半分程度まで行ったところで、私たちも宿に引っ込んだ。

私たち夫婦には、離れになっている部屋が割り当てられていた。

客間の奥に寝室があり、その先に広縁、更には露天風呂と続く、かなり豪華な造りになっているようだ。

とりあえず客間に落ち着いて、ほっと息を吐く。

「ノアといっしょに観光地を回ると、貢ぎ物で身動きが取れなくなるんだな……」

ガラファント様はしみじみとそう言ったが、貢ぎ物ではないのではと思う。

お店の方々が、おそらくサンプルとして、これも食べてみてくれあれも使ってみてくれそれも持って帰ってくれと、次々に色々な物をくれたのだ。

たぶん、『英雄と聖女も絶賛！』みたいな売り方をしたいのだろう。

その結果、私たちは荷物が持ちきれなくなり、撤退を余儀なくされたのだった。

「宣伝目的でおすすめされることはそれなりにありますが、私もここまでになったのは初めてです。

きっと、【英雄】ガラファント様といっしょだったからでしょう。後でみんなにもわけましょうか」

私がそう言いながら、もらった品々を軽く整理していると、ぽつり、とガラファント様の独白めいた言葉が聞こえてくる。

「俺はむしろ、店員にあんなに気安い笑顔を向けられたのが、初めてだった気がするな」

「え？　そんなことはない、かと思うんですが……」

「いや、ノアといると忘れそうになるんだが、俺を初めて見る奴は、まず、遠目から『なんかデカいのがいる』と身構えて、次に『顔も怖い』と警戒し、話しかければ目を逸《そ》らされる。根性のある店員なんかは作り笑いをどうにか保てるやつもいるが、歓迎されていないことは、常に伝わってくる」

「さっきも、そんな無礼な人がいたんですか？　私が『こらっ！』ってしてきましょうか？」

思わず私がこぶしを握って立ち上がると、ガラファント様は首を振った。

「それが、いなかったんだよなー……。というか、ノアといるときは、一切怖がられないし、それどころか割と俺まで歓迎される。もうみんな、ノアの美しさしか見えないってことだろうか……？」

心底ふしぎそうに首を傾げながら考察をするガラファント様に、私は軽口をたたいてみることにする。

「いや、そんな効果は、私にはないかと……。ほら、ガラファント様が、私を見てると、思わず笑顔になっちゃうからじゃないですか？」

おどけて言ってみた冗談に、ガラファント様は真剣な表情で頷いた。

「それだ。顔が怖えだ怒っているようにしか見えないだは、さんざん言われてきた。でも、ノアにだらしない顔をしているときは、少なくとも怒っているようには見えないってことだな」

ガラファント様はどこか嬉しそうにそう結論付けたが、それはむしろ、今まで受けてきた誤解や不当な扱いが、悲しすぎやしないだろうか。

もし本当に表情の変化により扱いが改善したのだとしても、では、疲れているときやつらいときにまで、ニコニコしていられるのかと考えると、そうではないのだろうし。

「そんな顔するな」

私がなんとも言えない悲しさにしょんぼりとしていると、ふっとガラファント様が微笑《ほほえ》んで、私の頬を撫でた。

「今までは腹が立つような目にも遭ってきた。でも、とにかく、ノアといっしょにいれば、もうそんなことはないんだろうさ。俺を哀れと思うなら、ずっと俺といっしょにいてくれ、俺の幸運の女神」

とろけるような笑顔でそう言われた私は、決意を新たにする。

「……わかりました。不肖セナピノア・アグラディア、ガラファント様の魅力を世人に啓蒙《けいもう》すべく、誠心誠意努力して参ります！」

「いや、なんでそうなった」

ガラファント様は戸惑った様子でそう呟いた。

私はぐっとこぶしを握り締めて、熱弁を振るう。

「私は、思ったのです！　きっとみなさん、ただガラファント様の魅力に気が付いていなかっただけなのだと！　あなたの魅力を一番よく知る私があなたの隣できゃっきゃと騒いでいたことにより、みなさんにも伝わったのだと！」

「いや、違うんじゃないか……？」

「いいえ、違いません。ガラファント様は、とても魅力的な方ですから！　ただ、そうするとあなた様は凄絶にモテるでしょうから、その点は少し心配ですね。まあ、世界の誰よりも深く私はあなたを愛しているので、大丈夫だと思いたいです。大丈夫……ですかね？」

「ノア以上に愛しい存在なんて存在し得ないから、一切よそ見する気はない。そこは安心してくれていいが……」

困惑で語尾が弱気になりながらも、ガラファント様はそうおっしゃってくれた。

嬉しくなった私は、握りしめたこぶしを胸に当て、誓う。

「では、安心してお任せください。聖女は、布教が得意な生き物ですので。かならずや、あなた様の魅力、世界中にまで説いてみせますよ」

「……まあ、よくわからんが、ノアがずっと俺の隣にいてくれるつもりがあるなら、俺はなんでもいいさ」

ふっと微笑んでそう言ったガラファント様の表情の、優し気なことと言ったらもう。

私は改めて、『この方を一生愛しぬこう。そして、この方の魅力を世界中に伝えよう』と、決意を固めた。

「嫌だとおっしゃっても、生涯離れる気はありませんよ。どこまでもお供しましょう」

私が笑顔でそう告げたところ、ガラファント様が、もはや怖いくらいに美しい笑みを返してきて、なんとなく嫌な予感を覚える。

「じゃあ、あれも、いっしょに入るか？」

あれ、と指で彼が指し示した先に視線をやれば、そこにあったのは、この部屋の醍醐味《だいごみ》とも言える、露天風呂だった。

……つまり、いっしょに、お風呂に、入るか？　って、訊《き》かれた？

「……っ！　い、今、そういう話をしてましたっけ？」

私が動揺のあまり声をひっくり返らせながらそう尋ねると、ガラファント様はニコニコと上機嫌な笑みのまま、口を開く。

「まあ、そういう意味じゃなかったよな。言葉尻を捉えて、自分の欲望に素直になってみただけだ」

「つまり……、それが、ガラファント様の素直なお望みである、と。……じゃあ、まあ、いいですけど」

恥ずかしさのあまり、かなり小さな声になりながら、ぼそぼそとそう告げてみたら、ガラファント様がふっと笑う。

「はは、ノアは本当に、俺に甘いな。そんなんじゃ、悪い夫に、どこまでも良いようにされてしまうぞ？」

そう言ってぐっと顔を覗き込まれて、いたずらっぽい笑みを浮かべた彼の顔の良さにひえぇとなりつつも、私はなんとか答える。

「ガラファント様なら……、……お好きにしてくださって、いいですよ」

そう言うやいなや、がばりと抱き上げられ、私たちは、露天風呂に向かった。

木づくりの湯舟はかなり広く深めに作られていたので、二人で入っても、まだ少し余裕があるくらいだった。

私は、ガラファント様といっしょにお風呂に入っていて、しかもまだ昼間だという事実が恥ずかしすぎて、だいぶ余裕がなかったが。

ガラファント様の膝の上に乗せられるのはもはやいつものことだが、どちらも素肌でとなると、勝手が違う。

彼がえらく上機嫌なので、それだけはよかったと思うのだけれども。

ただ、先ほどまでちゃぷちゃぷとお湯を揺らしていた彼の手が、お湯の中に潜り込み、やわやわと私の肌を撫で始めたのは、さすがに勘弁して欲しい。

「ふ、ぁっ、……の、のぼせちゃい、ますから。……ちょっと……！」

かなりきわどい部分を撫でられ、私は思わず、ガラファント様の手をつかんで止めた。

「ああ、すまない。わざとじゃないんだ。ノアの肌の感触が、あまりに気持ちよくて、つい、な」

ガラファント様は、全然悪くは思ってなさそうにそう言って笑った。

「も、もうっ、褒めたってだめですよ……！　……でも、確かにお肌がすべすべになっている気がしますね」

思わず自分でも自分の肌を撫でてみれば、確かに、いつもより肌の調子がいい気がする。

この温泉、顔にも塗りたいような、ちょっとしみそうで怖いような。

「これ以上に美しくなって、ノアはいったいどうするつもりだ？」

くつくつと笑いながら、ガラファント様がそう尋ねてきた。

「それは当然、ガラファント様に、もっと私を好きになってもらいたいですねぇ」

「……ノア、あんまり煽《あお》るな」

私は至極当然の答えを言っただけなのに、ガラファント様は、心底参ったような声音でそんな忠告をしてきた。

無意識ではあったが、ガラファントを煽ってしまえたと知った私は、くすりと笑って、告げる。

「煽りますよ。もっと、余裕なんかなくしてください。それこそ、ガラファント様の魅力を理解した私以外の女の子なんか、気にもならなくなるくらいまで」

「あーくそ、出るぞ！　のぼせる！」

今度はガラファント様がそんなことを言いながら私を横抱きにして、ざばりと湯舟から上がった。

「ひゃっ……！」

白日の下に裸体をさらしてしまうことになった私は、悲鳴をあげて手で自分の体を隠そうと試みるが、あまり意味はなさそうだ。

「ここじゃあ、高い衝立《ついたて》と一応の屋根があるとはいえ、開けているから、声はどこまで届くかわからない。ノアのかわいいところは、一片たりとも外には漏らさせたくないっつーのに……。こんなところで俺を煽るなんて……」

ぶつぶつとそんなことを言いながら洗い場にたどり着いたガラファント様は、そっと私を降ろして立たせた。

「さっさと洗って、とっとと部屋に戻るぞ」

そう宣言したガラファント様は、どこも隠さずに堂々と仁王立ちをなさっていたので、その彫刻のごときバッキバキに鍛え上げられた肉体も、天に向かって反り返るその中心も、なにもかもが、はっきりくっきりと見えてしまった。

「わか、わかり、ました」

私はうろうろと視線をさまよわせながら、ぎこちなくそう言った。

ところが、それがいかに私にとって目の毒か知らないらしい我が夫は、あろうことか私との距離を詰め、心配そうに私の顔を覗き込んでくる。

「ん？　ノア、顔が赤いぞ？　長湯しすぎたか？」

「私の顔を覗き込む、あなたの秀麗すぎる顔面と完璧すぎる肉体美のせいで、こうなっているんですよ！　煽るなはこっちのセリフですが!?」

「えっ……？」

私の魂の叫びを聞いたガラファント様は、首を傾げた。

羞恥心やらなんやらが限界値を越え振り切ってしまった私は、彼が戸惑っている間に、洗い場にあった石鹸《せっけん》に水魔法を使用しふわふわと泡を発生させ、自分の身に纏《まと》っていく。

「私の声を誰にも聞かせたくないとおっしゃるなら……、どうぞこの唇、ふさいでおいてくださいな」

にっと笑ってそう言いながら、泡ごと彼に、抱き着いた。

「……っ、ぁ、んんっ……！」

ぬるり、と、色々な部分が擦《こす》れ合《あ》って、漏れそうになった私の声は、私の望んだ通り、彼の唇に飲み込まれた。

興奮のためか、彼も私も、呼吸が荒い。

「ん、ん、ふ、ぅ、……んんんっ！」

普段はどこまでも甘いキスをする人なのに、【貪る】という表現がふさわしい、情熱的なキスが、心地いい。

ぎゅっと痛いくらいに抱きしめられて、泡でぬるぬると私の腹部を滑る熱に、私の興奮も煽られていく。

洗うというよりは、性急に私の官能を高めていこうとしているかのような、大胆な動きをする大きな手のひらに、ぞくぞくと、こみ上げてくるものを感じる。

少しでも彼に返そうと彼の肉体の上に指を滑らせていたはずなのに、気づけば私は、彼に縋《すが》り付く形になっていた。

ああ、来る、来る、来そう――、なのに。

「はっ……！」

荒々しく唇を離したガラファント様は、獰猛な獣のような笑みで笑う。

「ここまで煽ったんだ……、覚悟は、できているな？」

普段なら「お手柔らかに」などと言ってしまいたくなるようなところだが、絶頂の直前で寸止めをくらった形の私は、にっと笑い返して、ただ一度、頷いてみせた。

ばしゃりとお湯をかぶって、多少泡が残っている気もしたが、それごと雑に、布で体をぬぐって。

寝室にもつれ込んだ私たちは、布団にどさりと身を投げたとたんに、激しく互いを求めあった。

手と手を重ねて、唇と唇を合わせて、脚と脚を絡めあって。

「ね、きて、……ぁあっ！」

前戯もそこそこに突き立てられた彼の熱さに、私の秘所が、じゅぷり、と、歓喜の雫《しずく》を跳ねさせた音が聞こえた。

「ノアっ……！」

切なげに眉根を寄せて私の名を呼ぶガラファント様が、心底愛おしい。

「がらふぁんと、さまぁ……、あ、あ、すきぃ、す、き、……ぁあああっ！」

この気持ちを伝えたいのに、激しい快楽に、甘えたような声が、鼻から抜けていってしまう。

「ああ、俺も、愛してる、ノアッ……！」

けれど、つたない言葉でもきちんと理解してくれたらしいガラファント様は、そう答えてくれて、ちゅっちゅと口づけを落としてくれた。

ああ、ああ、大好き。愛してる。

きゅ、と、自分の中が、彼に絡みつき、えぐられ、跳ねて、震えて、ぐちゅぐちゅと、卑猥《ひわい》な音を響かせる。

「も、だめっ、……イっちゃ、いっ、……ぁあああっ……！」

あっと言う間に上り詰めた快楽は、いつもより数段大きくて、高くて。

「……っ、ぅ、……ぁあっ……！」

一拍遅れて、切なげな吐息とともに吐き出された彼の熱によって、さらに高められた私の視界は、白く塗りつぶされた。

結局その日は、二人でずっと部屋でいちゃいちゃしていて、終わってしまった。

神殿のみんなに温泉街の方々にいただいた物をおすそ分けしに行くことなんか、もうすっかり忘れて、だ。いくら新婚とはいえどうかと思う。なにより、部屋の露天風呂こそ何度か堪能《たんのう》したものの、せっかくの温泉街だというのに、ろくに観光もしなかった後悔が大きい。

だから、明日こそは！　と決意をし就寝して迎えた翌朝、私は――、

「やっ、だめ、ですってば、ぁっ……！　や、や、やぁん！」

なぜか、昨日の興奮が冷めるどころか、ますます興奮した様子のガラファント様に覆いかぶさられ、寝起きの瞬間からイタズラされていた。

「こんなえっろい格好して誘っておいて、ダメもなにもないだろ」

ガラファント様にいじわるな笑顔でそう言われ、私はふるふると首を振る。

「ちが、わざとじゃな、ひゃんっ」

ぱくり、と、胸の頂を彼の口に含まれてしまって、言葉が途切れた。

本当にわざとじゃないのに！

寝巻が浴衣で、それがたまたま、寝ている間にはだけてしまっただけなのに！

まあ、確かに足は丸出しだったから先ほど好き勝手に撫で回されてしまったし、胸元もだいぶはだけていたので今あっさりとそこを口に含まれてしまったわけだけれども。

そう考える間にも、私のささやかな胸は、熱い舌でこねられ、時折甘噛みされ、吸われ、すっかり

ガラファント様の好きなようにされてしまっている。

ダメだ。昨夜だってさんざんしたのに、更に朝からなんて、さすがにダメだ……！

そんなことを考えた瞬間、もどかしいような胸への刺激に、ほとんど無意識ですり合わせてしまっていた膝を、強引な彼の手に開かれた。

「んぅ、や、だめぇ……、やだ、や、あっ……！」

とっさに身をよじり脚を閉じようとしたけれど、逃れられない。

「やだ、や、……ゃああんっ！」

するりとショーツの中に滑り込んできた指がそこに触れると、くちゅりと濡《ぬ》れた音が聞こえた。

「ノアが本当に嫌なら止《や》めるが……、この状態で、止めていいのか？」

ゆっくりと表面だけを撫でながらその質問をするのは、あまりにずるくないかなぁ……。

くちゅくちゅと耳をふさぎたくなるような音に耐えながら、なんとか回答を絞り出す。

「だってぇ、まだ、あさ、ですし。んっ、っは、はずかしい、ですぅ……」

そう答えたものの、私の脚はがくがくと震え開きっぱなしだし、撫で続けられているソコは彼を迎え入れたがっているかのようにうごめいている。

昨日さんざん突かれた奥が、その刺激をまだ忘れられていない。

さっきからたぶんわざと撫でてくれないのだろう花芽を押しつぶされるくらいまで、ぴったりとこの人とひとつになりたい。

正直、そう思う。思うけど、観光に行く時間も欲しいし、さすがに朝からというのは、やっぱり恥ずかしい。

昨日も一応日は出ていた時間だけど、だいぶ夕方だったし、気づいたら夜だったし、こんなに爽やかに明るくなかったもん……！

緩やかな快感に耐えながら、もじもじと身悶《みもだ》えていると、瞬間、彼の手が止まった。

「……あ」

自分で拒否するようなことを言っておきながら、ものすごく残念そうな声が漏れ出てしまった。

ぬちゃりと引かれた彼の指、そこにまとわりついた蜜がべろりとなめとられ、ごくりと唾を飲み込んでしまう。

彼の長い指が、彼の器用な舌が、どれだけ気持ちいいか知ってしまっている私は、その光景から、目が離せない。

そんな私の視線を正面から受け止めたガラファント様が、ふっと笑った。

「そんなに恥ずかしいのが嫌なら、いっそ見えなければ、多少はマシかもな？」

彼にそう問われて首を傾げた私の目は、たぶんもう、物欲しさと期待に濡れている。

もうなんでもいいから抱いて欲しいくらいの気持ちになってしまっているのだが、見えなければ？

と言っても、こう明るくては……。

「ほら、これで、目隠しでもしてみるか？」

そう言って彼が手に取ったのは、いつの間にか抜き取られていた、私の浴衣の帯だった。

「そ、れは、あんまり意味がないのでは……、あ、でも、確かに、この視覚の暴力だけからは、逃れられますね……？」

そんな私の言葉に、今度はガラファント様が首を傾げた。

うん、視覚の暴力。

というのも、私はもはや肩にひっかけてるだけになっているとはいえ一応浴衣姿なのだが、ガラファント様も、浴衣を着ているのだ。

いや、昨日寝る前にも、さんざん騒いだ。

シックな紺色の浴衣は、ただそれだけでガラファント様のどこか勇ましい印象の魅力を、大いに引き立てている。

金髪で深紅の瞳の彼が着ているというのが、またなんともエキゾチックな魅力というか、ミスマッチだからこその妙というか、まあとにかく、非常に良い。

服が簡素であるからこそ、彼の体格の良さがありありとわかるので、その点もポイントが高い。

更に今朝は、私ほどひどい状態ではなかったとはいえやはり少しはだけていて、胸筋から腹筋の上半分程度までの素晴らしい筋肉の流れが、ゆるやかにチラ見えしているのだ。

色気がエグイ！　視覚の暴力！

だから、この誘惑に負けるのはもう仕方ないというか……！　いや言い訳だけど！

「そんなに長考するほど嫌か？」

ふいに困ったような表情で問われ、反射的に首を振る。

「いえ、今はただ、ガラファント様に見惚れていただけです。目隠しはあった方が、確かに恥ずかしくない、というか、視覚からの刺激からは逃れることができるかもしれませんね」

「ノア、そんなに簡単に丸め込まれてたら、本当にどこまでも俺のいいようにされるぞ……」

真剣に返答したつもりだったのに、なぜかあきれたようにそう言われてしまった。

ということは。

「あ、もしかして今の、ガラファント様がただそういうことをしてみたくての提案でした？」

そう確認してみると、ガラファント様は堂々と頷く。

「そういうことだ。ただの俺の趣味だ」

そこまで悪びれもなく言われると、いっそすがすがしいな。でも確かに、あんまり意味ないよなとは思った。

「昨日も言いましたが、それがガラファント様のお望みであれば、いいですよ。そういえばガラファント様、ときどきいじわるで、そういうときは、すごく楽しそうですよね。あ、ということは、抵抗された方がより楽しいですか？」

サディストの気があるということなら、面白くなかったかしら。

そんな気遣いからの私の言葉だったが、ガラファント様は、微妙な表情になってしまった。

「いや、そこまで変な趣味はしてねーよ。ノアを痛めつけたいとか泣かせたいとか、そんな願望は一切ない。ただ、恥ずかしがっているノアがすげーかわいいのと、ノアが言うところの【いじわる】とやらまでゆるされることに、ちょっと舞い上がっちまうっつーか……」

ふうむ。要約すると、ＳＭは無理だが、ソフトＳＭならとても燃えるということか。

「じゃあ、その、やっぱり、良いですよ。あ、でも見えないと、いつも以上に受け身になってしまうとは思いますが……」

そう言いながら自分で帯を手に取って、そっと目の上に巻いていく。

ん、これ、けっこう怖いな。

明るいのは恥ずかしいが、なにも見えないというのはちょっと怖くて、その分どきどきする。

「あ、あの、これ、やってみてなんなんですが、少し、怖くて。だからその、……優しく、してください、ね？」

頭の後ろで帯を結び、目隠しが完成した状態でそっとそう告げると、ガラファント様の喉がごくりと鳴った音が、いやに鮮明に聞こえた。

「……ガラファント様？」

なんだか空気が変わった気がして、思わずそっと彼の名を呼んでみた。

「ああ、大丈夫だ、ノア。優しく、優しく……、な」

そう言った彼は、確かにどこまでも優しく、私をそっと布団に横たえる。

けど、なんか、いつもより彼の呼吸が荒い気がするような？　視界が閉ざされているから、音が過剰に聞こえてしまうのだろうか。

「これはなんとも背徳的というか……、完全に聖女にやらせちゃいけない姿だな……」

どこかうっとりとした声音でそう言われ、羞恥心が煽られる。

やっぱり止め……。

「ガラファ、ひゃっ……!?」

彼に呼びかけようとした瞬間、右足の先にぬるりとした感触が這《は》った。

嘘。足をなめられて、いる……？

指の間まで丁寧に舐《ねぶ》られ、ぞくぞくと鈍い快感がこみ上げてくるが、こんなところまで感じてしまうようになったら、人としての何かが終わる気がして、恐ろしい。

「っ、ガラファント様、なに、を、ん、ぅ、あ、あ、あぁ……」

彼を問い詰めたかったのに、目隠しのせいで鋭敏になっている感覚によってか、甘い声が鼻から抜けてしまった。

「ノアは全身、どこもかしこも、食べたいくらいにかわいいよな……」

そう呟いた彼の声は、間違いなく私の足先から聞こえる。

というか、親指を甘噛みされながら言われたので、感触だけでも間違いなく彼の口だとわかってしまった。泣きたい。

「そ、そんな、とこ、なめちゃやだぁ……」

実際半泣きになって訴えたら、彼の舌は、するりと移動を開始した。

ほっとしたのも束の間。

「あ、だめ、それも、や、や、やぁ……っ！」

土踏まず、かかと、ふくらはぎから膝の裏まで。ぬるぬると舌で辿《たど》られて、拒絶しようとしたはずの言葉は、媚《こ》びたように甘えた響きになってしまった。

だって、ただでさえ目隠しをしているとなにされるかわからなくてちょっとぞくぞくしてしまうのに、そんな変則的な攻め方をされると、もうどうしたらいいかわからない。

彼の動きにびくびくと震えていると、ふっと彼が笑った気配がした。

「ああそうか。ここはダメってことは、もっと上がいいのか？」

上。

その単語に、見えてもいないのに、ソコに視線が注がれた気がして、脚の付け根、その間に、きゅっと力が入ってしまった。

「優しくって、約束したもんな。あんまりじらすのは、優しくないよな？」

そんな言葉のすぐ後、ふとももの内側にちゅうときつく吸い付かれ、どうしようもないほどに期待が高まる。

「脱がせていいか？」

ガラファント様は、問いながら私の下着に指をかけた。

私は腰を浮かせながら必死に頷いて、彼をせかす。

「はやくお願い、そこ、直接さわって……、あ」

言い終わらないうちにするりと取り払われ、ひやりとした空気に身が震えた。

見えないけど、下手《へた》したら糸を引いていたんじゃなかろうか。そう思うくらい、ぐしょぐしょに濡れた感触がしている。

彼の表情も見えないので不安になってしまうが、ひかれていたりしないだろうか。

「触るぞ」

ひどく真剣な声音でされた宣言に、びくりと身を固くした瞬間。

「あっ、んぅ、んんんんんんっ！」

待ち望んでいた彼の指の、それも二本の感触が、つぷりとナカに差し込まれ、大きくのけぞってしまった。

「優しく、優しく……、すまんノア、もしかしたら無理かもしれないから、先に謝罪しておく」

ぶつぶつとそんなことをガラファント様は言っていたが、その言葉はもうほとんど、私の耳には届いていなかった。

ダメ。やっぱり感覚が、鋭敏になっている。

ぎゅうぎゅうと喰い締めている彼の指の、わずかな動きまでわかってしまう。

彼の言葉が聞こえた位置が指で攻め立てられているすぐ側《そば》だったことも、ソコにかかった吐息で、ありありと。

「やぁ、やだやだやだ、なんかへん、まって、……ィ、あ、あああっ！」

指に加えて口での攻めも追加されたそのとき、自分でも信じられないくらいあっさりと、軽くイってしまった。

それに気づいているのかいないのか、一心不乱に愛撫《あいぶ》を続けるガラファント様の指と、舌と、唇と、時折かすめる綺麗に並んだ彼の歯を、いつもより数段鮮明に感じる。

ぴちゃぴちゃと響く卑猥な音も嫌なくらいクリアに響き、はしたなく濡れた私がその発生源だという実感といっしょになって、私を一段、高いところへ。

「や、や、やだ、またイっちゃ、あ、……ぁあああああっ！」

瞬間、ぷしゃり、と、吹きあがったこれが、潮というものかと、ぼんやりと考えた。

高すぎる絶頂の後の放心状態で、今何が起きたのか、あまり実感がない。

そんな私をなだめるかのように、ゆるゆると内部を撫でる彼の指。それに合わせるかのように、びくびくと跳ね続けている私の体。

そのどちらも、どこか他人事《ひとごと》のように知覚していた。

「すまないノア、やっぱり無理だ」

そんな言葉と同時に性急に両脚を抱え上げられ、警戒しなきゃいけない気は、したのだけれども。

やっぱりまだ力が入らなくて。というか、ぬちぬちと擦り付けられるガラファント様の熱杭から、逃れる気は湧かなくて。

「あ」

つぷり、と、ぬめりのせいかふいに入り込んでしまった先っぽに出た声は、そんな間抜けなもので。

「……~~~っ!!」

そのまま一息に奥まで突き立てられた熱さと固さに上がった、もはや言葉になっていない私の悲鳴も、やっぱりひどく鮮明に聞こえた気がした。

そのままその日も、私たちはずっと部屋にこもっていた。というか、出立直前まで、部屋から出させてもらえなかった。

振り返ってみれば、せっかくの温泉地だったというのに、観光らしい観光は、ほとんどできなかったと言えるだろう。

ガラファント様とまた来ようと約束は交わしたが、次も、まともに観光ができるかはわからない。

彼が、というよりは、私も、また宿に籠もりたがってしまいそうで。

いやだって、旅先の中でも特別非日常な感じのするあの場所は、またひどく盛り上がってしまう気が、ほんのりとするだもん……!!

懐かしい温泉街の思い出話をしているうちに、私たちは、リネステ伯爵邸から、ガラファント様と私の住む屋敷へと戻ってきていた。

今私は、自室のソファの上の、ガラファント様の膝の上に座っている。

こうしているとついついほっとした心地になってしまうのだが、こんなに甘ったれた生活をすることに、ほっとするほど慣れてしまって大丈夫なのかなぁと、思わないでもない。

うーん、それにしても眠いな。私の髪を撫でるガラファント様の手に誘われ、寝落ちしてしまいそうだ。

私は、普通のつわりはあまりない体質のようなのだが、眠りつわりが少しあるらしく、あまり活発には動けていない。

さいわい、ガラファント様を筆頭に、周囲の人が皆「今は体を大事にして欲しい」と言ってくれているので、こうしてぼんやりとしあわせな日々を送らせてもらっているのだけれども。

「そう言えば、あの温泉こそ、前世の知識を活《い》かして人々を救ったってやつじゃないのか?」

ガラファント様から、ふとそんな風に問われて、言われてみればと思い至る。

「ああ。救ったってほどじゃない気もしますが……。あれは、現代日本で得た知識が活かせた、数少ない例かもしれないですね」

「いや、救った、で正しいだろ。地元のやつらも、効能は知っていたものの、あの湯に安全に入れるのは、それこそ魔物くらいのものだと思ってたんだから。それを湯畑とかいうので無害化できたのは、ノアの功績だ」

「そうそう、あれで、ガスが良い感じに抜けるんですよねー。湯の花もとれるし、あれは本当に、覚えていてよかったです。私、温泉大好きだったんですよ。草津も鬼怒川も熱海も箱根も、一人で何回も行ったことがありましたから。懐かしいなぁ……」

「……また、いっしょに行こうな。次は、この子も連れて」

なぜか慈愛に満ちた笑みでそう言いながらそっとお腹を撫でられて、あれー？　と首をひねってしまう。

ぼっち温泉旅行、行きたかったお宿が一人宿泊ができなくて泣く泣く諦めたこととかもあったけど、なんだかんだ楽しかったんだけどなー。

まあ確かに、今なら、家族いっしょに行きたいな、とは思うけど。

そこまでかわいそうがられるようなことでもないと……。あ。

よく考えたら、治安と文化の違いで、女一人旅の悲壮感が、桁違いなのかもしれない。そう思っておこう。うん。

「そういえば、私は温泉でしたが、ガラファント様は、どこが一番思い出に残っていますか？」

空気と話題を変えようと、私はそんな質問を投げてみた。

問われたガラファント様は、ぴた、と、私のお腹を撫でていた手を止め、首をひねる。

「俺はどこっつうか……、ノアのあの姿は今でも目をつぶれば思い出せる、【月の子祭り】だな」

「あー……、あれですか」

【月の子祭り】は、ざっくり言ってしまえば、こちらの世界のハロウィンみたいなものだ。

秋の満月の日に、子どもが仮装をして、家々を回ってお菓子をもらう。

ただ、その仮装がハロウィンとは異なっていて、【月の子】の仮装なのだが、これは端的に言うと、ケモ耳である。

月の時間に活動する、つまりは夜行性の獣の耳を付けることで、子どもたちは月の子となる。

そして月の子どもが訪ねてきたら、大人はお菓子を捧《ささ》げなければいけない。というか、くれなかったら、イタズラをして良いことになっている。

子どもたちは、この日ばかりは人間の子どもではなくて、イタズラ好きの月の子なのだ。

元々は、昼間を生きる私たち人間と、夜を生きる動物たちとが、いっしょになって秋の実りを祝いましょうというお祭りらしい。

ただ個人的には、そういうのが好きな人が趣味で始めたんじゃないのかと、ちょっと思わないでもない。

そう思ってしまうくらい、子どもたちがみんなで作り物のお耳やしっぽを付けて練り歩く姿は、あざとかわいい。

付け耳は狼や猫の耳がメジャーなのだが、狼はともかく、猫は夜行性ではなかったような気がするし。

ガラファント様の言葉で、つい二ヶ月前にここ王都であった、【月の子祭り】のことを、私は思い出す。

✝

私たちはその日、【聖女の御幸】をいったんお休みにして、王都へと戻ってきていた。

私の体調不良、というほどのことではないのだが、常とは違う体の調子で、もしかしたらと思うことがあり、みんなでこちらへと帰ってきたのだ。

まあそれは勘違いかもしれないけれど、私たちのホームである王都への帰還は、物資の補給や各所への報告のためにも、定期的に行っている。今回もそんな感じで、一週間ほど王都でのんびりと過ごす予定だ。

ガラファント様と二人で商店の立ち並ぶ区画を歩いていると、ふいに、通りを駆ける子どもたちが、私たちのすぐ近くを通り過ぎて行く。

そして、その子たちの頭部には、普段は見ない動物さんのお耳が、一様にぴょこぴょこと跳ねていた。

「ああ、今日は月の子祭りなんだな」

それとなく私の肩を抱き、さりげなく子どもたちとぶつからないようにかばいながら、ガラファント様はそんな言葉を口にした。

「もう、そんな季節なんですね」

内心のときめきをこんな往来で叫ぶわけにもいかなかった私は、ぐっとこらえて、可能な限り楚々《そそ》とそう言った。

ガラファント様はそんな私の顔をまじまじと眺めたかと思うと、えらく真剣な表情で、私に尋ねる。

「ノアも……、月の子を、やったことがあるのか？」

「あー……、なくはないんですが、結局やったのは一回だけですね」

月の子祭りをするのか、するにしてもどのような規模でするのかは、同じ国の中でも、その地域の子どもの数や、裕福さによっても変わる。

王都は子どもが多くまた一番栄えている街なので盛大にこのお祭りも楽しむが、私が七歳まで住んでいた村では、そんなものがあったんだレベルで、なにもしていた記憶がない。

「ほら、私が小さい頃に住んでいた村、あれでしたから」

「ああ。ろくに衛兵もいない田舎村でノアがそんなかわいいことをしていたら、国中、いや、他国からも人さらいが殺到しただろうからな。いい判断だ」

あれ、は、貧しいをぼかした表現のつもりだったのだが。

ガラファント様はなぜか、真顔でそんなはるか斜め上の意見を口にした。

「ちが、ちがいますよ！　単に、あんまりお祭りとか、盛大に祝える村じゃなかっただけです！」

「そうなのか？　あれ、それにしても、一回だけって……、王都に来てからは、なんで参加しなかったんだ？」

必死の私の訴えをさらりと流したガラファント様は、そんな疑問を投げかけてきた。

「ああ、いえ、私たち一家が揃ってこっちで過ごすようになったのって、割と最近なんですよ。お父様は当然社交のためにシーズンにはこちらにいらしてたんですけど、お母様は静養のために領地に残ることが多くて、私もそちらに付いていました」

そう。お母様が王都に来られるようになったのは、弟のファラサールが三歳、私が一三歳になった頃だった。

跡取りであるファラサールが生まれ心労が減り、子育ても一段落したタイミングで、ようやく、といったところだろう。

「ってことは、リネステ伯爵領も、あんまり活発に祝ってはいなかったのか？」

「いえ、割と盛大に祝ってましたよ。ただあっちだと、私は領主の娘なわけです。だから私は、月の子ちゃんたちをもてなす方に、回っていましたね。私の立場で、領民の家にお菓子をくださいをしに行くのも、なんだか申し訳なくて……」

「ああ、そういうことか」

　ガラファント様は納得したように頷いた。

「ってことは、そのたった一回をしたのは、こっちに来てからってことだな？」

　確信を得ている様子の彼の問いから、私は逃げたくて仕方なかった。

　ついと目を逸らしてみたが、彼がふしぎそうに首を傾げ、私の返答を待っているのが、視界の端に入ってきてしまう。

　まあ、私じゃない誰かに訊けば、すぐにわかってしまうことだろうし……。

「ええ、はい、そうです。ファラサールが四歳のときに、どうしてもいっしょにやりたいとせがまれたので、一度だけ……」

　私はしぶしぶ、そう白状した。

　その頃の私はもう一四だったので、正直どうかと思ったのだ。

　それも、あんなことになるとわかっていれば、いかにかわいい弟のおねだりだとしたって絶対に断った。

「へー。ノア、すごい量の菓子を集められそうだよな。どれくらいになったんだ？」

　軽い調子で問われたので、軽く聞こえるといいなと願いながら、私もさらりと答えてみる。

「そうですね、王都の中央神殿の祭壇にどうにか乗り切ったくらいの一山、でしょうか」

「……祭壇？　って、あれだよな？　人二、三人くらいそこに転がして生《い》け贄《にえ》にでも捧げられそうな、あのデカイやつだよな？」

さらりと流してくれなかったガラファント様は、これでもかと首を傾げながら、そう尋ねてきた。

「ええ、まあ、はい」

「に、どうにか乗り切った、一山？」

「ええ、まあ、はい」

「乗り切った、ってことは、実際そこに乗っていたんだな？」

「……俺の記憶している月の子祭りとだいぶ乖離《かいり》があるようなんだが、なにがどうしてそうなったんだ？」

私が訊きたい。なにがどうしてそうなったのか、全然わからない。

本当に、あんなわけのわからない事態になると知っていたら、絶対にあんなことはしなかったのに

……！

私自身いまだにわけがわからないが、ガラファント様に問われてしまった私は、なんとかかんとか説明を試みる。

「いやその、まず、お母さまが張り切って用意してくれた、ファラサールとお揃いの黒猫さんの耳としっぽを付けて、あの子と月の子になって手を繋いで街に出たんです。そしたら『お菓子をどうぞ』って人が、なんか、わーって集まって来たんですよね」

「あー、まあ、そうなるよな。ノアだもんな」

「それが、うちの護衛たちでもさばききれない騒ぎにまでなってしまって」

「まあ、そういうこともあるか。ノアだもんな」

「そこで、『通りを詰まらせるわけにはいかないから、どこか場所を借りて順に受け取ろう』とお父様がおっしゃって」

「さすがはリネステ伯爵様だな。適切な判断だ」

「そして、お父様が昔の同僚だったという神官様に借りた場所が、王都の中央神殿だったんです」

「お、ああ、なるほど……？」

それまで調子よく相槌《あいづち》を打ってくれていたガラファント様が、一応は頷きながらも、若干首をひねっている。

申し訳ないことに、ここから先は、さらにわけがわからない。

泣きそうな気持ちを我慢しながら、私は続ける。

「気づけば、私とファラサールは、祭壇の向こう側に座らされていました。そこに、私たちにお菓子をあげたいという方々が、まるで礼拝のごとく列をなし次々とやって来て、お菓子を祭壇に置いては去っていったんです……！　そして、お菓子が山に……！」

何回思い返しても、わけがわからないし、実にシュールな光景だった。

思わず頭を抱えた私の肩を、ぽんぽんと慰めるように、ガラファント様が叩いた。

「なんでそんなことになったんだろうな……？　……ああいや、俺も、ノアが月の子になって待っていると聞けば、菓子を買って列に並ぶな。そうか、王都中の人間がそう思った結果か」

「あの日王都では、例年の二倍菓子が売れたそうですよ。製菓職人の組合に感謝状を贈られて、知りました」

ははは、と、乾いた笑いを添えてそう言ってみれば、ガラファント様の頬がひきつるのが、見えてしまった。

まあ、仕方ない。私だって、人に聞かされればドン引きものだ、こんな話。

ただ、王都中を巻き込んだ大騒ぎになってしまったことなので、この時期になると「あれすごかったよね！」とばかりに噂されてしまう話だと知っていることなので、素直に自分の口から白状しておいた。

あの事件の翌年に私が聖女になってからは、事実よりも更に壮大な聖女エピソードに仕上げられた噂が回っているのを、聞いたことがあるし。

「いや、すげぇな……。さすがノア……。しかし、それだけの量の菓子は、どう処理したんだ？」

どうにか持ち直したらしいガラファント様に問われた私は、ここから先はそう奇妙な話ではないはずと思いながら、答えていく。

「まあ当然私たちだけで処理しきれる量ではなかったので、今度は子どもたちを王都中から中央神殿に集めて、みんなで祭壇を囲んで分け合いました。さながらお菓子パーティでしたね」

「そりゃ楽しそうだな。みんな喜んだろ」

「ええ、はい。おかげさまで、それまで困惑で泣きそうになっていたファラサールも笑顔になって、わいわいと楽しかった記憶があります」

お菓子をいっぱいもらいに行くんだと張り切っていた彼は、逆に次々とお菓子を持った人々がやってきて、時折なんか拝まれたりする事態に、大いに困惑し、震えていた。

お菓子パーティの段になって持ち直してくれてよかったが、あのままだったら、彼は月の子祭りを嫌いになっていただろう。危なかった。

「ガラファント様のお住まいになられていた地域は、どんな感じだったんですか？」

私は気を取り直して、そう尋ねてみた。

「俺のとこは、まあここほどじゃないが、それなりに盛り上がっていたな。で、俺は山賊の親玉をやっていた」

……？

祭壇以上に月の子祭りと乖離した言葉が、ガラファント様の口から飛び出した気がする。

山賊？　の、親玉？

「ええと、それは、どういう……？」

今度は私が、これでもかと首を傾げながら、そう尋ねてみた。

「いや、俺の地元な、今思うと、かなり貧富の差が激しかったんだ。どこの家も菓子を配れるわけじゃなかったし、菓子を配る家は『恵んでやる』ぐらいの態度で、すっげー偉そうだったんだよ。屋敷の二階の窓から庭に菓子をばら撒《ま》いて、俺らがはいつくばってそれを拾うのを、高笑いしながら見てるような、な」

「それは……」

なかなかにすさんだ状況だ。私が言葉を失っていると、ふっとガラファント様が冷笑を浮かべた。

「で、ある年、あー、たぶん十のときだな——に、上から見ていた奴に指差しされて『そんな不細工なのが、月の子のわけがあるか』って言われてな。俺が出ていくまでは菓子は配らんとまでほざかれて、キレた」

なんて無礼な奴だ！　そう私がキレかけたと同時に、過去のガラファント様もキレていた。

正しい。それは正当な怒りだ。

「そいつがいたのは、バルコニーもない二階の窓の所だったんだが、試しに壁から登ってみたら、自分でも驚くことに、そこまでたどり着けてしまってな。勢いのまま、押し入った。で、『菓子を出さねーんなら、イタズラしていいんだよなぁ？』っつったら、がたがた震えて、手当たり次第に菓子を差し出してきたんだが……」

だが、の後、しばしの沈黙を挟んだガラファント様は、ふ、と皮肉気な自嘲を浮かべ、続ける。

「結果が、例年俺ら全員がもらう分より、よっぽど量も質もよかったんだよな。だから、親がいなくて祭りどころじゃねー奴とか、そういう奴らも全員集めて、菓子を山分けしたんだよ」

「なるほど、親玉っぽいですね。けれど、山賊というほどではないのでは……？　そもそも、月の子はイタズラをしていいことになってますし。割とその方の自業自得というか」

私が思わずそんな言葉を口にすると、ガラファント様は苦々しい表情で首を振った。

「それが、翌年、そこの屋敷は、祭りの日には門扉を閉ざすようになってな。別にそれだけならよそに行くだけだったんだが、前を通りかかっただけの俺らに、中から石まで投げてきやがって……」

「性格が悪いにもほどがありますね」

思わず私がそう述べると、ガラファント様はゆるく首を振る。

「いやそれがどうも、その前年俺にビビって漏らしたのが、割と噂になってたらしくてな。腹に据えかねていたらしい。で、俺の顔を見て思わず、と」

漏らしていたのか。しかも、それが、噂になってしまっていたのか。

うーん、それは確かに、プライドの高い貴族なんかには、とんでもない屈辱だろう。

「それでも、なんにもしていない子どもに石を投げて良い理由には、ならないでしょう」

私が不機嫌を全開にしてそう言えば、ガラファント様は、ふっと笑って、わしゃわしゃと私の頭を撫でた。

「安心しろ。キレてやり返したから。そう、石を投げられて、俺の近くにいただけのどっかのチビに当たって、そいつが目の上切ったのを見て、俺はまた、キレた。後から見たらちょっとかすって切れた感じだったんだが、その瞬間は割と派手に血も出てたからな」

「頭のケガは、血が出やすいですもんね」

「らしいな。で、キレた俺は門番の横を抜いて門扉を乗り越えて、屋敷に押し入った。さてそいつを一発ぶん殴ろう……としたら逃げられたんだが、代わりに、その家のメイドが出てきた。そのメイドが、震えながら、菓子はこれしかなかったからこれで勘弁してくれと、少しの菓子と、ありったけの食料をいっしょに差し出してきてな……。それはもう、ありったけすぎて、台車に乗っていた」

ガラファント様は、遠い目をして続ける。

「いやこれはなんか違うだろと思って、『いらない』『頼むから持って帰ってくれ』と言い合っているうちに、その家の執事まで出てきたんだ。で、そいつが『あちらのお子さんの治療費に』とけっこうな額の金まで持たせてきて、『これで、早く神殿に連れて行っておあげなさい』って言ってな」

「使用人の方々は、比較的まともだったんですね」

「そうなんだよ。だから断りづらかったのもあって、まあ実際チビを早く神殿に連れて行かなきゃいけないのは確かだったから、結局、差し出された物を全部持って、帰った」

そこで、はー、と、重たいため息を吐いた彼は、疲れたような表情で続ける。

「結局チビは軽傷だったから、治療費はかなり余った。それはそのチビの家族に渡したんだが、形としては、領主の家に押し入って、脅して、かなりの金品をぶんどってきた状態になっていたわけだ」

「……結果だけ見れば、そうなりますね」

というか、領主だったのか。

領主が領民の子どもに石を投げるなよ。

私がひそかにろくでもない領主へのあきれを感じていると、ガラファント様が再び口を開く。

「俺は見た目が凶悪だし、戦利品を分け合った連中も、貧しいせいで身なりが上等とは言えない奴らでな。山賊の宴《うたげ》にしか見えなかったと言われた。で、噂が回り回る頃には、俺は『月の山賊のお頭』と呼ばれるようになったってわけだ」

「それは……、なんというか、全部その領主の方が悪い気がしますけど」

「いや、俺も短気だった。その頃にはどんどん体格が良くなってきていたのに自覚がなくて、相手を怖がらせすぎたんだろうとも思う。しかも、翌年と翌々年も、似たようなことをやったしな」

「懲りないですね、領主。馬鹿なんじゃないですか」

思わず私がそんな率直な感想を述べると、ガラファント様は豪快に笑う。

「ははは、まあ、そいつも俺の顔を見さえしなけりゃ、ただ嫌味で傲慢なだけの爺《じい》さんだったからな。相性が悪かったってことだろ。あ、その更に次の年には領主が交代になって爺さんはどこぞの静養先に送られたっつー話だから、若干耄碌《もうろく》していたのかもしれないが」

「ああ、暴力的になってしまう方もいますものね。あ、でも、領主が変わったということは、その年には平和に月の子祭りを楽しめたんですね！」

「や、その頃には俺はもう実家を飛び出て冒険者になっていたからな。普通の月の子祭りだったらしいんだが、詳しいことは知らない」

そういえば、ガラファント様は一五の頃にはご実家を飛び出していたのだった。

というのも、実父母は冒険者でいっしょに暮らした記憶はなく、実際に育ててもらった実母のお姉様家族には、どうしても遠慮があったそうだ。育ての家族はよくしてくれただけに、早くひとり立ちしたかったと。

私たちの結婚式に呼ぶ親族の確認をしているときに、ガラファント様から聞いた。

「まあとにかくそんな感じで、俺は月の子祭りでは、山賊の親玉をやっていたとしか言えないんだよな。食料の山をみんなで分け合ったって部分はノアといっしょなのに、まるで天国と地獄だ」

そう言ってふっと自嘲めいた笑みを浮かべたガラファント様の手を取って、私は告げる。

「私はむしろ、ガラファント様がとても優しくて強いということがよくわかって、惚れ直してしまいました」

「……この話で、なんでそういう結論になるんだ？　俺は領主を、割とひどい目に遭わせているぞ？　だからこそ、何回も何回もやり返されたわけだし」

ふしぎそうに首を傾げた彼に、私はにっこりと笑みを返した。

「月の子は、人の言うことなんて聞かなくて当然ですから。それに、ガラファント様のなさったことは、身体能力の高さを見せつけたくらいで、それに相手が勝手に恐怖を感じて勝手に自滅しただけでしょう。子どもたちを守って、成果物を惜しみなく分け与えて……、やっぱりガラファント様は、根っからの英雄ですね！」

私の心からの賞賛に、ガラファント様は照れくさそうに笑う。

「いつでも平和的にみんなをしあわせにできるノアの方が、よっぽどすごいだろ。俺は領主の怒りを買って毎年目の敵にされたが、ノアは全員しあわせにしている。ノアに菓子を捧げたやつも、分け与えられた子どもたちも、ついでに製菓職人たちまでも、全員だ」

「でも私はぼーっと座っていただけで、ガラファント様は仲間のために動いていたんですよ？　ガラファント様の方がかっこいいですし、すごいです」

お互いの主張を述べ合ったガラファント様と私は、しばしじっと見つめあった。

私たちはお互いのことが大好きすぎて、こうして意見がぶつかることがある。

「これ、いつもの決着つかないやつだな」

ふっと笑ってガラファント様がそう言ったので、私も笑みを返して頷く。

「そうですね。やめましょう」

そう言ってなんとなく頷きあった私たちは、まったく同じタイミングでふうと息を吐いた。

そのことに目と目を見合わせ同時に笑うと、ガラファント様が、口を開く。

「それにしても、ノアの月の子姿、見たかったたな」

チャンスだ。そう感じた私は、がつがつしないように気をつけながら、提案する。

「実家に戻れば、あのときの耳、ありますよ。条件次第では、ご披露してもかまいませんが」

「城ぐらいなら買っても落としてもいいぞ？」

!?

すぐにさらりととんでもない提案が飛んできた。

城の購入費なんていくらになるか想像もつかないし、攻め落とされても困る。

私はぶんぶんと首を振って、否定する。

「そ、そんなとんでもない条件なんか付けませんよ！　ただ、私もガラファント様の月の子姿を拝見したいだけです!!」

そんな私の主張を聞いたガラファント様は、困惑したように眉根を寄せた。

「いや、子って、無理あるだろ。だいたい、そんなもん見てなんの意味が……」

「確かに子ではないかもしれませんが、なんだっていいのです！　私が、ガラファント様が狼《おおかみ》のお耳を付けたお姿が見たいのです！　意味!?　そんなの、私が楽しい以外に必要ですか!?」

「え、ああ、まあ、ノアが楽しいならいいか……。……え、いいのか？」

「いいんですよ！　さあ至急屋敷に戻りましょう！　リネステ伯爵邸に寄ってから！」

ガラファント様はまだ首を傾げていらしたが、言質をとった私はぐいぐいとガラファント様の手を引いて、ファラサール用に無数用意されている付け耳の中からガラファント様に一番似合うものを厳選するため、実家へと向かった。

実家から屋敷へ戻る途中の、馬車の中で。二人横並びに座りながら。

我慢しきれなくなった私は、ピンで髪に差し込む形になっている狼の耳を模した付け耳を、そっとガラファント様の頭部に飾った。

「いや、やっぱ無理あるだろこれ……」

「無理？　無理、とは、尊すぎて無理という意味ですね？　わかりますわかりますわかります。ガラファント様のかっこよさワイルドさ愛らしさを無限大にまで高めてくれる素晴らしい耳を我ながら選んだものだと思います。いや元から無限ですけどもう語彙力のはるかかなた上空天元突破というか……、……かっこいいぃ。好きぃ」

私に無理やり狼のお耳を装備させられたガラファント様は、若干嫌そうな表情だったが、私は一切気にせずに、褒め倒した。

自分の目から感動の涙が漏れ出てくる感触がしているが、ぬぐう余裕はない。

私の両手は今私の口を押さえるのに忙しいし、両目はガラファント様のお姿を焼き付けるのに忙しい。

え、好き。どうしよう。愛しすぎて苦しくなってきた。

「ノア、息を吸え。苦しいのはそのせいだ」

ガラファント様がそう言ってそっと私の涙をぬぐってくれて、そう言えば呼吸を忘れていたと思い出す。そして深呼吸をしながら、はたと気づいた。

「あれ、というか、私、声に出してました？　愛しすぎて苦しいって」

「ああ、しっかり聞こえたな。まあ、ノアがそこまで喜んでくれるならよかったよ」

疲れたような笑みでガラファント様がそう言って、頭部の狼耳が揺れた。

かわいいぃ……。

「ほら、自分ばっか楽しんでないで、ノアも付けろ」

私の熱視線に耐え切れなくなったのか、少し顔を赤くしたガラファント様がそう言いながら、私に黒猫を模した付け耳のついたカチューシャを差し出してきた。

「はい付けます、ガラファント様の仰せのままに！　……ええと、こう、かな？　どうですか？」

苦い思い出のため固く封印していた品ではあったが、ガラファント様のご要望とあればと、張り切って装着して、カチューシャでよれた髪を手櫛《てぐし》で整え、彼に披露する。

「本当に城はいらないのか？」

ガラファント様は、真顔でふしぎなことを言い出した。

ええと、城？

「あ、さっきの話ですか？　いらないです。ほら月の子はやっぱりあれですよ。お菓子をくれなきゃイタズラしちゃうにゃーん、なんて……」

「何軒買おうか？」

おどけて答え、語尾もふざけてみたのに、なぜかガラファント様は笑いとばすどころか、ますます真剣な表情でそう問うてきた。

「……軒？　なんの単位です？」

「菓子屋」

「い、いらないですよ！」

私は焦って否定するも、ガラファント様は真顔のまま続ける。

「いや、ノアのこの愛らしくも美しい、もはや神秘的なまでの美に捧げるには、店単位でないとふさわしくないだろ。これを拝めた対価だと思えば、安いもんだ。というか、王都のやつらはずいぶん冷静だったんだな。祭壇に乗り切る量で我慢したんだから」

「いらないです！　本当に！　祭壇アゲインもお菓子屋さんどーんも、絶対にいらないです！　だいたい、対価というなら、既にいただいているではないですか！」

「これに釣り合うなにかなんて、渡した覚えはないが……？」

ふしぎそうに首を傾げたガラファント様の頭部では、ぴょこりと狼さんのお耳が揺れている。

「ソレですよ！　その凛々《りり》しくもどこか愛らしい、狼さんのお耳！　私もガラファント様も付け耳を付け、そして同じくらいお互いの姿にときめいている。ほら、等価交換です！」

きっぱりと言い切ったところ、ガラファント様はまだどこか納得がいってなさそうな表情ながら、なんとなく頷いてくれる。

「ああ、いやあまりに価値が違いすぎる気もするが……。よく考えたら、いらない物をもらっても迷惑だしな。ノアが満足してるんなら、これでいいってことにしておくか」

しぶしぶそう認めてくれたガラファント様に、私は甘えるようにすりよってみる。

「ええ、いいってことにしといてください。それより、もっと普通に褒めてくださいよ。これ、似合ってるってことですよね？　かわいいって、思ってくれてます？」

「かわいい。もう、全財産をたたきつけたくなるくらいに、かわいい」

またよくわかんないことを言ってるな。普通に褒めてくれと言ったのに。

「それ、私が今感じている感情といっしょだったりします？　こう、胸をかきむしりたくなるような走り出したいような、いっそなにをしたらいいのかわからないような、とにかくぐわっとこみ上げてくる、衝動的なまでの愛情、みたいな……」

「それだ。さすがノア」

私の言葉を力強く肯定してくれたガラファント様は、よしよしと私の頭を撫でたその手を、するりと、私の腰に回した。……ん？

「ノアも同じ状態なら、遠慮はいらないよな」

ぐいっと私の身を彼に寄せさせながら、ガラファント様は悪い笑顔でそう言った。

ええと、お互いに、衝動的なまでの激しい愛情を感じていて？　つまり……。

「あ……」

考えている間に迫ってきていた彼のキスを、こみ上げてきていた愛しさのままに、受け止める。

「ん、……ふ、ぁ、……ん」

あ、愛しい。やっぱり好きだ。

慣れた感触とかおりに、彼への愛情を再実感すると同時に、さっき見た、凛々しくもかわいらしい存在とキスをしているんだという事実に、少しだけ興奮してしまう。

とはいえ、まだ馬車の中。そうがっつくわけにもいかないと、互いにわかってもいる。

だから、ただゆっくりと互いを確かめ合うように、唇を、舌を、呼吸を合わせていく。

「ん、んん、……は、ぁ、……」

ふいに漏れる吐息や、唾液の絡むかすかな音が、外を歩く人々や、御者の方に聞こえてしまいやしないかと、少しドキドキした、瞬間。

「きゃぁああああああああああぁ!!」

女性の叫び声が聞こえてきて、私たちはびくりと身を離し、揃って外を見た。

いや、私は声の聞こえた方角に視線をやっただけだったが、ガラファント様は既に立ち上がり、愛剣を携え馬車から出ていこうとしている。

「馬車を止めてくれ!」

御者に指示を出した彼は、私に向き直り、口を開いた。

「ノアは中にいろ。俺が出た後、鍵もかけてくれ」

「いえ、私もついていきます。世界で一番安全なのは、あなたの隣ですから」

「……離れるなよ」

私の主張に、ガラファント様は折れてくれた。

絶対にないとは思うが万が一彼がケガをして、これもあり得ないことだが億が一私の回復が間に合わなかったりしたら、私だって死んでしまう。

だから、私たちは、二人揃って、停止した馬車から降りた。その瞬間に。

あ、耳。つけっぱなしじゃん。

そうは気づいたものの、すでにガラファント様はひらりと外へと躍り出ていたので、私もなにも言わず、彼に続いた。

結局、悲鳴はひったくり被害にあった女性のもので、犯人はなんなくガラファント様によって捕らえられた。

しかし、なぜか女性は、延々と私への謝辞を連ねている。

「だから私は、一切なにもしておりません。犯人を捕まえたのは、私の夫。感謝は彼にしてください」

そう幾度か繰り返し言っているのだが。

「けれど実際、聖女様が魔法を使ってくださったおかげで、彼《か》の方《かた》は馬よりも速く駆けられたのでございましょう。聖女様の御業に、感謝いたします」

そう言ってまた頭を垂れた女性に、ため息しか出ない。

「ノア、なにやってんだ。そろそろ戻るぞ」

「ひっ」

そのとき、兵士に犯人を引き渡していたガラファント様がお戻りになって、私に声をかけた。

それと同時に、女性が短い悲鳴を上げたので、私は無性に腹が立つ。

「助けてもらっておいてなんですか、その態度は……！」

「あー、落ち着けノア。これが普通だから」

思わず声を荒らげそうになった私を抱き留めながら、ガラファント様はそう言った。

普通!?　これが!?　助けてもらっておいて、お礼も言わない目も合わせない距離をとる挙げ句悲鳴を上げる、この女性の態度が!?

私はカッと目を見開いたが、ガラファント様はどうとも思っていなそうな表情だ。

「仕方ないだろ。俺の姿かたちが醜くて恐ろしいことも、それに反射的に身構えてしまうことも、どうしようもない」

ガラファント様はそう言ってため息を吐いた。

「どうしようもなくなんかないです！　ガラファント様はこんなにかっこよくて、優しくて、かわいいのに!!」

私はそう叫んで、えいやと彼の首に抱き着いた。

「え、おい……！」

戸惑いながらも私の腰を支え、私のやりたいことをやりやすくしてくれるこの方が、どれほどかわいいか。女性にも、騒ぎに寄ってきたやじうまにも、見せてやる。

そう決意を固めた私はぐっとガラファント様の顔を引き寄せて、その唇に、噛みついた。

「ノア……ッ、んん、んんんんんっ！」

瞬間、周囲の視線に気が付いたガラファント様は、私から逃れようとしたが、逃がすものか。

捕り物の間、ずっとお耳をぴょこぴょこさせよって！　けしからん！

そんな怒りにも似た劣情を荒々しくぶつけるように、唇を食《は》み、舌を吸い、乱暴なキスをねちっこくしてやった。

「ん、っ、……はっ、……ノ、ノア、お前、こんな往来で、こんな……！」

ようやく私の唇から逃れられた彼はそう言ったが、その表情は怒ってはいない。目元も赤くうるんでいて、どちらかというと照れている。かわいい。

「申し訳ありません。あまりにお耳がお似合いだったもので」

しれっとそう言ってみたら、ガラファント様は「あ、うわ」と呻《うめ》いて、その場にうずくまった。

それから付け耳を外そうと四苦八苦するも、手元が見えない状態では難しいらしく、しばらくもがいた後に、文字通り頭を抱え、狼さんのお耳を手で隠してしまった。

「そうだ、つけっぱなしじゃねーか……。ノア、これはますます仕方ないだろ。ノアが特殊な趣味をしてるだけで、現状の俺は魔物かなんかにしか見えない。すまなかったな、お嬢さん。恐ろしいものを見せて」

「いえ、あの、……その、聖女様がおっしゃった、かわいい、の意味が、少しわかったような気がします。……遅くなりましたが、助けていただき、ありがとうございました」

そう言って頭を下げた女性に、少し機嫌を持ち直した私は、マシンガントークを開始する。

「そうでしょうそうでしょう。我が夫英雄ガラファント・アグラディア様は、とてもかわいくてかっこいいのです！　わかりますか？　このお耳、こんなに恥ずかしがっているのに、私がどうしても見たいって言ったら、こうして付けてくれたんです！　しかも、あなたの悲鳴を聞いた途端、すっかり忘れて助けに駆け出してしまって……。ああ、善良にもほどがある……！　私はガラファント様を、誇りに思います……！」

私の勢いに、女性はぎこちなく幾度も頷いていて、ガラファント様は生身のお耳を真っ赤にしてうつむいている。私はどちらの反応も意に介さず、萌《も》え語りを続ける。

「しかも、見ましたでしょう！　野生の狼もかくやの強さ鋭さで悪を狩ったこのお方が、私には抵抗らしい抵抗もできず、キスのひとつでうろたえるんです！　そして、耳を付けっぱなしだったことに気づいて恥ずかしがっているところに来た、私の褒め倒しで、この様ですよ！　さいっこうにかわいいでしょう！」

ガラファント様は「わかっているんだったらやめてくれ……」と力なく言っているが、私に同意を求められた女性は、相変わらずぎこちなくはあったものの、それでもしっかりと頷く。

「ええと、その、少なくとも、恐ろしいとか、よくわからないとか、血が通っていないのではないかとか考えていた私が、完全に間違っていたとは思います。申し訳ありません」

「いいんですよいいんですよ、わかってくだされば！　あ、あなた、そろそろ行かなきゃいけないみたいですね！」

私はぽんぽんと彼女の肩を叩き、被害者への事情聴取を待っていたらしい兵士さんの方へと促す。

「本当にありがとうございました、英雄様。……いい奥様ですね」

最後に彼女が笑顔で残していった賛辞だけは、素直に喜ぶことができた。

えへへ、いい奥様だって。

私がにやけた頰を押さえながらもじもじとしている間に、ガラファント様の合図で、私たちのもとへと馬車がやってきた。

「ああもう、ほら、さっさと帰るぞ」

照れ隠しのためか、少し乱暴にそう言って、けれどどこまでも優しく私を馬車へとエスコートしてくれる彼の手を取って、私は馬車へと戻った。

彼と並んで座り、再び屋敷に戻る道を行く。

「……ありがとな」

ガラファント様がふとこぼした感謝の言葉に、私は首を傾げる。

「ん？　私は、感謝されることなど、なにもしておりませんよ。ガラファント様こそ、ありがとうございました」

そう言って軽く下げた私の頭を、ガラファント様はぽんぽんと撫でた。

「いや、さっき、怒ってくれただろ。ああいう扱いをされても、『それで当然だ』って諦めなくていいんだって、思えた。ありがとな」

そうしみじみと言われてしまい、ぐっと言葉に詰まる。

今まで幾度、この方は諦めてきたのか。

それこそ、子どもの頃から、良いことをしたにもかかわらず山賊呼ばわりされたことも、受け入れてしまってきただなんて。

「……そうですよ。諦めないでください。ガラファント様は、すてきな方です。それを否定されたら、心底あなたをすてきだと思っている私も、悲しいし悔しいって、覚えておいてください」

私がそう懇願すると、しっかりと頷いてくれたガラファント様は、穏やかな声音で誓う。

「ああ。俺も、ノアが大事にしてくれている俺のこと、大事にしていく」

「ぜひ、そうしてください。醜いだなんて言われたら、いっそ『俺の魅力がわからないなんて、人生損しているな』くらい言って、笑ってやったらいいんです。堂々としていれば、『もしや、おかしいのは自分かな』と、気づいてくれるはずですから」

「いや、さすがにそこまでは……」

私は、苦笑して首を振るガラファント様との距離を詰めて、主張する。

「じゃあ『でも、ノアはこの顔が好きなんだよな』でもいいです。とにかく、不当な評価を、諦めて受け入れないでください。自尊心を持って、相手の言葉を鼻で笑ってしまってください。固い表情でうつむいてしまえば、相手は、自分が正しいんだと思ってしまいますから」

「確かに、そうかもしれないな……」

そう言って視線をわずかに下げた彼の頬を、私は私の両手で包み込み、しっかりと目と目を合わさせた。まっすぐに、告げる。

「だいたい、顔なんて、美醜なんて、皮一枚の問題です。その評価は、時代や文化でも変わります。けれど、ガラファント様の魅力は、まあ私は顔も好きですけど、そんなのとは関係ない部分にも、あふれるほどに詰まっています。だから、私はあなたのことを、魂から愛していると断言できます」

「……ありがとな」

ガラファント様の返事は、先ほどのものと同じ、ごく短い言葉だった。

けれど、卑屈さは感じない、あたたかなそれは、じわりと私の胸にしみわたる。

「先ほどのように、あなたの魅力がわからない人がいても、私が説き伏せてみせますよ。あなたの魅力をよく知る私が、世界中の方があなたの魅力を理解できるまで、語りつくしてみせますから」

私が誓いを新たにすると、ガラファント様は笑ってくれた。

「確かに、ノアといっしょにいると、俺までも世間に受け入れられるんだよな。いっしょに旅をして、よくわかった。……実は、俺たちの子どもが俺に似てしまったらどうしようかと考えたこともあったんだが、ノアさえいれば、たとえそうなったって、どうとでも乗り越えられるだろうな」

　ガラファント様の言葉に、私はしっかり頷いて、お腹をぽんと叩いてみせる。

「そうですよ。たとえ世間がどう評価しようと、この子のことは、私がこれ以上ないってくらいに愛してみせます！　ガラファント様といっしょに！　それこそ『俺の魅力がわからないなんて、人生損しているな』って思えるくらいまで、たっぷり愛情を注いで、褒めて、褒めて、褒めて、育てて、自己肯定感の塊に育て上げてみせますとも！」

「それは実に頼もしいんだが、ちょっと待て。……この子？」

「……あ」

　そう言えば、まだ、もしかしたら妊娠しているかもなという段階なので、ガラファント様にはなんにも伝えていなかった。

　そのことを思い出した私は口に手を当ててみたものの、一度吐き出した言葉は戻らない。

　じーっとこちらを見つめる彼の視線に負けた私は、今回の王都帰還の目的を白状する。

「……いえその、実は、少し生理が遅れていまして。つわりとかは全然ないんですけど、ただ、ほんの少しだけ食の好みが変わっているかなぐらいの感じはあって、……もしかしたら、そうかもなーって」

　私は視線をうろうろさせながら、そんな曖昧なことを言ってみた。

　ガラファント様はえらく真剣な表情で、なにかを指折り数えている。

「少し……、じゃないな。そろそろ丸一ヶ月遅れてる！　すまない、神殿に向かってくれ！」

どうやら私の生理周期を数えていたらしいガラファント様は、後半御者に向かって声を張り上げ、すぐに進路を変更させる。

そして、彼は「まだ確証はないですしぃ……」などと食い下がる私を、強引に抱き上げてまで、神殿の神官たちのところに連れて行ってくれた。

そしてこの日、私たちは、私のお腹に宿ってくれている愛しい存在を、知ったのだった。

✝

「そういえば、この子のことがわかったのは、月の子祭りのときでしたね」

「ああ、最高にしあわせな思い出だ」

あれから二ヶ月半がたった今、月の子祭りの思い出を語り合った私たちは、なんとなく二人で私のお腹に手をあて、穏やかな時間を過ごしている。

「まあ、聖女の御幸に同行しているみんなが、我も我もと診に来たのはちょっと困りましたけど」

私がそう言ってくすくすと笑うと、ガラファント様もおかしそうに笑った。

「ああ、すごい騒ぎだったな。この子も、生まれる前からあの集団にああまで大事にされてちゃ、大変だ」

ガラファント様の言葉に、私は思わずため息を吐いてしまう。

「英雄と聖女の子ってだけで、過度なプレッシャーがかかりそうな気がしますしね。みんなかわいがってくれそうなのはいいんですけど、『気配からかわいい』だの『魂が輝いている気がする』だのとまで言われると、ちょっと」

「まあ、それ含め受け止められる大物に育てるとか……、あ」

「今、ちょっと動きました？」

ガラファント様が『あ』と言った瞬間、ポコ、と、私のお腹、ちょうど彼の手が当たっていた部分が、ほんのわずかに動いた気がした。

「え、そろそろかもとは言われてましたけど、今の、胎動ですかね!?　なんか、あまりにかすかすぎて、私のお腹のガスの動きって言われても納得しちゃいそうな感じでしたが！」

はしゃぐ私のお腹をゆっくりと撫でながら、慈愛に満ちた声音で、ガラファント様は言う。

「わからないが、そうだったらいいな。……やっぱり、大物になんかならなくてもいい。お前がどんな姿かたちでも、どんな奴でも、俺とノアで、なにからだって守ってやる。だからお前は、安心して大きくなれ」

「私たちなら、世界を敵に回したって怖くないですからね！　……まあ、特に回す予定はないですが……。でも、パパとママは、それくらい強いからね。それに、あなたのためなら、世界を相手にしたって、絶対に勝ってみせるよ。なんの心配も、いらないからね」

私も、半分冗談の、でも半分は本気のそんな言葉をお腹の子にかけて、お腹を撫でた。

まだなんとなくの気配しか感じないこの子も、これからどんどん大きくなって、痛いくらいに私のお腹を蹴るようになって、元気いっぱい生まれてくるのだろう。

この子が生まれる季節は、春の予定だ。

これから迎える冬、私はこうしてガラファント様と寄り添い、この子といっしょに彼のぬくもりに包まれて過ごしていくのだろう。

そうしているうちに、きっと、喜びの春の日がやってくる。

しあわせな日々の予感に私が笑うと、また、ポコ、と、私たちの手のひらの下の小さな命が、動いた気がした。

文庫版書き下ろし番外編

MELISSA

誕生日を祝おう！

私とガラファント様が入籍して、二ヶ月ほど経過したある日。

「聖女セナピノア様ぁあ！」

「お誕生日、おめでとうございまーす！」

そう聞こえる部分がある気もするが、もはや全体としてはワーワーとしか表現できない、時折地面が揺れる程の大歓声が響く中央大神殿の庭園。

聖女セナピノア・アグラディアこと私は、その庭園を一望できるバルコニーから、そこに集った数多の人々に笑顔を振りまいていた。

いや、庭園ってみんなが呼んでるので一応庭園と表現したが、初めて見たときには『なんの野外フェス？』って言いそうになったくらい広大な芝生の広場（とそこに集った人人人）なので、後ろの方の人とか絶対私の表情なんかわからないとは思うけど。

うーん、私が結婚したということが周知されて少しは人気も衰えるかなぁと思ったのだけれど、去年と同様、むしろ更に盛り上がっている気すらするなぁ……。

今日は、私のバースデーライブもとい聖女生誕祭なるものが、ここ中央大神殿で行われている。

熱心な信徒の方々が今日誕生日を迎えた私の祝いに寄進をしに集まってくれているので、さっき感謝の演説をして、これから【聖女の奇跡】をお見せする予定だ。

いや、【聖女の奇跡】とか言っても、普通の回復魔法なんだけど。

ただ、これだけの広範囲にいるすべての人々に一度に魔法をかけるのは、けっこうな大仕事である。

まあ、これだけ元気に騒げている人々は間違いなくみんな元気なので、効果はほんの気持ち程度で十分だと教わっているけど。『聖女に癒やしてもらったという事実が大切』なんだそうだ。

でもせっかく集まってくれた人にきちんと届けられなかったら申し訳ないし、何回もやり直すのは恥ずかしい。バースデーケーキのロウソクどころの話ではない。

正直ものすごく力と神経を使うし、今めちゃくちゃ緊張している。

「……これが終わったら、ガラファント様と二人きりで誕生日祝い……！」

どうせ何を言っても聞こえない騒ぎではあるけど口の中でだけそう呟いて気合を入れ、私は笑顔の裏でずっと必死に練っていた回復魔法を、空へと放つ。

ワァアアアア……！

歓声が、更に一段爆発した。それに一拍遅れ、私の放った回復魔法の光が、天から花びらのようにふわりふわりと舞い落ちる。

私は余裕そうに見えるように気を付けながらゆっくりと庭園の端から端までを目視し、とりあえず確認できる範囲すべてには魔法が行き届いたことと、皆が一様に嬉しそうにそれを浴びている様を確認した。

「ノアちゃん様、大変素晴らしい御業にございました」

背後からおじいちゃんがそう声をかけてくれ、見ればその後任であるここの神官長様も隣で満足そうにうなずいている。最高位の神官である彼らから見ても、成功だったようだ。

ほっと肩の荷が下りた心地で彼らに頭を下げてから、私はもう一度庭園の皆さんの方を向いて笑顔を振りまき一礼し、後のことはベテラン神官さんたちに任せてバルコニーから引っ込んだ。

✝

「ガラファント様ぁ！」

一仕事を終えようやく控室に戻れた私は、そこのソファで一足先にくつろいでいたガラファント様に勢いよく抱き着いた。

ぼすん、と、けっこうな勢いでその胸に飛び込んだはずの私を涼しい顔で受け止めた彼は、よしよしとねぎらう様に私の頭を撫でてくれる。

「おう、お疲れさん。最高に綺麗だったぜ、ノア」

「ええー、そうですか？　惚れ直しちゃいました？」

うへへとだらしのない笑顔を浮かべ彼のなでなでを堪能する私は、我ながら先程までの聖女っぽさなどカケラもないと思うのだけれど。

「ああ。本当に、神々しいくらいに美しかったよ。涼やかで神秘的で、もはや女神かなにかみたいだった。実際女神みたいな【奇跡】まで起こしていたしな。毎日毎秒惚れ直しちゃいるが、今日のノアはまた格別だった……」

ガラファント様はどこまでも真剣な声音で、しみじみと噛みしめるようにそう言った。

そ、そこまで言わなくてもいいのでは……？

さっきの魔法、見栄えには気を使ったけど、効果としてはささくれくらいなら治るかな程度の物だし……。見栄えの分、なんかプラシーボ効果とかはあるかもだけど。

褒めてくれるのは嬉しいけど、一周回ってなんだか微妙な気持ちになってくる。

私がそっと彼の膝に横向きに座り直してその表情を窺うと、ガラファント様は「はあ」と一つ重ためのため息を吐いた。

「こんなにすげえ女が俺の妻だなんて、ここの全員に俺はどんだけ恨まれてるんだかとも思ったがな。もはや天罰とか当たりそうじゃないか？　ノアのことはなにをどうしたって手に入れるつもりではいたが、本当に俺なんかが捕まえていい存在じゃあ……」

「はーい、ネガティブやめてくださーい」

言ううちになんだかどんどんと瞳がにごっていくガラファント様を、私は雑に遮った。

軽く睨んで彼の発言を封じ、私は説く。

「そんなこと言ったって、私はガラファント様がいいんですから。もしあの時にあなたが国王陛下に私との結婚を求めなくとも、むしろ私があなたを捕まえにいきましたよ！」

にっこりと笑顔で締めくくると、ガラファント様は訝しげに首を傾げた。

「そうかぁ？」

「そうですよ。実際、私が王命出す前にノリノリで了承しちゃったから、陛下もガラファント様への褒賞に悩むことになったわけで」

「まあ、確かにな。本当は王を通してリネステ伯爵家動かしてお前を無理矢理捕まえる予定だったのに、ノアは逃げようとするどころか前のめりで罠に飛び込んできたもんな……」

なんだか疲れた表情でそう認めたガラファント様に、あの時も猫かぶりすら忘れたノリッノリの私に戸惑っていたよなぁなんて思い返す。

「私があなたと結婚したのは純粋に私があなたと結婚したかったからで、捕まっただの罠だのというのは、的外れです。よって、うらまれる……は、まあ逆恨みが多少あるかもしれませんが、天罰なんてありえません」

「……そう、か」

そう言ってゆっくりとうなずいたガラファント様は、ふいににやりと好戦的な笑みを浮かべる。

「逆恨み程度なら慣れている。それなりに目立つ実績を積んできたからな。でもその分、お前が俺の腕の中にいてくれる限り、誰がどう来ようと軽くあしらえる自信がある。遠慮なく、ノアのことは俺が独占させてもらうとしようか」

「ぜひそうしてくださいませ、最強で最高な旦那様」

私はようやく前向きになってくれたガラファント様にぎゅーっと抱き着いて、くすくすと笑った。

そんな私の髪を、優しい手つきで彼が撫でる。それにうっとりしているうちに、彼のもう片方の手で、耳の上あたりに、すっと何か髪飾りのようなものが差し込まれた。

「誕生日おめでとう、ノア。俺の最愛。それから、お前が俺に独占されてくれている奇跡に、感謝を。ささやかな祝いの品だが、受け取って欲しい」

「えっ、わぁ、ありがとうございます！　ちょっと見てきますね！　……えっこれ全然ささやかじゃなくないですか？　なんて繊細な金細工の薔薇に……ルビー、ですかね？　ガラファント様の瞳のような、鮮やかな赤の宝石まで！」

「ああ、ルビーだな。その、ルィンヘンには『ボスの執着が全面に出てて実に気持ち悪いですね』って言われたが、質はそれなりのもんだから……」

部屋の隅にあった鏡台で髪飾りを確認しながらきゃあきゃあとはしゃぐ私に、ガラファント様は気まずげにそう告げた。

ちらりと振り返った彼の髪の色によく似た金細工に、石はさっき言った通り彼の瞳の赤。

うん、全面的に彼の色をした髪飾りである。最高では？

「最っ高に嬉しいです！　私は、ガラファント様が大好きなので！　大好きな人の色をまとえるしあわせったらありませんよ！　大切にします！」

たたたとソファに駆け戻り、再びガラファント様の胸に飛び込みながら叫ぶと、今度もしっかりと受け止めてはくれたものの、ガラファント様の表情には動揺が見える。

「お、う、そうか。さすがに、そこまで喜ばれるとは思わなかったな……。っつーか、作らせちまってからルィンヘンに言われて、まあ気に入らなけりゃ売るなりしまいこむなり好きにすりゃ良いんだしと……」

「はぁ!?　なんてひどいことをおっしゃるんですか！　売りませんよ譲りませんよ一回受け取った物なんですからもう絶対に手放したりしません！　たとえ食うに困ったって……」

「は？　ノアを食うに困らせるわけないだろ。将来的にもし俺の腕が衰えたって、金はあるところに集まるんだからな。お前がずっと遊んで暮らせる程度の財はある」

互いに互いの聞き捨てならない発言を遮りそう言い合った私とガラファント様は、ふっと目を見合わせて笑う。

「では、この髪飾りはずっと大事にさせていただきますね」

「おう、ありがとな。ノアが喜んでくれて嬉しいよ」

ひと段落したところで定位置＝ガラファント様の膝の上に収まりなおした私は、ちょいちょいと髪飾りの位置を調整しながら彼に問う。

「こんなにステキな誕生日プレゼントをもらっては、私もなにか良い物をガラファント様に用意しなければなりませんね。ガラファント様のお誕生日って、いつなんですか？」

「あー……、たぶんだいたい今週のどっかくらい」

「ちっか！　え、近い。準備が間に合わない。さっき作らせたっておっしゃっていたからにはオーダーメイドと思われるこんなに良い品と同程度の物を準備するには明らかに日数が足りない。いや、それよりなにより。……なんです、その曖昧な言い方は？」

色々と衝撃を受ける部分があったせいでとっ散らかった問いをする羽目になってしまった私に、ガラファント様は気まずそうに眼を泳がせる。

「いや、実際曖昧なんだよ。俺の生まれた日、誰もわからなくてな。ほら、生みの親が冒険者だって話はしたろ？　そいつが雑なのが多い冒険者の中でも、もう極めて雑な人でな。俺を生んだとき、隣国どころじゃねぇ遠く遠く海を隔てた異国の地にいたとかで、あっちの暦がよくわかってなかったから覚えてないし、戻って来る間の日数もろくに数えてなかったから、この国での何月何日だったのかさっぱりわかんないとかって……」

「ああ、暦が統一されていない世界……！　時差とかもたぶん正確に把握されていない！」

そうか。ここは異世界。グレゴリオ暦も日付変更線もない。

思わぬ部分での文明の遅れに、私は頭を抱えた。

「いやうん、なんかごめんな。そう、で、生みの親は雑だったんだけど、育ての母はきちっとした人でな。生みの親を問い詰めに問い詰め、色々調査しあれこれ計算し頑張って俺の誕生日を突き止めよう……、と、してはくれたんだが。結局正確にいつとはわからなかったってさ。戸籍上の誕生日はわかりやすく来月の一日に決めたそうなんだが、本当はたぶんだいたい今週のどっかくらいで生まれたらしい」

気まずげにぼそぼそと説明を終えたガラファント様は、からりと笑顔に切り替える。

「まあ、決まってないからこそ、休日に合わせるなりなんなりできるから。ノアが準備期間が欲しいってなら、戸籍上の来月の一日で祝ってくれてもいいし」

「それでも二週間後くらいですし、ここまでの品は用意できないですよぅ。もっと早くに訊くべきでした……」

「いや、ノアがくれるならどんなものでも嬉しいから！　ああ、もし気になるなら、実際その可能性もあるんだし、俺の誕生日は今年はもう過ぎたどこかの日に決めてしまえばいいんじゃないか？　昨日でも一昨日でも」

若干しょんぼりとしてしまった私に、ガラファント様は焦ったようにそう言った。

さすがにそれは申し訳ない。私はふるふると首を振る。

「いえ、来年はもちろんちゃんとしたいと思いますが、今年もお祝いしたいです。……そうだ、お誕生日を決めていいのなら、私と誕生日一緒ってことにしませんか？　そしたら来年はきっと、神殿がまとめて盛大に祝ってくれます！　単独ライブじゃなくなると、私もすごく楽ですし！」

「単独、らいぶ……？　ええと、よくわからんが、ノアがしたいようにしよう」

「うふふ。ガラファント様は私に甘いですねぇ。では、来年は私の隣に立ってくださいね。それから、本日はお誕生日おめでとうございます！」

「お、おお、ありがとう……？　え、あ、らいぶってあれか、さっきノアがやってた……？」

「まあまあまあ来年のことはいいじゃないですか！　今は、ガラファント様と私の、お誕生日祝いです！」

「いや待てノア、流そうとすんな！　さすがに俺みたいのがあんな表舞台に出るのはダメだろ!?」

「大丈夫ですよー。ガラファント様は英雄ですから。それより、今年の誕生日プレゼント、どうしましょうね？」

「いやおま、お前そんなかわいく小首傾げたからってなんだって許されると……、……許すしかないな。ダメだかわいい。仕方ない。ノアが望むならなんだってするしかねぇな……」

「あっはっはっ！　ガラファント様は本当に私に甘いですねぇ！」

幾度か食い下がろうとはしたものの、ガラファント様は結局私に押し切られて言質を取らせてくれた。やったぁ。

来年の聖女生誕祭はガラファント様といっしょだ。隣にいてくれるだけでも頼もしいし、主役が増えれば視線が分散されるだろうことが嬉しい。

ガラファント様はこの世界の美醜感ではとんでもない不細工とされる彼のルックスを気にしている

ようだが、私はむしろガラファント様の魅力に気づかせてやるぜ民衆どもくらいの気持ちで挑むつもりだ。

なにせガラファント様は、最高にかっこいいので。かつて令和日本で暮らしていた私にどストライクなルックスを抜きにしても、実力性格人柄生き様そのすべてが最の高にかっこいいので。布教していきたいこの魅力。

「さて、そんな最高にかっこいいガラファント様に、なにをプレゼントいたしましょうか……」

「あ、それごまかしだけじゃなかったんだな。ノアに貰えるなら俺はなんだって本当に嬉しいし、むしろさっきの『おめでとう』の一言で十分だぞ？」

私が話を戻すと、ガラファント様は困ったような表情でそう言った。

「まあ、私が逆の立場なら私もそう思いますけど……。でも、この髪飾りが本当に嬉しいので私もなにか返したく……。……んー、今すぐ用意できるものというと、これくらい……？」

悩みながらふと思いついた私は、しゅるりと頭のリボンを外す。

紐で結わえた上にリボンを飾っているだけなので取っても髪型に影響はなく、ガラファント様のくださった髪飾りのおかげで頭部が過剰装飾気味なためにむしろ不用品と化したそれを。

「ノアの普段つけてるリボンか……、まあちょっとした屋敷程度の価値はあるな……」

【むしろ不用品】を見つめながら、ガラファント様は真顔でよくわからないことを呟いた。

「違います、なにもかもが違います！　まず、このリボンを押し付けて誕生日プレゼントと主張するつもりはありません。次に、このリボンは同じの五個くらい持ってる消耗品でそんな価値はないです！」

慌てて力いっぱいそう主張してみたものの、言っているうちに若干不安になってきた。

もしや実際、このリボンって聖女ファンみたいな人に売りつけたらけっこう良い値がつくのかな……？　オークションにかけて貴族あたりの意地と見栄の勝負になればワンチャン……？

……いや、確実にガラファント様が落札するな。わらしべ長者的に良い物に変えてガラファント様にプレゼントをとか一瞬思ったけど、意味がない。

「リボンをくれるわけではないということは……、なるほど、リボンを外し髪飾りを付けたノアを見せてくれるということか。素晴らしいプレゼントだな！」

「ハードルが低い！　もー、違いますよぅ。このリボンは装飾に使うんです。こう、前世読んだ物語で定番だったというか、ベタなやつをやりたくてですね……」

私が考えこむうちに謎結論に達したガラファント様にツッコんでから、私はリボンを使ってやりたかったことをしようとした、が。

「ん？　意外と難しいですね……。この、くっ、リボンが滑る……！」

「ああそんな無理にしたらノアの肌に傷がつくだろ。俺がやる。手首を縛ればいいのか？」

「そうですそうです。それでこう、最後リボン結びに……、ありがとうございます！」

私の肌を傷つけないようにだろう、とてもやんわりと、そして意外なことに器用に美しいリボン結びをしてくれたガラファント様に私はお礼を言った。

「んん？　えっと、それで……？　これに前世がどう関係するんだ……？」

「あっちで定番の冗談、というか、いや冗談ではないんですけど所詮小手先のごまかしと思うかもしれませんし、笑ってくださってかまいませんよ」

不思議そうに首を傾げたガラファント様にそんな前置きを伝えて、リボン結びにしてもらった手首を差し出しながら、私はにっこりと笑顔で告げる。

「プレゼントは、わ・た・しです。っていう……」

「素晴らしい英知だな。ありがとう、空前絶後に最高なプレゼントだ。やはりノアは進んだ文明で育ったとわかる」

「いやこれに関して知能はゼロだと思いますよ」

食い気味に私の手を取り真顔でよくわからない賞賛をしたガラファント様に、私も食い気味で反論してしまった。

いや、既に結婚している相手に今更コレされても、実際意味なくない……？　こんなんで喜んでくれているのか……？

「しかしそうなると、この髪飾りだけじゃ俺のプレゼントの価値が低すぎるな……。ルィンヘンには止められたが、やはり全身バランスよく、宝飾品類とドレスと靴を揃えて贈るべきじゃ……？」

「ルィンヘンさんグッジョブです。あとガラファント様、私人前に出るときは基本的にこの聖女衣装なので、そういうのは本当にいらないです」

私はここにはいないさすがのモテ男に感謝の念を送りつつ、私のリボンを解きながら総額いくらかける気なのかわからないことを呟くガラファント様を、宥めにかかった。

なのに彼はどこまでも真顔で、ひどく深刻そうに首を振る。

「しかし、この喜びをどう表したらと思うと……。こう、ぐわっとこみ上げるなにかが爆発しそうになっているから、金を払わせて欲しい。頼む」

「限界オタクかー？　失礼、間違えました。冷静になってくださいガラファント様。私はすでにあなたの妻なわけですし……」

「それでも、さっきのノアの言葉とはにかみ笑いは、全財産を叩きつけるだけの価値があった」

「いやそれ原価ゼロなんだよなぁ……」

あまりに真剣に言い募るガラファント様に、ちょいちょい心の声が口から漏れてしまう。

まあいいや。表現は物騒な気もするが、それだけ喜んでくれているって思っておこう。

「では、これにてお互いに大満足でプレゼント交換終了、ということで！」

後日なにかしら形に残る物を贈りなおさせてもらうつもりではあるけれど。

とりあえず今日互いの誕生日を祝いあうことには成功したのだろうと考えた私は、強引にそう結論付けた。

「……まあ、いらない物もらったって困るもんな。ただ、俺はノアに貢ぎたい気持ちを常に抱えているから、なにか欲しい物があればすぐに言って欲しい」

しぶしぶといった様子ながらようやく諦めてくれたガラファント様にもたれかかって、私は笑顔でうなずく。

「まあないとは思いますが、わかりました。なにかあれば、すぐにガラファント様におねだりしますね」

「ああ、そうしてくれ」

そう言いながらガラファント様は、ひょいっと私を持ち上げながら立ち上がった。

「ん、あれ……？」

彼の急な行動に首を傾げる私に、ガラファント様はにやりと笑う。

「帰るぞ。というか、持ち帰らせてもらうぞ、最高にかわいい誕生日プレゼントのお姫様」

「ひ、姫ではない、かなあなんて……」

いや、今お姫様だっこはされているけれども。

間近に迫る完璧に整った顔面と、様になりすぎていて困るちょっと気障な言葉にうろたえながら、私は弱弱しくも反論した。

「ノアは俺のお姫様だ。必要なら国くらい盗ってもいいがな。俺だけのお姫様、今日は存分にかわいがらせてもらうから、覚悟しとけよ？」

壮絶な色気を孕んだ流し目でそう告げられた私は、ぴえっと生娘のように縮みあがってしまう。

「や、優しくしてください、ね……？」

「…………善処する」

上目遣いに懇願した私に、ガラファント様は長い長い沈黙の後、ぎゅっと私を抱えなおしながらそう言った。

帰宅後、私からの【プレゼント】を存分にかわいがり尽くしたガラファント様は、実にいい笑顔で『毎年これで頼む』と言ったが、色々と疲労困憊の私は、それにひきつった笑みを返すことしかできなかった。

その後、ガラファント様の誕生日が私と一緒と知った神殿のみんなが、来年以降の【聖女・英雄生誕祭】をいかに盛大なイベントにするかと張り切る中、私はひそかに、ガラファント様への誕生日プレゼントも今からちゃんと考えておこうと決意するのだった。

あとがき

まずは、この本をお手に取っていただき、ありがとうございます。

読まれているのが紙にせよ電子にせよ、本として読んでいただいているのであろうという事実が、なんだか感慨深いです。

しかも今度、一迅社ゼロサムオンライン様にて、葵ハカス先生によるコミカライズが始まる予定です。えらいこっちゃです。

本作は、ムーンライトノベルズ様という投稿サイトに投稿していた作品を、加筆・修正したものです。

個人でちまちまと書いていた話が様々な人々の手を借りて本となり、更に発展していくというのは、本当にもう、えらいこっちゃと呆けることしかできない、夢のようなことです。

これもひとえに、ウェブでこのお話を見つけ、そして認めてくれた方々のおかげです。ありがとうございます。

書籍化にあたって書下ろした部分は、割とラブ度が高めです。

そして、これはぜひとも絵付きで見たいというエピソードをねじ込みました。大満足の仕上がりです。

また、本編部分のウェブ版からの主な変更点としては、駆け足だった部分を補足するようなエピソードを挿入しています。細かい点としては、わかりづらかった表現を修正したり、誤字を訂正したりもしています。

即興書いて出し、かつヒロインセナピノアの暴走にめちゃくちゃ振り回されたウェブ版より、全体的に読みやすくパワーアップしていると思います。

初見の方も、ウェブ版読了済みの方も、楽しんでいただければさいわいです。

本作のヒロインセナピノアは、元気いっぱいの女の子です。

あまりに元気いっぱい過ぎて、プロットが片っ端から破壊されたくらいに。

当初考えていたプロットの段階では、もっとこう、ピンチとか、誤解とか、すれ違いとか、病みとか、多少のシリアスとか、色々あったはずなのですが。

そのすべてを、彼女は持ち前の明るさと根性とヒーローガラファントへのまっすぐな愛でパワフルに鮮やかに消し飛ばし吹き飛ばし、ハッピーエンドまで一直線に駆け抜けていきました。

よそ見も隙も一切なく、色々と、作者すらも置いてきぼりにして。

こいつ、ちっとも人の言うことをきかねぇなぁ！　と思いながら書いていましたが、それがなんとも爽やかで、すごく楽しかったです。

本を読む前にあとがきを読む派の方々が、一定数いるらしいですね。

そんな方々にむけて書かせていただきますと、この本は、そんな感じのお話です。

ある意味安心して読めると思います。

イラストを担当していただいたSHABON先生、ありがとうございました。

本作は美醜逆転ものということで、作品世界の美にあたるところのセナピノアの扱いが、すごく難しいものでした。

当然いわゆる普通の美少女ではなく、個性的ではあるはず。

けれどあくまでも、ひとつの世界の最上の美。つまり、時代や文化によっては天下を取ることも確かにあり得るだろうと納得できる姿でなければおかしい。

そんなややこしい存在を、まさにこれだ！　という絶妙なキャラデザに仕上げていただき、感動しました。

セナピノアは表情やしぐさまで最高にキュートで、ガラファントはひたすらどこまでもかっこよく、いただいたイラストを日に何度も見返しては、しあわせな気分になっています。

本当にありがとうございました。

友人のあるるん、おいしそうなにくまんちゃん、どったん、なろうチャット会のみんな、相談にのってくれて、背中を押してくれてありがとう。

なんだかまとまりのないあとがきになってしまいましたが、最後にもう一度、この本を手に取り、そしてここまで読んでくださったあなたに感謝の言葉を述べさせていただこうと思います。

ありがとうございました。

それではまた。どこかで。

美醜《びしゅう》逆転《ぎゃくてん》世界《せかい》の超絶《ちょうぜつ》不細工《ぶさいく》に無理矢理《むりやり》嫁《よめ》に「はいよろこんでぇ!!」

すず

2022年3月5日　初版発行

著者　すず

発行者　野内雅宏

発行所　株式会社一迅社
〒160-0022 東京都新宿区新宿3-1-13 京王新宿追分ビル5F
電話 03-5312-7432(編集)
電話 03-5312-6150(販売)
発売元：株式会社講談社(講談社・一迅社)

印刷・製本　大日本印刷株式会社

DTP　株式会社三協美術

装丁　AFTERGLOW

ISBN978-4-7580-9441-2

●本書は「ムーンライトノベルズ」(https://mnlt.syosetu.com/)に掲載されていたものを改稿の上書籍化したものです。

●この作品はフィクションです。実際の人物・団体・事件などには関係ありません。

MELISSA
メリッサ文庫